로크미디어가
유혹하는
재미있는 세상
ROK
MEDIA
로크미디어

달빛 조각사

달빛 조각사 49

2017년 3월 9일 초판 1쇄 인쇄
2017년 3월 14일 초판 1쇄 발행

지은이 남희성
발행인 이종주

기획 팀 이기헌 송윤성 왕소현
책임 편집 이세종

발행처 (주)로크미디어
출판등록 2003년 3월 24일
주소 서울시 마포구 성암로 330 DMC첨단산업센터 3층 314호
Tel (02)3273-5135 **Fax** (02)3273-5134
홈페이지 rokmedia.com **E-mail** rokmedia@empas.com

값 8,000원

ISBN 979-11-6048-193-8 (49권)
ISBN 978-89-5857-902-1 04810 (세트)

남희성 게임 판타지 소설

차례

The Legendary Moonlight Sculptor

진군 시작

조각 생명체 와이번 와삼이!

위드는 날개가 찢어진 채로 쓰러져 있는 와삼이를 보며 눈물을 글썽였다.

"어디 가서 몸조심하라니까. 함부로 다쳐선 안 돼. 넌 정말 훌륭한 이동용 노예니까."

"끄욱꾸우우."

조각 소환술로 불러온 와삼이의 생명력은 20% 정도가 남아 있었다.

위드의 조각품에 생명 부여 스킬로 최초로 만든 와이번 중의 하나라서 그만큼 오랜 기간 동안 성장했다. 중형 생명체로서 생명력이 무려 50만을 넘었지만 그럼에도 심하게 다

쳤다.

위드의 옆에는 데스 나이트들과 유령, 스켈레톤 군단이 정확히 열을 맞추고 도열해 있었다. 언제나 그렇듯이 네크로맨서로서 언데드들을 이끌고 사냥을 하던 와중이었다.

"근데 어디서 이렇게 다쳐서 온 거야?"

위드는 말을 하면서 미심쩍은 분위기를 느꼈다.

황사, 미세 먼지, 음식 냄새를 감지하는 공기청정기를 능가하는 눈치!

"와삼이 너를 다치게 할 정도의 적은 많지 않을 텐데. 하늘을 날 수 있고, 소심해서 위험하면 금방 도망을 치잖아."

와이번들은 불사의 군단과 전투를 펼칠 때 이외에는 허무하게 목숨을 잃은 적이 없다. 심지어 위드가 끌고 다니며 전투를 벌이는 경우 외에는 크게 다치지도 않는 편이었다.

"서윤이 소환하라고 했고, 널 데려오면서 상당히 많은 마나가 소모되었다. 제법 먼 곳이었다는 이야기인데."

착착 맞추어지는 퍼즐.

와삼이는 쓰러져 있는 상태로 몸을 뒤척여서 벌러덩 드러누웠다.

"중앙 대륙 지역? 북쪽 끝은 아닐 텐데. 몸에 얼음 흔적도 없고."

"아파서 아무것도 기억이 나지 않는다, 주인."

"기억이 안 난다는 건 아마도 죄를 지었다는 거겠지. 자세도 딱 배째라는 거잖아."

"어떻게 그렇게 받아들일 수가 있나."

"범인들이 항상 말하더라고. 기억이 안 난다면 유죄야. 그러면 설마……."

위드는 눈을 감았다가 떴다. 그가 상상하고 싶지 않은 최악의 상황이 떠올랐기 때문이다.

위드가 묵직하게 한마디를 내뱉었다.

"지금 서윤이… 위험하냐?"

유린은 로데른 강가에서 그림을 그리던 도중에 사람들의 말을 들었다.

"헤르메스 길드가 여신님을 죽였대."

"진짜야?"

"응. 방송으로도 나왔어."

"아니, 아무리 막나가더라도… 암살자를 대지의 궁전으로 보냈나?"

유린은 대지의 궁전이란 말에 귀가 솔깃했다. 그곳은 그녀의 오빠와 관련이 깊은 장소였으니까.

"여신님이 포르모스 성의 전투에 등장을 했다는군. 그리고 마법 공격에 의해서 죽었어."

"헤르메스 길드가……."

"진짜 그놈들을 이대로 내버려 둬선 안 될 거 같아."

유린은 사람들의 말을 통해서 대략의 사정을 이해했다.

'언니가… 죽었구나.'

로열 로드에서의 죽음이라서 진짜 사람의 목숨이 오간 것은 아니다. 그러나 머릿속이 복잡해졌다.

'앞으로 무슨 일이 벌어지는 거지?'

유린은 여동생으로서 위드에 대해 누구보다도 더 잘 알고 있었다.

돈을 밝히고, 전투적인 감각이 뛰어난 정도야 위드와 어느 정도 친하면 다들 알고 있는 부분이다.

가족들만이 알고 있는 진실.

'원한은 반드시 갚지.'

당한 쪽의 기억력만큼은 사법 고시를 합격할 정도이리라.

'근데 언니가 왜 죽었어?'

유린은 한편으로 이상하다는 생각이 들었다.

그녀가 아르펜 왕국의 통치를 하며 보여 준 모습은 보통 현명한 것이 아니었다.

집안일과 관련해서도 위드는 꼼꼼하게 영수증을 모으고 새는 돈이 없도록 관리했다. 심지어 200원 비싼 소금을 샀던 영수증은 주방 문 앞에 붙어 있을 정도!

꼼꼼하고 쪼잔하기에 손해를 보는 일은 잘 하지 않는다.

서윤은 생활에 필요한 물품 구입에서 사용까지, 간단한 컴퓨터 프로그램을 짜서 활용할 정도로 두뇌가 뛰어났다.

'언니가 착하기는 해. 근데 똑똑하지. 이렇게 되면 아르펜 왕국과 하벤 제국 사이에 전쟁이 벌어질지도 몰라. 이런 결과가 벌어지리란 걸 모르고 행동했을까?'

푸홀 워터파크!

"꺄아악."

"우왁!"

페일과 그의 동료들은 폭식의 악마 델암 사냥에 성공하고 실컷 피서를 즐기고 있었다.

'고생을 했으니 한 달은 놀아야 해.'

'여기 물 진짜 맑고 좋다.'

'남자들 몸매가… 휴. 다 워리어들만 모였나? 매끈하면서 탄탄한 얇은 몸이 좋은데. 헤에.'

'수영복이 좀 더 트였으면…….'

그들은 따스한 햇볕과 맑은 물을 즐겼다.

생명력을 위협하는 아찔한 놀이 기구들이 많았지만 그들이 놀기에는 수준이 좀 차이가 났다.

위드가 만든 물 미끄럼틀!

고소공포증을 가진 사람에게 강력 추천!
지상에서는 절대로 느낄 수 없는 감각을 경험할 수 있습니다.
현재까지 사망자 973명.
그 외 부상자 다수.

위드가 만든 물의 미로!

장난을 좋아하는 물의 정령 물방울들이 이곳에 살고 있습니다.
그들은 미로를 만들어서 들어온 사람들을 괴롭히는 것을 즐깁니다.
정해진 길은 없지만 어쨌든 무사히 출구로 탈출하세요!
오랫동안 갇혀 있으면 실컷 물을 마시게 됩니다.
현재까지 익사자 0명.
그 외 2시간 이상 갇혀 있던 사람 다수.

천공의 도시를 탐험했고, 와이번이나 유령마를 타고 사냥도 한 동료들이라 놀이 기구에는 큰 관심을 두지 않았다.

그저 물가에서 놀고 있었는데 남자들이 지나갔다.

"검치분들이네."

"음, 그러네요."

검치의 제자들이 푸홀 워터파크에 많이 모여 있었다.

꿈틀거리는 근육을 드러낸 채로 걸어 다니는데, 그들에게 미녀들의 시선이 꽂혔다.

"저 숨 쉴 때마다 화내는 복근 좀 봐."

"어머, 팔뚝이……."

드디어 인기가 생긴 위드의 사형들!

푸홀 워터파크가 생기고 나서 슬슬 연애를 시작할 시점임에는 틀림이 없었다.

"으아아악!"

그리고 그때 풀장에서 비명 소리가 들렸다.

사람들은 물에 누가 빠졌을 거라 생각하며 고개를 돌렸는데, 뗏목 위에 누워 있던 남자가 절규를 지르고 있었다.

그가 보고 있던 것은 로열 로드의 방송을 시청할 수 있는 수정 구슬!

"풀죽여신님이 돌아가셨다!"

남자가 큰 소리로 고함을 질렀다.

그 순간, 푸홀 워터파크의 모든 것이 멎는 것 같은 신비한 광경이 벌어졌다.

걸어 다니던 사람들도, 물놀이를 즐기던 초보 유저들도 그 자리에서 얼어붙었다.

"에이, 설마……."

"잠에서 덜 깼나. 무슨 헛소리야."

"진짜야. 그분이 돌아가셨다."

"뭐야, 정말이야?"

"아니잖아. 절대 있을 수 없는 일이잖아."

하지만 남자만이 아니라, 방송을 보고 있던 다른 유저들도 서윤의 죽음을 알렸다. 귓속말이나 통신 채널의 네트워크를 통해서도 서윤의 죽음이 전달되었다.

불과 1~2분 만에 북부 전체로 전파되는 서윤의 죽음 소식.

"이럴 수가."

물놀이를 즐기던 유저들은 망연자실했다.

"헤르메스 길드가 또?"

"어떻게… 어떻게 된 일이야?"

매일 축제가 벌어지던 즐거운 푸홀 워터파크는 폭탄이라도 떨어진 것처럼 뒤숭숭해졌다.

북부의 마판 상회 본점!

모라타에 있는 마판 상회로 대량 주문이 쏟아져 들어왔다.

"화살 1,500만 발요."

"항구 바르나에서 전쟁용 장검 30만 자루 주문 들어왔습니다."

"대지의 궁전에 700만 자루 납품 있는데 또?"

"예. 납품 기한을 최대한 빨리 해 달라고 난리입니다."

마판 상회만이 아니라 가몽 상회 등 다른 상단으로도 엄청난 물량의 주문이 밀려들었다.

지역 상인들은 어느 정도 재고를 보유하고 상점을 운영한다. 추가로 필요한 물량은 인근의 대장간에 생산 의뢰를 넣거나, 큰 상단에 요청했다.
"무기 남는 거 주세요."
"지금 재고가……."
"있는 거 뭐든 주세요."
북부 유저들은 무기점과 방어구점을 습격했다.
유저들이 줄을 서서 사 가는 형편이었기에 상점에 마련해 놓은 물량이 순식간에 동이 나고 말았다.
마판 상회와 가몽 상회, 그 외 북부의 상단은 초보용 보급품을 대량으로 비축하고 있었다.
대장장이들은 물품을 만들면서 실력이 향상된다. 누구에게나 초보 유저인 때는 있었던 만큼, 대장장이들이 판매하는 물건을 사 주어야 생산성이 향상되고 기술적인 발전이 이루어진다.
물론 아르펜 왕국에서는 초보들이 대량으로 늘어나고 있는 와중이었기에 돈이 모이는 대로 사 놓아도 손해는 없었다.
10실버, 20실버도 모이다 보면 어마어마한 금액인 것이다.
그렇지만 순간적으로 창고에서 물량을 꺼내 오기 힘들 정도로 유저들의 구매량이 늘어났다.
"사냥으로 마련합시다."
"그래요. 일단 장비를 좀 맞춰 보죠."
유저들은 화살이나 무기류를 얻을 수 있는 던전이나 사냥터를 휩쓸었다.

헤르메스 길드에서도 서윤의 죽음을 거의 비슷한 순간에 파악했다.

"어째서, 왜?"

라페이와 수뇌부의 입장에서는 제대로 뒤통수를 얻어맞았다.

포르모스 성에서의 전투에 왜 인기인이라고 할 수 있는 서윤이 끼어들었단 말인가.

위드와 그녀의 관계가 특별하다는 사실은 로열 로드를 하는 누구나 알고 있는 바였다.

"유명한 유저가 죽어서… 사건이 크게 알려지겠네요."

"일이 그걸로 그치지 않을 겁니다. 아르펜 왕국과 전쟁이 벌어질 수도 있습니다."

"감히 그놈들이 우릴 상대로요? 전쟁 준비가 전혀 안 되어 있을 텐데요."

"그건 우리도 마찬가지죠. 전쟁을 준비하고 있는 군대는 반란군을 막는 데 투입해야 하지 않습니까?"

헤르메스 길드에서는 아르펜 왕국에 첩자를 보내서 상황을 파악하고 있었다.

그들이 감히 하벤 제국을 쳐들어오려는 기미는 지금까지 전혀 보이지 않았다. 아르펜 왕국에는 막강한 군대도 없고,

정복 전쟁을 위한 훈련도 이루어지지 않았으니까.

하벤 제국의 북쪽 국경에 배치된 제국군도 그리 많지 않다.

라페이는 머리가 지끈거렸다.

'북부에서 겉으로 드러나는 움직임은 거의 없었다. 그런데 지금 이 시점에서 서윤이 중앙 대륙에 와서 죽었다라…….'

그 의도가 궁금하기도 했지만, 앞으로 진행될 상황이 너무 명백했다.

'혹시 모를 아르펜 왕국과의 전쟁을 준비해야 한다. 그들이 어느 정도로 싸움을 걸어올지는 모르지만… 소규모의 소모전이 가장 귀찮겠군.'

라페이는 하벤 제국을 통치하면서 신경 쓸 일이 많아지는 느낌이었다.

중앙 대륙을 정복하며 기존 명문 길드의 잔재를 털어 내야 했으며, 유저들의 불만도 누그러뜨려야 했다.

헤르메스 길드가 약화되는 것 같지만 사실 내부에서 일어나는 일은 반대다.

중앙 대륙에서 거두는 세금을 중심으로 한 경제력에, 과거처럼은 아니지만 사냥터와 퀘스트의 독점.

다른 유저들에게 사냥터를 허용했다고 하더라도 명문 길드들이 소멸된 이상 대규모 몬스터 사냥은 자연스럽게 헤르메스 길드가 주도했다.

일반 유저들의 불만이야 거세기는 하지만, 고레벨 유저들은 헤르메스 길드에 많이 협력하고 친근하게 대하고 있었다. 그들 중에서 쓸 만한 인재들도 헤르메스 길드에 적극적으로 받아들였다.

특수 스킬을 익힌 주민, 고급 기사, 병사, 마법, 이용하기에 따라 큰 효과를 가진 퀘스트.

중앙 대륙의 면적과 인구, 경제 규모가 워낙에 대단하다 보니 단기간에 헤르메스 길드의 전력은 2배 가까이 늘었다고 할 수 있다.

'민심을 조금만 안정시키면… 허, 유저들이 조금만 헤르메스 길드를 믿고 따르게 만들면 모든 일이 다 해결될 텐데.'

라페이는 맨바닥에 툭 튀어나온 돌부리에 걸려서 넘어진 느낌이었다.

강자들만 모아 놓았고, 로열 로드의 역사를 감안하면 이러한 사건들이 일어나는 것도 비일비재한 일.

'아직은 칼을 뽑고 싶지 않다. 아르펜 왕국을 비롯하여, 감정적으로는 다 쓸어버리고 싶지만 하벤 제국을 완벽하게 만들고 나서 철저히 파괴해도 될 일. 조금의 시간만 더 있으면…….'

라페이가 고심을 하는 동안에 수뇌부에 속해 있는 유저들은 대화를 나누었다.

"서윤. 그녀의 인기를 감안해야 합니다. 그녀가 죽는 장면은 우리 길드에 대한 비호감을 더욱 키울 것입니다."

"방송국들은 어떻습니까. 영상을 내려 달라고 부탁을 해야 하지 않을까요?"

"어림도 없습니다. 시청률이 높아서, 생방송을 진행하지 않았던 다른 메이저 방송국들도 관련 영상을 내보내고 있는 형편입니다."

"몇몇 방송국들은 속보로까지 알리고 있습니다."

"인터넷에 다 올라왔는데 지금 하는 말들이 무슨 의미가 있습니까."

방송국을 이용하여 헤르메스 길드의 막강함을 과시하려고 하였는데, 하필이면 최악의 모습으로 전달되게 되었다.

"불행인지 다행인지 모르겠지만 이런 영상이 나간다고 해서 우리 길드를 상대로 한 반란군이 크게 늘어나진 않을 겁니다. 이미 나설 유저들은 대부분 나섰으니까요."

"대책을 세우기도 힘들군요. 포르모스 성의 전투는요?"

"현재로서는 여유롭게 막고 있습니다. 그곳에 배치한 수비 병력은 강력하니까요."

라페이는 수뇌부 유저들의 이야기를 들으며 결단을 내렸다.

"아르펜 왕국이나 위드의 대응을 간단히 보진 않겠습니다. 그들이 잠잠하다면 당분간은 내버려 두겠지만 우리에게 도전을 해 온다면 헤르메스 길드, 하벤 제국을 다시 정복 전쟁 체제로 바꿉니다."

정복 전쟁 체제.

중앙 대륙을 통일할 당시에 만들어졌던 체제로 다시 돌아가는 것이다.

방만하게 늘어져 있던 헤르메스 길드 유저들의 눈빛이 살아났다.

거인 기사 보에몽이 웃으며 말했다.

"전쟁은 모 아니면 도라고 하지 않았습니까?"

"그땐 그랬습니다. 제국을 건국하고 나서 내정에 힘을 쏟을 필요가 있었고, 또 가지고 있는 이점을 유지하기만 해도 되었으니 말입니다."

하벤 제국은 로열 로드에서 대적할 수 없는 최강 세력이다.

북부의 원정이 실패로 돌아가고 명문 길드의 잔당이 활약하며 골치를 앓았지만, 그럼에도 힘의 총량에 있어서 상대할 세력은 없었다.

하물며 제국 통일을 기점으로 얻은 이득을 길드의 확장에 쏟아 온 지금은 더욱 그러하다.

"아르펜 왕국이 조금씩 위협이 되고 있습니다. 장기간의 지배를 위해서라도 중앙 대륙에 안정된 기반을 다지려고 했습니다만, 시간이 부족하군요."

"그렇다면요?"

"제국의 5대 수호 비책 중 한 가지를 열겠습니다."

헤르메스 길드 유저들, 그중에서도 최고 수뇌부 유저들의 눈이 번뜩였다.

라페이가 하벤 왕국 시절부터 준비했던 다섯 가지의 절대적인 전력!

똑똑한 토끼는 위험을 대비해 하나의 굴만 파지 않는다. 가능한 감춰 두고 최후의 순간에 꺼내려고 했지만, 이젠 필요하다는 판단이 들었다.

"그렇다면 어떤 것부터……?"

"생산을 마친 전투용 골렘. 골렘만으로도 지금의 모든 사태를 종식시키기에는 충분할 것입니다."

"비밀 생산 기지에서 꺼내고 배치하는 데는 열흘 정도 시간이 걸립니다."

"그때까지만 웃으라고 하지요. 마지막으로 즐길 시간은 주어야 할 테니 말입니다."

이현은 로열 로드의 접속을 해제하고 캡슐 밖으로 나왔다.

보글보글.

주방에서 서윤이 구수한 된장찌개를 끓이고 있었다.

"괜찮아?"

"네. 맛이 잘 우러나왔어요."

"그니까, 죽은 게……."

이현은 조심스럽게 위로라도 하려고 했다.

높은 레벨을 가진 서윤이 로열 로드에서 죽음을 겪었으니 그 손해란 얼마일 것인가!

'레벨, 스킬 숙련도, 장비!'

이현은 초보 시절에도 목숨을 잃으면 마치 누군가 자신의 돈을 떼먹고 도망간 것 같은 아픔을 느꼈다.

애초에 돈을 빌려준 적도 없었지만, 그럼에도 불구하고 떼먹힌 느낌!

"이거 한입만 먹어 보세요."

"음, 아… 맛있네."

"괜찮죠? 저녁이니까 마당에서 고기도 좀 구울 거예요."

"고기가……."

"삼겹살요. 불판 세팅도 해 놓을 테니까 잠시 후에 먹어요."

"그래."

이현은 서윤과 로열 로드에서 죽은 일에 대해서는 이야기를 나누지 않기로 했다.

'괜히 상처를 말할 필요는 없지. 얼마나 마음이 아프고 괴로울까. 오죽하면, 고기라도 먹으면서 기분 전환을 하려는 거야.'

서윤은 요리를 준비하면서 만족스러웠다.

'된장찌개 맛있게 됐네. 밑반찬들도 아침에 새로 만들어 놨고…….'

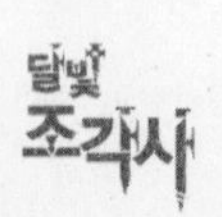

처음에는 함부로 간을 보기 힘들 정도로 어렵던 요리였지만 최근에는 요리 재료들의 깊은 맛이 잘 우러나왔다.

생선이나 삼겹살을 굽는 기술도 일취월장으로 나아졌다.

맛있는 음식을 해서 이현과 같이 먹으며 이야기라도 나누는 순간이 그녀에게는 가장 행복했다.

다시 로열 로드에 접속했을 때 위드가 나타난 장소는 바야르 미궁이었다. 바르고 성채 뒤쪽의 산악 지대에 있는 미궁으로, 열흘을 넘게 헤매도 끝이 없을 정도의 방대함을 자랑한다.

어딘가 알 수 없는 지역으로 이어지는 포탈이 있다는 소문도 있지만 아직 발견하진 못했다.

"크흐음."

위드는 바위에 앉아서 생각에 잠겼다.

그가 있는 부근으로는 해골들이 널려 있었다.

스켈레톤과 데스 나이트를 소환하여 전투를 펼쳤던 치열한 흔적!

수많은 언데드 군단을 몰고 다니면서 몬스터들과 소모전을 펼쳤다.

네크로맨서는 어중간하게 몇 마리 몬스터를 언데드로 둘

러싸서 때려잡는 직업이 아니었다. 끝없이 불러 일으키는 언데드로 소모전을 펼치면서 적을 압도하는 직업이다.

"자, 이제 어떻게 한다."

위드는 접속하기 전에 인터넷 게시판 몇 곳의 반응을 살폈다.

방송에서도 서윤의 죽음에 대해 크게 떠들고 있었지만, 게시판이야말로 여론의 동향을 적나라하게 잘 드러내 주었다.

–헤르메스 길드 척살!

–전부 쓸어버립시다. 그들을 해치워야 합니다.

–베르사 대륙의 암적인 존재들. 감히… 여신님까지 해쳐?

–그들의 악행 목록을 만들고 있습니다. 현재 A4 용지로 389페이지 완성했습니다. 첨부 파일 다운요!

–그라디안 저항군이 조직되었다는 소식입니다. 뜻있는 유저들의 동참을 원하고 있습니다.

–우리의 땅을, 자유를 되찾읍시다.

반하벤 제국의 기치를 달고 유저들이 구름처럼 일어나고 있었다.

며칠 전까지만 해도 위드가 하벤 제국을 정복하자고 하면 북부 유저들은 귀찮아하며 발을 뺐을 것이다.

정복이 언제 끝날지도 모르고, 패배할 가능성도 염두에 두어야 한다. 괜히 자신만 손해를 볼 여지가 큰 것이다.

그런데 서윤이 죽고 나니 북부 유저들은 자발적으로 하벤 제국 원정군까지 꾸리고 있었다.

—독버섯죽입니다. 크흐흑, 죽음이 이렇게나 슬픈 것이었나요? 이 비통함에 한 그릇의 독버섯죽을 마시고 싶지만 오늘은 참겠습니다. 반드시 살아서 해야 할 일이 생겼기 때문입니다.

—삼계죽 이하 150만여 명. 날아오를 준비 완료.

—죽순죽. 대지의 궁전 부대. 총원 전투준비 완료. 언제든 진군 가능하게 준비 갖췄습니다.

—강철죽입니다. 무기와 방어구 지급이 필요하신 분들은 요청하세요. 소속 대장장이들이 밤새우면서 장비를 제작하고 있습니다. 재료만 가져오시면 무료로 제작 지급합니다!

—불죽입니다. 저희도 장비를 나눠 드리고 있습니다. 전투 물자와 소모품. 끝없이 제작 중입니다.

—돼지죽입니다. 소고기죽에 밀려서 요즘 우리 인원이 많이 줄긴 했습니다만, 용기 하나는 최고입니다. 최전선에서 용감하게 들이받겠습니다!

북부를 끈끈하게 잇는 풀죽신교.

그들이 자발적으로 나서서 전쟁을 요청하고 있다.

심지어 인삼죽, 도토리죽, 참깨죽, 밤죽, 벌레죽 부대에서는 자신들끼리 뭉쳐서 하벤 제국의 국경을 향하여 진군 중이었다.

풀죽신교는 초보 유저들이 많았고, 북부 특유의 모험을 우대하는 전통을 가지고 있었다. 죽음에 대해서도 그렇게까지 심각하게 여기진 않는 편이었다.

하지만 서윤이 하벤 제국, 헤르메스 길드에 의해서 죽는 모습은 그들에게 불합리한 것에 맞서 싸울 의지를 불태우게 만들었다.

-가죠.

-가고 있습니다.

-뒤따라갑니다.

-어디든지요!

-고고!

-우린 무적의 풀죽신교다.

죽음을 두려워하지 않고, 뜻을 함께하는 동료들이 가까이 있다.

풀죽신교에 속해 있는 북부 유저들의 접속률은 사상 최고 수준이었고, 그들은 각자 뜻을 모으고 있는 중이었다.

그들의 마음이 하나가 된다면 하벤 제국을 향한 총공격도 이루어지리라.

위드나 서윤이 풀죽신교의 뜻을 정면으로 막지 않는다면 말이다.

"막는 것도 불가능한 것은 아닌데."

북부의 여론은 어쨌든 위드를 많이 의식하고 있었다.

위드가 하벤 제국과 악연으로 엮여 있기는 해도 싸우지 말자고 연설을 한다면 그건 효과가 있을 것이다. 풀죽신교에서도 크게 실망은 하겠지만, 전쟁은 막을 수 있을지도 몰랐다.

"근데 나도 별로 그러고 싶진 않단 말이지."

위드는 눈치가 빠르다.

어딘가에서 형성되는 음모, 누군가의 뒷담화까지도 본능적으로 알아내는 능력!

일이 어떻게 돌아가는지에 대해서는 본능적으로 알아차렸다.

'서윤이… 그냥 죽었을 리 없어.'

와삼이까지 타고 가서 전장에서 목숨을 잃었다.

'서윤이 착하기는 해도 바보는 아냐.'

사막의 대제왕 퀘스트에서 보여 주었던 정보 수집 능력이나 현재의 아르펜 왕국의 통치를 감안하면 대단히 똑똑하다고 해야 할 것이다.

위드가 자린고비처럼 아끼고 위기를 정면으로 돌파하는 능력이 있다면, 서윤은 세세한 부분까지도 놓치지 않는다.

일의 흐름을 빨리 이해하고, 제멋대로 발전하고 있는 아르펜 왕국의 지역들까지도 하나로 묶으며 정확한 단위들을 파악한다.

그녀가 뻔히 죽을 줄 알면서도 하벤 제국으로 넘어갔던 이유.

여론의 반응을 보면서 위드는 그것을 알 수 있을 것 같았다.

'나를 위해서. 아르펜 왕국을 위해서. 하벤 제국이 더 커나가는 것을 막겠다는 거겠지.'

위드의 고민은 지금 이 순간, 서윤의 죽음을 이용하는 것에 있었다. 가족처럼 느끼고 있는 그녀라서, 가족의 죽음을 성공이나 출세를 위해 쓰고 싶진 않다.

'그녀를 성공이나 출세를 위해 쓰는 건 정말 최악의 일. 차라리 아르펜 왕국이 망하고 말지.'

위드는 생각해 본 적도 없는 계획으로, 알았더라면 적극적으로 말렸으리라.

그런데 서윤은 이미 죽음을 겪었다.

그녀의 죽음으로 일어난 모든 상황의 변화들을 억지로 막는 것이 올바른지에 대해서는 고민에 잠겨 봐야 했다.

'서윤이 나를 위해 희생했던 거야. 근데 그걸 가치 없는 일로 만들어 버려도 되나?'

위드는 잠시 고민을 하다가 결론을 내렸다.

자신이나 서윤의 잘못은 아니었다. 일단 일이 벌어진 이상

수습은 해야 했고, 모든 책임은 하벤 제국이나 헤르메스 길드가 뒤집어쓰면 된다.

'괜찮아. 이럴 때 써야 할 나쁜 놈들은 따로 있으니까. 맨날 욕먹던 애들이 또 욕을 먹으면 되고, 뒷감당을 하면 되겠지.'

하벤 제국의 북부.

아르펜 왕국과 국경을 마주한 도시 일스람에는 긴장감이 흘렀다.

"놈들이 온답니다."

"정찰병은?"

"그런 거 없는데요."

"그럼 어떻게 알았는데?"

"방송 틀어 보십쇼. KMC미디어를 비롯한 모든 채널에서 북부 유저들의 진군을 생중계하고 있습니다."

일스람의 영주성에 도시에 속해 있는 헤르메스 길드 유저들이 모였다.

영주 알토를 비롯하여 도시 관리직에 있는 12명의 핵심 유저들.

"방송이나 틀어 봐."

"예. KMC미디어를 틀겠습니다."

"왜 거긴데?"

"제 취향이라서요."

"……."

영주성의 벽면에 있는 대형 수정 구슬에 불빛이 들어왔다.

충전한 마나석을 활용하거나, 마법사가 마나를 공급하여 활성화하면 텔레비전을 볼 수 있었다.

―끝이 보이지 않습니다.

―저건 도저히 숫자를 헤아릴 수가 없네요.

―놀랍게도 진군을 해 오는 저 병력은 일부라고 합니다.

―일부요?

꿀꺽.

수정 구슬을 보는 헤르메스 길드 유저들의 목에 마른침이 넘어갔다.

'최소 10만은 넘겠는데?'

'아… 머릿수. 끝장이다. 저게 우리 도시로 온다니.'

―풀죽신교의 인원수가 천문학적이기는 하죠. 그럼 본대는 언제 옵니까?

―풀죽신교의 선발대가 아닙니다. 저건 도토리죽의 일부 병력입니다.

—도토리죽이라면… 생소한데요.

—예. 풀죽신교에서는 비교적 소수에 속하는 부대입니다. 벌레죽 부대는 인근의 마을과 주요 시설물을 전부 정복하며 진군하고 있답니다.

—벌레죽이라. 하하, 이름이 재미있네요.

—그들을 우습게 볼 수는 없습니다. 벌레죽은 칠흑처럼 검은 갑옷과 검을 주로 씁니다.

—복장을 통일한 것인가요?

—예. 주기적으로 던전 사냥을 하는 밤의 지배자들입니다. 암살과 전투의 달인들로 이루어져 있다고 봐야 할 것입니다.

—색다른 직업을 가진 유저도 있다면서요?

—벌레양성꾼이 있답니다. 독충을 키워서 부하처럼 부리며 명령을 내릴 수 있다는데… 자세한 정보는 알려진 것이 없습니다.

—어째서요?

—벌레양성꾼을 본 유저들은 모두 어떤 이유에서인지 입을 다물었습니다. 일스람의 전투에서 최초로 목격할 수 있을 것 같습니다.

"허업."

영주 알토는 혀를 깨물 뻔했다.

풀죽신교를 맞이하는 것만 하더라도 전투의 승패를 떠나 상상을 초월하는 일이다.

'벌레죽이라니!'

냉정히 말해 일스람은 중앙 대륙의 중심부에서는 많이 떨어진 변방이었다. 발전도도 낮았고, 경제와 기술 발전에 투자도 적게 이루어졌다. 인구라고 해 봐야 웬만한 유저들은 다 북부로 넘어가서 텅 비었다.

알토는 그럼에도 기쁜 듯이 히죽 웃었다.

'사람은 줄을 잘 서야 해.'

헤르메스 길드에 돈으로 줄을 대서 영주가 되었다.

그리고 얼마 전에 풀죽신교에서 영입 제의가 왔을 때, 두말없이 받아들였다. 헤르메스 길드에 대한 배신이었지만, 여차하면 아르펜 왕국으로 넘어가면 된다.

'하벤 제국에 남아 있어서 좋은 것도 없는데 뭘.'

마판 상회를 비롯하여 몇몇 상단에 비밀 기지와 운송로를 제공하며 뒷돈을 받아 왔다.

'풀죽신교에 우리가 털릴 일은 없지. 저 재앙은 다른 영주들이 맞이하게 될 것이다.'

영주 알토는 생각을 마치고 서둘러 자리에서 일어났다.

"손님들을 맞이할 준비를 하십시다."

"예, 영주님."

"여관방들 깨끗하게 치워 놓고… 영주성도 부족할 테니 복도에라도 이불을 깔아 드립시다. 오시는 분들의 취향을 고려하여 도시의 벌레도 좀 잡아 놓으세요."

북부 유저들이 하르판 지역으로 몰려들고 있었다.

풀죽신교의 깃발을 단 무리도 있었지만, 개인적으로도 복수를 주장하며 국경을 넘었다. 전쟁 준비 따위도 없이 서윤이 죽자마자 유저들끼리 모여서 남쪽으로 침략을 한 것이다.

"전부 쓸어버리자!"

"정복이다, 정복."

순수하게 아르펜 왕국이나 모라타에서 시작한 유저들보다는, 중앙 대륙에서 넘어갔던 유저들은 포르우스 강을 넘으며 감회가 새로웠다.

"쫓겨나듯이 도망쳤던 우리가 다시 중앙 대륙의 땅을 밟다니 말이야."

"그땐 우리뿐이었지만 이젠 많은 유저들이 함께하고 있지."

도시 모라타가 형성되던 시기, 중앙 대륙의 유저들은 헤르메스 길드의 박해를 피해서 북부로 찾아왔다.

지금은 북부 유저들이 무시 못 할 정도로 늘어나며 동료들이 많아져서 든든했다. 비록 레벨이 높진 않더라도 신대륙처럼 같이 힘을 모아 개척하며 영역을 넓혔기에 믿음이 갔다.

북부, 아르펜 왕국이 커져 가면서, 중앙 대륙에서 도망쳤던 유저들은 희망을 품었다.

로열 로드가 즐겁고 행복한 세계가 되리라는 크고 맑은 꿈!

현실이 각박하기에 더욱 로열 로드에 빠져든 유저들이 적지 않으리라.

그 새로운 세계마저도 힘의 논리에 의해 철저히 짓밟히는 환경에서 느꼈던 좌절감과 분노가 서윤의 죽음으로 폭발했다.

아름다운 여성, 풀죽신교의 여신이 죽었기 때문이 아니라, 대의를 느끼게 했다.

"우리가 할 수 있는 일을 하자. 이런 곳에서 오랫동안 정체되어 있으면 곤란하지."

"음, 많은 유저들이 모이는 것이니 그런 만큼 길게 끌 수는 없겠지."

중앙 대륙 출신의 유저들은 스스로의 전투력에 자신이 있었다.

헤르메스 길드에 밀려서 북부로 떠날 때에도 약한 건 아니었다. 아르펜 왕국에서는 그 설움을 잊기 위해서라도 사냥과 퀘스트에 시간을 쏟았다.

훨씬 강해져서 중앙 대륙으로 돌아오는 것이었기에 실력을 발휘하고 싶었다.

"마을의 규모가 작고 군대가 주둔하는 수준이 아니라면 우리끼리 정복을 하지."

"아르펜 왕국에서 기사 작위가 있는 이들이 앞장서자고. 그래야 영토 정복이 수월하니까."

"음, 악명이 높은 사람은 아쉽더라도 뒤로 물러나. 악명을 퍼뜨리면 아르펜 왕국의 평판이 떨어지니 말이야."

"우리 중에 악명이 높은 사람은 아무도 없을걸. 중앙 대륙에서 활동하던 때는 달랐지만 말이야."

띠링!

영토 정복!

기사 르위얄이 베칸 마을을 정복했습니다.
주민 876명은 아르펜 왕국의 주민이 되는 것에 반갑게 찬성했습니다.
앞으로 이 땅은 적국의 군대가 차지하거나 반란을 일으켜서 떠나지 않는 한 아르펜 왕국의 소속이 됩니다.

하벤 제국의 영주들도 수비를 포기한 작은 마을과 광산, 농장을 복속시켰다.

벌레죽이나 고레벨 유저들의 활약은 풀죽 통신망을 통해 전달되었다.

풀죽안전보장회의. PSC.

전직 군인들이 정보를 통제하면서 풀죽신교의 각 죽 부대들이 곧장 주요 도시들을 공략할 수 있도록 인도했다.

"풀죽, 풀죽, 풀죽!"

"힘껏 풀피리를 불어라."

"인삼죽 여러분, 전투가 벌어지기 전에 엘프가 재배해서 특별히 진한 13년 근 인삼죽 한 그릇씩 하세요!"

북부 유저들이 수백만 명 단위로 움직인다.

그들 자체만으로도 대단한 인원이었지만, 그보다도 훨씬 많은 사람들이 관심을 갖고 살펴보고 있었다.

아르펜 왕국의 유저들이나, 중앙 대륙의 유저들!

로열 로드를 하거나 관계된 수많은 사람들이 북부 유저들의 진군을 지켜보았다.

모든 방송국에서 생중계를 결정한 건 너무나도 당연한 일이었다.

첫 번째로 도착한 도시 일스람!

영주 알토는 성문을 활짝 열고 북부 유저들을 맞이했다.

“먼 길 오시느라 수고가 많으셨습니다! 일스람에 오신 귀한 여러분을 환영합니다.”

성문과 영주성에는 풀죽을 그린 깃발까지 단 채로 북부 유저들을 열렬히 반겼다. 영주 알토는 음유시인들을 초대하여 악단 연주까지 해 주었다.

하르판 지역에 있던 하벤 제국의 영주들은 그 광경에 기겁을 했다.

“헤르메스 길드를 배반했어?”

“저긴 위치가 어쩔 수 없는 곳이기는 했지만 말이야. 우린 어떻게 하지?”

도시 일스람을 아르펜 왕국에서 쉽게 얻은 것이야 상관할 바가 아니지만, 북부 유저들의 공격이 곧바로 자신들에게 향한다는 점이 문제였다.

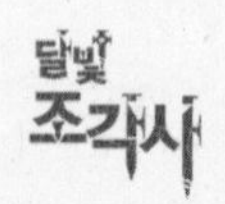

그 순간, 헤르메스 길드에서도 고심에 잠겼다.

"군대를 보내서 북부 유저들을 막아야 한다. 그렇지만 충분한 병력을 결성하려면 시간이 필요한데."

라페이가 이끄는 헤르메스 길드의 수뇌부가 당장 손을 쓰기엔 준비 기간이 모자랐다.

군 병력을 집결시키고 전투 물자를 지급하며 운송 수단을 통해 제국의 북쪽까지 진군해야 한다. 검 한 자루 둘러메고 걸어오는 북부 유저들과 비교할 바가 아니었다.

"하벤 제국이 침략을 당해서 영토를 빼앗긴다는 치욕은 감수할 수 없지."

"명예와 패기. 이런 가치를 잃어버릴 수는 없습니다."

"영주들이 어떻게든 버텨 주지 않겠습니까. 아르펜 왕국을 견제하기 위해서라도 제국군이 꽤 배치되어 있으니 말입니다."

"우선은 신속하게 지원군을 파견하기로 하죠."

북부 유저들에게 대응하기 위해 정식으로 소집령을 내려서 병력을 모았다.

그러나 하벤 제국의 군대가 도착하기도 전에 북부 유저들은 하르판 전역으로 퍼져 나갔다.

"독버섯죽요!"

"보리죽 왔습니다."

"콩죽 지원부대 도착 완료."

"고구마죽, 돌멩이죽, 꽃게죽도 대기 중입니다."

하르판 지역은 변방이기는 해도 중앙 대륙에 속해 있기에 요새와 성벽이 잘 갖춰져 있었다. 서둘러 온 북부 유저들은 공성 무기가 없어서 성벽을 넘으려다가 수십만 명이 의미 없이 목숨을 잃었다.

그런데 하벤 제국에서는 더욱 경악을 금치 못한 것이, 죽는 유저들보다 합류하는 유저들의 수가 몇 배에 달했다.

"모두 정신을 바짝 차리도록 하자! 적들은 약하기 짝이 없고 변변한 마법이나 공성 무기도 가지고 있지 않다. 이곳은 절대 함락되지 않는다."

협곡 르위얄의 요새에서 제국군을 지휘하는 헤르메스 길드 유저들은 사기가 드높았다.

로열 로드의 특성상 마나와 마법 화살이 존재하기에 아무리 많은 병력이라도 막을 수 있다. 보통 공성전은 3배의 병력으로 공격을 해야 하지만, 상황에 따라 수백 배의 군대도 함락시키지 못한다.

헤르메스 길드 유저들이 전투 공적의 신기록을 세우기 위한 기대에 부풀어 있을 때였다.

"가벼움의 깃털을 쓰도록 하죠."

북부 유저들 중에 공수부대 출신 유저가 제안했다.

천공의 도시 라비아스의 특산품이라고 할 수 있는 아이템.

몸의 무게를 깃털처럼 가볍게 만들어서 높은 곳에서 땅에

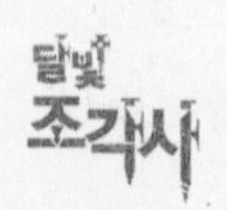

떨어질 수 있게 해 주는 물품이다. 전투 중에 사용하기에는 적합하지 않지만, 성벽을 뛰어넘어 산악 지대에 있는 요새를 점령하기에는 그만인 물건이었다.

"근데 가벼움의 깃털은 전투에 쓰기에는 안 좋지 않나요?"

한 유저가 질문을 던졌다.

"맞습니다. 천천히 날아가니까 느려서 쉬운 표적이 되겠죠."

"단점이 큰데요?"

"한밤중에 사용하면 될 겁니다. 대응하기는 하겠지만, 10만 명 정도가 동시에 뛰어들면 일부는 착지하겠죠. 그들이 시간을 끄는 사이에 성벽을 점령해 봅시다."

"으음, 잘 모르겠네요. 뭐, 어쨌든 그 제안이 실패하면 또 다른 걸 시도해 보면 되겠죠!"

10만 명 정도는 일단 던져 보는 스케일!

북부 유저들은 재미있겠다면서 계획대로 움직이기로 했다.

한밤중의 낙하 작전!

하벤 제국군에서는 불화살과 마법 공격으로 대응에 나섰다. 그만큼 화력은 분산될 수밖에 없었고, 중앙 지역이 아닌 만큼 다음 날 아침에는 함락되었다.

북부 유저들의 승리였다.

북부 유저들은 닷새 만에 하르판 지역의 영토 27% 정도를 정복했다.

모라타와 바르고 성채, 새벽의 도시.

풀죽신교에서는 아직 전면적으로 움직이지 않은 상태에서 이른바 성질 급한 선발대가 이루어 낸 성과였다.

협곡 요새 르위얄이 함락당하면서 하벤 제국의 영주들은 저항할 의지를 상당 부분 잃어버리고 말았다.

풀죽신교와의 전쟁에서 당장은 영주들이 불리했다. 추후에 제국에서 지원군이 도착해 영토를 회복하더라도 그때는 이미 도시가 초토화되고 난 후일 테니, 항복을 선택한 것이다.

"당장 내 도시와 주민들을 다 잃어버릴 수는 없지 않겠소."

"하벤 제국에서 우릴 가만 놔두지 않을 텐데요."

"기회를 봐서… 북부 유저들이 허점을 드러내면 봉기합시다."

"그렇게 하면 여론이 안 좋을 텐데요?"

"상황을 봐서 하면 되지 않겠습니까. 여차하면 도시를 정리하고 떠날 수도 있고요."

하벤 제국의 영주들은 일단 항복을 하고 일이 전개되는 방향에 따라 맞춰 가기로 했다. 하벤 제국이 빠르게 영토를 회복하면 그들의 편에 서서 아르펜 왕국에 대항을 하면 될 것이다.

그렇지만 북부 유저들이 대거 들어오고 나서는 기회를 잃고 말았다.

"풀죽, 풀죽, 풀죽!"

"와… 이 도시에는 길드 시설이 상당히 잘되어 있네. 상점도 크고 물량도 많아."

"중앙 대륙이잖아."

"중앙 대륙에는 처음 와 봤어. 넘치는 돈과 기술력. 화아……! 그래도 아르펜 왕국이 좋지."

"이젠 여기도 아르펜 왕국이야."

북부 유저들은 활짝 열린 성문으로 들어와서 평화로운 방법으로 도시를 장악했다.

그들이 도시의 상점이나 시설물을 이용하는 것만으로도 유저들의 물갈이가 싹 이루어졌다. 기존에 활동하던 유저들의 비율이 2 정도라면 신규 유입되는 북부 유저들은 100, 혹은 그 이상!

영주들은 무기점과 방어구점, 잡화점, 교역소에서 올라가는 매출을 보며 눈을 휘둥그렇게 떴다.

"어제 매출의 84배가 넘어. 특히 돼지고기와 닭고기의 판매량이… 아, 돼지죽과 닭죽 부대님들이 들어왔었지!"

"그냥 몽땅 사는구나. 비싼 고급 무기들은 남겨 놓긴 하지만… 이런 게 아르펜 왕국 영주들이 느끼는 재미인가?"

하벤 제국의 영주들은 영지가 변방에 위치한 탓에 환경에 따른 불이익을 많이 받았다.

장거리 모험을 하는 유저들은 많이 찾아오지만 그뿐이었다.

어중간한 위치에 있는 도시에서 시작하는 신규 유저는 극히 드물었다. 하벤 제국을 비롯한 각 지역의 수도를 선택하거나 아르펜 왕국으로 몰려들었으니, 변방은 크게 소홀했던 것이다.

도시를 발전시키고 싶어도 소비량이 한정되어 있어서, 그저 적당히 유지해 나가는 게 최선이었다.

광산이 있어도 개발하기보다는 소규모로 수입을 했고, 몬스터들이 들끓으면 용병을 고용하는 퀘스트로 진압을 했다.

중앙 대륙의 수준이 높았기에 용병 고용은 쉬웠지만 그들은 정해진 돈을 받고 일을 마치면 다시 떠나 버렸다.

'이건 기회다. 내 도시를 발전시킬 수 있는, 하늘이 내린 기회!'

하르판 지역의 하벤 제국 영주들은 아르펜 왕국과 접해 있는 만큼 그동안의 소식에 대해서도 예민했다.

아르펜 왕국의 눈부신 발전도나 위협을 늘 걱정하고 있었는데, 막상 깃발을 바꿔 들고 나니 이보다 행복할 수가 없었다.

"풀죽신교 여러분을 환영합니다."

"반갑습니다. 어서 오세요."

"오늘은 광장에서 무료로 바비큐 파티를 합니다. 참가자 분들에게는 사제들이 축복의 의식을 펼쳐 드리고 있습니다."

"쿠폰 받아 가세요! 레벨 제한 200 이하 무기 교환 쿠폰입니다. 선착순 1,000분께 드려요!"

격렬한 전쟁을 기대하고 방송국에서 파견을 나온 취재원들은 당황했다.

"뭐야, 이거."

"갑자기 왜 축제가 벌어지냐. 제대로 온 거 맞는데."

"여긴 틀렸어. 아, 그래도 벨르덴 도시에서는 전투가 벌어지지 않을까? 며칠 전에 그곳 영주가 자긴 하벤 제국에 뼈를 묻을 거라고 했잖아."

"몰랐습니까? 벨르덴 성문에 풀죽신교를 환영한다고 현수막이 걸렸는데요."

시청자들의 관심이 집중되어 있기도 했고 방송 예고도 이미 진행했기에 방송국에서는 그대로 생중계를 결정했다.

북부 유저들의 입장과 활기를 띠는 도시의 모습들이 방송으로 공개되었다.

하벤 제국 지역에서 활동하던 유저들도 북부 유저들을 열렬히 환영하며 반겼다.

-재미나네. 이게 풀죽신교지.

-인해전술, 정확히는 풀죽바다전술이다!

-놀러 갑시다. 재밌겠네요.

물론 일부 지역에서는 제국군과 북부 유저들의 전투가 벌어졌다.

평소에 평판이 너무 안 좋아서 항복을 선택할 수 없었던 영주들, 하벤 제국과 밀접한 관련이 있는 이들은 전투를 결정했다.

수비병을 끝까지 긁어모아서 싸웠지만 수많은 유저들의 공격에 의해 성이 함락되었다.

그 이후의 약탈!

"영주나 헤르메스 길드의 재산은 뭐든 가져가도 됩니다."

"일반 주민들에게는 피해가 없도록 주의해 주세요."

"몽땅 털어라!"

성의 창고에 쌓여 있는 곡식과 전투 물자, 교역품.

하벤 제국에 상납품으로 바칠 물품들까지도 북부 유저들은 닥치는 대로 노획할 수 있었다.

사실 의로움으로 뭉친 북부 유저들이기는 했지만 그럼에도 실속을 무시할 수는 없었다.

남들은 다 약탈을 하는데 혼자만 안 하면 바보!

풀죽신교에서도 저항한 영주의 재산에 대해서는 얼마든지 자유롭게 가져가도록 허락했다.

서윤의 최종 허락을 받아야 했는데, 그녀는 현명하게 판단했다.

'헤르메스 길드에 돌려줄 재산이 아냐. 그리고 아르펜 왕국을 위해 노력한 분들에게 나눠 줘야 해.'

위드가 알았다면 단식투쟁을 해서라도 막았을 결정!

헤르메스 길드에서는 주요 도로나 중심가의 상가들까지 소유하고 있는 경우가 많았는데, 이런 곳들도 북부 유저들의 방문을 받았다.

"자, 기다리시는 분들이 많습니다. 각자 3개씩만, 그리고 본인이 쓸 수 있는 물건들만 가져가도록 합시다."

"질서를 지켜요! 품위 있게 약탈합시다."

"약탈 도덕을 지켜 주세요. 우리 모두를 위한 길입니다."

처음 몇몇 도시에서는 풀죽신교답지 않게 초토화에 가까운 약탈을 했다. 심지어는 일반 유저나 주민들의 주택들까지도 약탈했다.

전쟁 중에 발생한 일이기는 했지만, 당사자나 점령군의 명성과 명예를 심하게 낮춘 일이었다.

―정복 과정에서 화재와 약탈로 도시가 파괴되었습니다.

아르펜 왕국의 평판과 왕국 정치, 인근 지역에 대한 영향력이 감소합니다.
정복 지역의 주민들이 반감을 갖습니다.
그들은 점령군을 환영했지만 극심한 피해를 입어서 괴로워하고 있습니다.
아르펜 왕국에 대한 기대와 희망을 버리고 있는 상태입니다.

방송국에서도 '무차별 약탈', '혼란의 아비규환'으로 보도했을 정도였다.

인터넷에서의 평가도 좋지는 않았으나, 일부는 이해할 수 있는 소요 사태라고 했다. 과거 중앙 대륙에서 전쟁이 벌어졌을 때에는 이보다 더한 일들이 많았던 것이다.

이긴 쪽에서 약탈하며 부수기도 했고, 패배한 쪽에서 질투심에 도시를 불태워 버리기도 했다.

그렇지만 풀죽신교의 유저들은 아직 순수했다.

약탈장려법.

약탈을 위한 규칙을 만들어서 질서를 유지하도록 했다.

방송국의 영향도 있고 다른 이들의 시선 때문에라도, 북부 유저들은 질서 정연하게 하벤 제국의 재산을 빼앗았다.

이러한 모습들이 방송으로 중계되면서 하르판 지역의 하벤 제국 영주들은 투지를 잃었다. 저항해서 패배하면 모든 것을 잃을 수 있었으니, 적당히 눈치를 봐서 아르펜 왕국에 항복했다.

풀죽신교 비상전략상황실.

그들은 베르사 대륙의 지도가 펼쳐져 있는 방에서 전략 회의를 했다.

"하벤 제국의 군사력은 강합니다. 그걸 떠나서라도 중앙 대륙의 땅을 전부 정복하기는 무리입니다."

"그렇겠죠. 지금의 전력으로는……."

"북부 유저들이 계속 참전하고는 있지만 아무래도 한계에 부딪치게 될 겁니다. 제국군도 전면 공격에 나설 것이고요."

"헤르메스 길드에서 무슨 꿍꿍이인지 참고 있는 것 같군요. 발전도가 낮은 지역보다는 핵심 지역의 반란군 퇴치부터 신경 쓰려는 것 같기도 하고."

"적대 세력을 확실히 드러나게 하는 편이 좋을 테니까요. 그들이 반격을 시작하면 만만치 않을 것입니다."

풀죽신교의 비상전략상황실에서는 가지고 있는 정보 안에서 최선의 판단을 내리려고 했다.

북부 유저들의 힘, 조인족들이 파악한 대륙 지도와 정세.

현실에서 국방부 고위직에 속해 있는 몇몇 유저들은 자국의 군사 계획보다 오히려 풀죽신교의 활동에 푹 빠져 있었다.

"제국의 땅을 일부 점령한 것으로 만족해서는 안 될 것입니다. 당분간 실익은 없어요."

"동의합니다. 북부 유저들이 전쟁에 동원되며 줄어드는 생산력이나 경제력을 감안하면 이건 손해입니다."

"베르사 대륙이 조금 넓습니까. 한 지역을 빼앗기더라도 제국의 힘은 아주 일부만 줄어든다고 할 수 있을 것입니다."

뛰어난 전략가들이 베르사 대륙의 지도를 놓고 고심했다.

아르펜 왕국의 전력을 이용하고 하벤 제국에 타격을 입힐 수 있는 계획들이 수립되고, 토론 끝에 폐기되었다.

"골치가 아프군요. 하벤 제국이 너무 강합니다. 북부 유저들은 중앙 대륙의 중심으로 진격할수록 분산되고 약화될 것입니다."

"제국이 전략적 요충지를 강화하고 기동타격대를 운용한다면, 영토를 지킬 수 없는 우리에게는 큰 문제가 생깁니다."

"이 정도에서 전쟁을 그치는 것도……."

"여신님이 돌아가셨습니다. 모두가 납득할 수 있을 정도로 복수를 해야 합니다."

"하지만 방법이……."

"헤르메스 길드에 속하지 않은 모든 유저들이 우리를 희망으로 여기고 있다는 점도 명심합시다. 우리가 포기하면 그걸로 끝입니다."

풀죽신교, 북부 유저들은 자존심을 지키고 싶었다. 뒤늦게 시작한 로열 로드지만 힘에 의해 굴복하고 싶은 마음은 없었다.

"위드 님이 했던 말. 하벤 제국을 갈가리 찢어 버리겠다는 말이 또 떠오릅니다."

"으음……."

"그때 우린 뜻을 너무 좁게 해석했던 게 아닐까요?"

풀죽신교의 비상전략상황실에서는 또다시 위드가 그냥 열

받아서 내뱉은 말에 대한 심층 분석을 했다.
그 결과, 놀라운 계획을 수립할 수 있었다.
"갈가리 찢는다. 이것은 누가 들어도 무식하게 대륙을 정복하겠다는 건 아니었죠."
"그렇습니다. 하나씩 찢어 놓는다…는 건데. 이제야 그 말의 의미를 알겠군요."
아르펜 왕국을 강화하고, 하벤 제국을 찢어 놓기 위한 계획!
그 시작은 땅이 아니라, 바다에서부터였다.

헤인트, 프렉탈, 보드미르.
베키닌의 3마리 미친 상어들.
멀고 먼 남부 대륙까지 교역을 다녀온 그들은 치밀어 오르는 희열을 감추지 못했다.
"왔다, 우리의 세상이!"
"세상에… 이게 전부 우리의 전투 선단이야?"
"의심하지 말자. 우린 진정한 해적 제독이다."
사략 해적!
국가에 소속되어서 적국의 상선이나 군함을 격침시키는 해적.

아르펜 왕국에서는 베키닌 출신의 3마리 미친 상어들을 해적 제독의 지위에 임명했다.

하벤 제국과 분쟁이 발생하면서, 그들 밑으로는 항구 바르나와 레자드의 유저들이 밀려들어 왔다.

북동쪽 해안가는 소형, 중형 범선부터 모험선, 갤리선과 교역선으로 뒤덮였다. 모험을 위한 쾌속선과 전투에 부적합한 낚싯배들도 있었지만, 어쨌든 머릿수는 채워 줬다.

“해적질 좀 하러 왔습다.”

“어딜 털 겁니까, 크흐흣.”

“해골 깃발 달고 왔는데요. 어때요, 해골에 썩소, 티 좀 나죠?”

“노세. 노세. 젊어서 노세…….”

“아저씨, 낚시하는데 노래 부르지 마세요!”

바다에서 파도가 칠 때마다 출렁거리는 배들은 10만여 척에 달할 정도였다.

육지에 있는 북부 유저들의 규모에 비한다면 숫자가 적게 느껴질 수도 있지만 사실은 그렇지 않다.

베키닌의 3마리 미친 상어들이 타고 다니는 대형 전투함만 하더라도 선원이 150명이나 근무했다.

“저희 좀 태워 주세요!”

“이 배도 하벤 제국 가죠?”

“아저씨, 우리 리튼 지역에 데려다줄 수 있어요?”

"로디움 쪽으로 가는 배 찾습니다. 워리어예요. 선원 일도 도와 드릴 수 있어요."

택시를 타듯이 배에 탑승하는 일반 유저들까지!

날씨와 해류를 감안하여 밤늦게 출항을 준비했다. 배마다 보급 물자를 두둑하게 채웠고, 교역품까지 챙겨 넣었다.

"출항이다."

새벽.

불을 환하게 밝힌 10만 척의 선단이 남쪽을 향하여 항해를 시작했다.

베키닌의 3마리 미친 상어가 선두에서 이끌었으며, 그 뒤로는 작은 뗏목들까지 밧줄로 엮여서 따라갔다.

까악. 까아아아악!

날갯짓이 귀찮은 조인족들은 새의 형태로 느긋하게 몸을 쪼며 뱃머리와 돛대에 앉았다.

The Legendary Moonlight Sculptor

네리아 해전

The Legendary Moonlight Sculptor

하벤 제국 해군!

그들의 기항지는 항구 보라스크였다.

"우린 바다의 지배자들이다. 그 누구도 우리에게 대항하지 못한다."

제국 해군의 자부심은 드높았다.

바다에서는 배의 성능이 중요하기 때문에 높은 기술력과 막대한 군비를 소모하는 그들이 대륙 최강이라고 생각했다.

제국 해군들은 드린펠트와 하킴이 아르펜 왕국에 의해 박살이 난 뼈저린 과거를 복수할 기회만 노리고 있던 참이었다.

-항구 레자드에서 북부 유저들 출항!

-목적지는 리튼과 로디움. 상륙을 준비 중임!

전쟁을 대비하며 조용히 힘을 기르던 제국 해군에 첩보가 입수되었다.

"우리도 출항이다."

해군 제독 칼맨은 출항을 결정했다.

헤르메스 길드의 수뇌부에도 공식적으로 허락을 받았다.

"전원 토벌하세요. 우리가 힘이 없어서 참은 게 아닙니다. 하벤 제국에 대항하면 어떻게 되는지 보여 줘야 합니다."

라페이와 참모들도 북부 유저들의 상륙을 내버려 둘 수는 없는 처지였다.

북부 유저들도 아직 성질 급한 일부만이 전쟁에 뛰어들고 있었기에, 그들의 공세가 제국을 위협할 정도는 아니라고 판단했다.

로디움과 리튼은 꽤나 번성한 왕국이 있던 지역. 헤르메스 길드 유저들과 군대도 많이 배치되어서 정복당하리라고는 생각하지 않았다. 산악 지대가 많고 발전이 더딘 하르판과는 달랐다.

그럼에도 방송으로 북부 유저들이 하벤 제국과 전면적으로 전투를 일으키는 광경을 보여 주고 싶지는 않았다.

하벤 제국이 고작 초보자들이 모인 북부 유저들에게 시달리는 모습은 얼마나 꼴 보기 싫을 것이며 또 반란군을 자극

하겠는가.

"바다에 전부 수장시켜 주세요. 놈들이 제국의 땅을 밟지 못하도록 해야 합니다."

"물론입니다."

칼맨은 중장갑을 두른 전열함 300척, 그 외에 갈레온과 카락 등 다수의 전투선을 이끌고 동쪽으로 향했다.

"놈들이 보입니다."

"적 함대 발견! 총원 전투 배치!"

거대한 선단이 눈으로 보이기 훨씬 전부터 하벤 제국 해군은 이미 만반의 준비를 갖추고 있었다.

수많은 유저들이 인터넷에 올리는 영상과 방송국이 있기 때문에 로열 로드에서는 정보전이 크게 의미가 없다. 아르펜 왕국 선단의 위치도 일찌감치 파악할 수 있었고, 그에 따라 전투를 벌이기 좋은 자리를 선점할 수 있었다.

'드린펠트와 하킴이 했던 것 같은 실수는 하지 않아. 난 다른 헤르메스 길드 유저들과는 다르다. 방심하지 않고, 적을 무시하지도 않는다. 내 능력을 완전히 발휘하여 상대를 격파할 뿐.'

칼맨을 비롯하여 헤르메스 길드의 해군에 소속된 유저들

은 해상전의 중요한 요소인 해류와 바람의 방향을 고려하여 위치를 잡았다.

"어마어마하군."

"직접 보니 더 장관이다."

그러나 막상 눈앞으로 다가오는 아르펜 왕국의 선단을 보니 기가 막힐 지경이었다.

띠링!

—적의 함대 발견!
아군을 압도하는 대규모 함대입니다.
선원들의 사기가 20% 감소합니다.

끝없는 평야나 숲을 보는 것처럼 바다가 배로 온통 뒤덮여 있다.

돛을 활짝 펼친 배들이 남쪽으로 항해를 해 오고 있는데, 살짝 겁이 날 정도였다.

칼맨과 해군 유저들도 상당히 많은 해상전을 치르기는 했지만 이런 규모의 적과 싸우는 건 처음이다.

하지만 질 거란 생각은 조금도 하지 않았다.

'바다는 육지와는 다르다. 배의 성능과 바람, 이 조건들이 승패의 중요한 요인이 되지.'

제국 해군은 신중하게 전술을 짰다.

"대포는?"

"장전 완료입니다. 언제라도 쏠 수 있습니다."

"바람을 등지고 적의 외곽부터 타격한다. 끌려들어 가지 않도록 하라!"

"예, 제독!"

제국 해군은 길게 늘어서서 북부 유저들의 선단을 맞이했다.

"사거리에 들어왔습니다."

"발사!"

제국군의 전열함들이 포문을 열고 일제히 대포를 발사했다.

굉음을 내며 바람을 타고 날아간 포탄들이 북부 유저들의 배에 적중되었다.

콰과과광!

포탄의 일부는 바다에 떨어져서 높은 물기둥을 일으켰다.

"침몰한다!"

"어서 피하세요!"

북부 유저들의 선박 중 수십 척이 가라앉았다. 일부는 선체가 파괴되어서 깊은 바다로 서서히 침몰하고 있었다.

"우리도 쏩시다. 발사!"

"당하고만 있을 수는 없지. 장전하는 대로 쏴 줘요!"

선두에 있던 북부 유저들의 배 갑판에서도 선원들이 포를 쐈다.

배에서 새하얀 연기를 일으키면서 쏘아진 포탄은 제국 해군의 근처에도 가지 못하고 바다에 떨어졌다.

"크크큭."

"아, 이거 너무 쉬운 거 아닙니까."

헤르메스 길드 유저들은 터져 나오는 웃음을 참지 못했다.

'이건 이겼다.'

칼맨도 적 선단의 규모를 보며 생겼던 긴장을 풀며 확신을 가졌다.

해상전에서는 배의 규모와 성능, 대포의 사정거리가 굉장히 중요하다.

바람을 등지고 쏘는 대포는 사정거리가 조금 더 길어진다. 비슷한 성능의 대포를 쏘더라도 제국 해군이 유리한데, 기본적인 사정거리의 차이가 크다면 말할 것도 없다.

'절대적인 승리야. 적의 숫자가 아무리 많더라도, 닿지도 않는데 무슨 싸움을 한단 말인가.'

칼맨은 제국 해군에 신호를 보냈다.

"우회하면서 계속 포격한다. 배의 성능에서 우리가 압도하니 사정거리 밖에서 끝까지 쏜다."

"예, 제독님!"

제국 해군은 약속된 움직임을 이어 가며 포탄을 계속 쏘았다.

대포가 달아오를 정도로 쏘아진 포탄은 밀집해 있는 북부

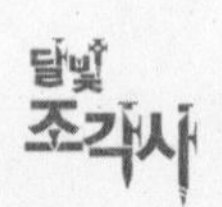

유저들의 선단을 무참히 타격했다.

속력을 최대한 높인 모험가 전용 배들이 앞으로 튀어나왔지만 그들은 맞히기 쉬운 표적이 될 뿐이었다.

노련한 제국 해군은 포격을 가해서 선두의 배부터 박살을 냈고, 우월한 기동력을 이용하여 계속 움직였다. 북부 유저들의 배가 돛을 활짝 펴고 다가오려고 해도 거리는 오히려 더 멀어진다.

베키닌의 3마리 미친 상어들은 제국 해군의 포격에 속수무책이었다.

"이런 빌어먹을!"

"우리라도 나가자. 우리 배는 저것들을 따라잡을 수 있잖아. 전열함은 느리다고."

"안 돼. 우리만 앞서가면 일제 포격을 당하고 말 거다."

베키닌의 3마리 미친 상어들은 북부 유저들이 모인 선단의 중심이었다. 그들까지 격파되고 나면 어떤 수단도 남는 것이 없다.

북부 유저들의 거대한 선단이 한 덩어리로 모여 있었지만 제국 해군은 그들을 말 그대로 지워 나가고 있었다.

육지에서야 유저들이 죽는다 해도 레벨과 숙련도, 아이템을 잃어버리는 페널티를 받을 뿐 다시 살아나니 상관없다. 하지만 바다에서 그들의 죽음과 함께 침몰하거나 부서진 배들은 복구되지 않는다.

아르펜 왕국에서 지금까지 키워 온 해상 전력, 그 대부분의 배가 네리아 해의 깊은 바다로 사라져 가고 있었다.

드넓은 바다는 격침당한 배들의 잔해로 가득했다.

헤르메스 길드의 유저들과 제국 해군은 얼굴에 미소가 가득했다.

"이겼다. 우리 측의 피해는 1척도 없이 저것들을 전부 가라앉혀 버리자고."

"해전의 역사에 길이 남을 전쟁이 되겠지. 놈들은 이미 멀리 와서 다시 아르펜 왕국으로 돌아가지도 못한다."

제국 해군은 만약 북부 유저들이 뱃머리를 돌려서 도망치더라도 끝까지 쫓아갈 작정이었다.

이미 승리를 대비하여 포탄과 물, 식량을 갖춘 수송선까지 따라왔다. 헤르메스 길드에서 해상 교역을 중심으로 하는 상단 '영광의 바다'가 선박을 전부 이끌고 왔던 것이다.

"풀죽, 풀죽, 풀죽!"

북부 유저들은 돛을 활짝 펼치고 최대한 속도를 냈지만 물러서면서 포격하는 제국 해군의 밥이 되고 있었다.

"까우우우우!"

그때, 먼바다에 들리도록 세차게 울부짖는 조인족이 있었다.

조인족 유저 중에서 최고로 꼽히는 날쌘 찬바람.

찬바람의 종족은 제비로, 최초로 날쌘이라는 수식어까지

얻은 조인족이었다.

"작전 개시다앗!"

북부 유저들의 돛과 갑판에서 조인족들이 일제히 날아오르기 시작했다.

머리를 붉게 염색한 조인족들이 선두가 되어서 새들이 하늘 높이 솟구쳤다.

"돌격!"

조인족들은 충돌 파괴력을 증가시켜 주는 왕관을 착용한 채로 제국 해군을 향하여 덤벼들었다.

조인족에게 맞는 방어구이자 공격력 향상 아이템!

"배를 보호하라."

제국 해군의 마법사들은 조인족들에게 공격 마법을 발동시켰다. 수많은 화염과 빛줄기가 하늘로 솟구쳤으며, 일부 마법사는 전열함을 엷은 보호 마법으로 감쌌다.

"산개해서 무너뜨려!"

"꼬끼요옷!"

조인족들은 마법 공격을 피하여 흩어져서 배로 돌진했다.

공중에서 적중되어 회색빛으로 변해서 사망하거나 튕겨나가는 조인족들!

그럼에도 절반 가까운 조인족들이 전열함으로 접근하는데 성공했다.

"꾸에에엑!"

조인족들이 단단한 전열함의 갑판에 충돌했다.

쿠우우웅!

전열함에 미미한 미동이 생기기는 했지만 갑판은 뚫리지 않고 멀쩡했다.

헤르메스 길드 유저 중 1명이 큰 소리로 웃었다.

"멍청한 놈들. 너희의 전술이야 빤한 거 아닌가. 이건 강철로 강화된 배다!"

중갑을 둘러서 강화된 전열함!

그 말을 들은 조인족 유저 뚤치는 죽기 직전에 통신 채널을 통해 알렸다.

뚤치 : 강철로 강화된 배라고 합니다. 부딪친 머리가 아픕니다. 무모한 돌격은 의미가 없… 크윽!

조인족들은 이미 돌진을 하고 있었다.

수많은 마법 공격에 당하고 있었기에 지금 다시 하늘로 날아가 보았자 돌이킬 수 없는 피해만 입게 된다.

찬바람 : 선체가 안 된다면 돛이라도 부숩시다. 우리가 할 수 있는 모든 걸 합니다.

바람을 가르며 아래로 내리꽂히는 조인족의 눈동자와 부

리에 힘이 잔뜩 실렸다.

찬바람 : 우린 하늘을 영역으로 삼고 바람을 타는 조인족입니다. 갑시다아!

북부 유저들 대부분이 그렇지만, 조인족들은 특히 용감했다.

애초에 생명력은 적지만 날개를 펼쳐서 빠르게 날아다니는 직업이다.

그 속박되지 않는 자유로운 영혼들!

조인족들은 서윤을 만나서 말을 들은 적도 있기에, 그녀를 위해 기꺼이 목숨을 내던지기로 했다.

둘까치 : 도망 따위는 없습니다. 맹렬하게 폭격합시다. 해야 할 일을 하는 거죠.

타르고 : 5분 후에도 살아남아 있는 조인족이 없길 바랍니다.

조인족들이 일제히 전열함에 내리꽂혔다.

갑판에 부딪치는 건 의미가 없었기에 대포를 장전하는 수병들에게 부딪치거나 돛을 묶어 둔 밧줄을 쪼았다.

따다다닥!

"안 돼! 이놈의 새들!"

조인족들은 놀라운 솜씨와 빠르기로 밧줄을 쪼아서 돛을 떨어뜨려 버렸다.

건물에 비교할 수 있을 정도로 육중한 전열함은 하부에 노를 젓는 시설이 없었다. 넓고 큰 돛을 3~4개씩 달아 놓았는데, 하나만 떨어져 나가도 그렇지 않아도 느린 기동력에 큰 장애가 생긴다.

"쯧, 예상했던 대로군."

칼맨은 돛이 뜯겨 나가거나 구멍이 뚫린 전열함들의 상태를 보며 눈을 찌푸렸다.

"대비는 했어도 완전히 막진 못했나. 그래도 이 정도라면 상관할 바는 아니지."

조인족들을 해치웠으니 변수는 대부분 사라졌으리라.

"우현 전타. 돛에 피해를 입은 선박들은 전장을 빠져나가서 완벽히 수리를 하고 돌아온다."

제국 해군이 시간을 끄는 사이에 절반 정도의 전열함이 전투 지역을 이탈했다. 북부 유저들에게 둘러싸여서 벌 떼 공격에 당하는 걸 방지하기 위해, 느리지만 미리 움직인 것이었다.

전열함과 전투형 범선들이 포격을 뿜어내는 사이에 안전하게 적당히 거리를 두고 멀어졌다. 큰 메인 돛을 선원들이 다시 올리고, 그사이에 수송함으로부터 포탄도 보충하려 했다.

북부 유저들의 선단은 전속력으로 접근하고 있었지만 제

국 해군은 물러서면서 포격을 계속했다.

천둥 벼락을 치는 것 같은 굉음 속에서 날아온 포탄들이 북부 유저들의 선박을 산산조각 냈다.

헤르메스 길드 유저들이 의외로 너무 쉬운 싸움이라는 생각을 하는 바로 그때였다.

크르르릉!

무언가가 크게 걸리는 소리와 함께 전열함들의 선체가 일제히 기우뚱 흔들렸다.

"무슨 일이냐!"

"배가 움직이지 않습니다."

"그럴 리가……."

칼맨이나 헤르메스 길드 유저들은 처음으로 당혹스러웠다.

바다에서 가장 두려운 상황 중 하나가 배가 움직이지 않는 것이다. 하필이면 그것도 전투 중에!

헤르메스 길드 유저들은 바람에 팽팽하게 펼쳐진 돛을 보며 이상하게 여겼다.

"바람은 정상인데. 무슨 일이지?"

"물속에서 어떤 문제가 생긴 것 같습니다."

그들은 미처 알지 못했지만, 수중에도 북부 유저들이 있었다.

풀죽신교 비상전략상황실.

해군 전투 지휘반에는 전 세계의 해군 엘리트들이 모였다.

"해전은 우리의 전력으로는 무리입니다. 선박의 배수량에서부터 무기 체계까지, 격차가 너무 큽니다."

"그래도 우리가 숫자는 많지 않습니까?"

"북부 유저들은 제대로 된 무장이라고 할 것이 없습니다. 모험가나 상인의 배가 압도적으로 많을 것이고, 게다가 대포를 장착하지 않은 경우가 대부분입니다."

"중대한 전력에 차이가 나는 부분이죠."

아르펜 왕국에서는 조선소의 기술력이 중앙 대륙에 비해 크게 뒤떨어졌다.

조선 장인들은 빠르고 큰 배를 만드는 데 급급한 수준이며, 대포는 주문조차 극히 드물었다. 꼭 필요하면 베키닌처럼 해적들이 들끓는 도시에 가서 장착을 하고 오는 경우가 일반적이었다.

북부 유저들은 교역을 위해 배의 대포를 아예 없애고 창고의 적재함을 늘렸고, 배의 기동력을 향상시켰다. 포술을 제대로 익히지 못한 선장이나 선원도 흔했다.

"조인족들의 도움을 받을 수 있지 않을까요?"

"그들만으로 제국 해군을 제압할 수는 없습니다."

"전투 진형을 잘 짜는 것은?"

"제국 해군이 바보가 아니라면 외곽에서부터 무너뜨리겠죠. 제대로 싸워 주지 않을 겁니다. 아시다시피 대포와 배, 숙련된 선원. 해전의 중요한 요소들에서 우리가 극도로 불리합니다."

"그러면 어떻게 해야 합니까. 상륙작전을 막아야 할까요?"

"우리가 가진 모든 걸 이용하여 작전을 잘 짜 봐야 되겠죠."

해군 엘리트들이 네리아 해에서 벌어질 해전을 예측하고 연구했다. 전쟁은 벌어지기 전부터 준비해야 한다고 믿는 그들이었다.

밤낮을 새우면서 회의한 그들은 어려운 결론을 내렸다.

"승리를 위해서는 우리가 원하는 장소에서 놈들과 싸우도록 해야 합니다. 최대한의 준비를 해 놓고 말이죠."

"망망대해에서 그게 가능할까요?"

"예. 가능하도록 해야죠."

"해상 전술이 좀 어려울 것 같은데요. 바람과 해류까지 감안하여 시간을 맞추기는 힘듭니다."

"북부 유저들이 복잡한 전술을 따르도록 하는 게 아니라, 큰 배를 가진 몇몇이 전체 무리를 이끌도록 해야 합니다."

"으음… 그런 방식이라면."

"그리고 효과를 극대화시키기 위해 마지막에는 위드 님이 등장하시면 좋습니다."

"위드 님까지요?"

"계획이 성공적으로 이루어졌을 때 제국 해군을 완전히 수몰시키기 위해서 말이죠."

깊은 바다.

어둡기까지 한 해저에는 많은 물고기들이 돌아다녔다.

그 바다에 자기 집 안방처럼 머무르는 유저들이 있었다.

"언니, 여긴 해산물이 많아."

"응. 다 따서 수산 시장에 팔면 대박이겠다."

"나중에 캐 가자."

"그래."

아르펜 왕국의 해녀들로 이루어진 꼬막죽, 해초죽, 미역죽, 전복죽 부대에서도 최고의 실력자들!

최대 1시간이나 잠수가 가능한 그녀들은 가끔씩 수면 위로 올라오면서 북부 유저들의 선단과 제국 해군이 오기만을 기다렸다.

"아직도 멀었네."

"슬슬 오고 있는 것 같아. 조금 전 지나가던 우럭이 알려줬어."

"준비를 하자."

800여 명으로 이루어진 꼬막죽 유저들은 해저에서 대게와 새우를 잡아서 한곳에 묶어 놓았다.

네리아 해의 심해에서 갓 잡은 해산물들!

곧 전투가 벌어진다지만 부지런한 해녀들이라 가만히 놀고만 있을 수는 없는 일이었다.

이윽고 북부 유저들과 하벤 제국 해군의 선단이 전투를 벌였고, 그 여파는 수면 아래로 고스란히 전달되었다.

배를 박살 내면서 터지는 포탄과 물기둥.

침몰하여 깊은 바다로 가라앉는, 북부 유저가 타고 있던 선박의 파편들.

"아……."

"기다리자. 복수는 꼭 할 거야."

해녀들은 조용히 기다렸고, 약속했던 대로 일부 전열함이 물러나고 나서 움직였다.

전장에 머무르며 포격을 하고 있던 제국 해군의 선단. 그들의 선체 아랫부분을 쇠사슬로 다른 배나 해저의 암초들과 단단히 묶어 놓았다.

"배들이 움직이지 않습니다!"

"돛을 확인해!"

"멀쩡합니다. 키가 말을 듣지 않는 상태입니다. 어어어!"

전열함들은 추진력을 잃고 제멋대로 뒤엉켰다.

몇몇 선박은 이동 자체가 불가능했고, 나머지는 원하는 방향으로 가지를 않았다.

"돛을 완전히 펼쳐!"

조타수가 키를 돌리면서 돛에 바람을 한껏 받자, 무언가가 강하게 잡아끄는 느낌이 났다.

"배가 다가온다! 피해라!"

"으아아악! 오른쪽 측면! 측면!"

갑판에 있던 선원들이 비명을 질렀다. 오른쪽에 있던 전열함 샤렛호가 그들을 향해 정면으로 덤벼들고 있었다.

"충돌한다! 어서 배를 멈춰!"

"우리 마음대로 안 돼!"

선장과 항해사들이 외쳤지만 상대 전열함은 이미 가까이 다가와 있었다.

"뭐든 잡아라!"

"전원 충돌 대비!"

전열함끼리 정면으로 부딪치면서 선체가 크게 파손되었다.

다른 전열함들도 갈피를 못 잡고 원하는 방향으로 움직이지 않고 빙글빙글 돌고 있었다.

"바다에 뭐가 있다!"

누군가가 전열함들끼리 묶여 있다는 걸 깨달았지만 당장

손을 쓰기는 어려웠다.

그 틈을 타 북부 유저들의 선단이 계속 다가왔다.

칼맨은 전체 통신 채널로 명령을 내렸다.

칼맨 : 포격을 계속한다. 일부는 바다로 뛰어들어서 문제를 해결한다.

전열함과 전투선이 도열하여 북부 유저의 선단을 향해 불길을 내뿜었다. 배의 양쪽 측면에 대포가 배치되어 있기에 일부는 사용할 수 없었지만 그럼에도 강력했다.

반면에 바다로 뛰어든 유저들은 고역을 면치 못했다.

"으악, 그물에 몸이 엉켰다!"

"해파리가 붙어서 떼어지질 않아……."

높은 레벨의 헤르메스 길드 유저들이라도 해저에서의 활동은 어려웠다.

포격용으로 개조한 카락을 가지고 해적이나 바다 괴물을 사냥하며 해상에서 빠르게 레벨을 올리는 게 정석이었다. 배를 모는 스킬은 뛰어나도, 해저에서의 사냥은 전문 분야가 아닌 것이다.

"우리 할 일은 다 했네."

"언니, 슬슬 마감 치자."

해녀들은 그들과 싸우는 걸 포기하고 멀리 떨어져서 전복을 캤다.

해군 특수부대 출신 유저들도 로열 로드를 했다.

현실에서 각 국가마다 최고라는 자부심이 있던 그들은 아르펜 왕국에서 하나로 뭉쳤다.

"전쟁이라면 반드시 이겨야 하지 않겠습니까?"

"당연하지요. 적의 물량이 우리를 넘어서더라도 문제없습니다. 열악한 보급이나 장비가 어디 하루 이틀의 문제도 아니고요."

"바다의 제왕은 우리입니다."

해군 특수부대 출신 유저들은 주로 상어죽 부대에 가입해 있었다.

상어죽 부대는 위험한 임무를 부여받고 전투가 벌어지기 전에 일찌감치 조인족들에 의해 네리아 해의 한복판에 투입되었다.

"수면과의 거리 34미터."

"낙하!"

공수부대처럼 바다에 뛰어든 그들은 오리발과 물갈퀴를 착용했다.

하벤 제국군이 정찰을 하지 않는 범위임에도 불구하고 얼굴을 시커멓게 칠한 상어죽 부대!

바다의 수많은 물고기들이 그들의 곁을 맴돌다가 지나쳤다.

"목표물은?"

"정찰병의 보고로는 3킬로미터 떨어져 있답니다. 지금 남쪽으로 이동 중입니다."

"빠르게 따라잡는다."

상어죽 유저들은 헤엄을 치며 고속으로 이동했다.

대형 바다 괴물.

뱃사람들이 두려워하는 몬스터인 크라켄 무리를 잔뜩 끌고 오기 위해서다.

당연히 위험부담이 높은 임무였지만, 상어죽 부대는 해야 할 일을 알고 나서 웃었다.

북부 유저들, 아르펜 왕국을 위해 멋지고 중요한 임무를 해낸다는 자부심이 가득했다.

제국 해군은 느리게 움직이면서 포격전을 벌였다.

북부 유저들의 선단이 점점 가까워지고는 있었지만 헤르메스 길드 유저들에게 위기감은 별로 없었다.

'놈들의 실력은 대충 파악되었다. 싸구려 대포에 명중률도

형편없고… 우리 배들의 방어력이라면 버틸 수 있다.'

오히려 북부 유저들의 선단이 가까워지면서 제국 해군의 포격 명중률과 파괴력이 대폭 늘었다.

꽈과과광!

제국 해군의 대포가 일시에 불을 내뿜으면 북부 유저들의 선단 한 무리가 격침되었다.

산산조각이 난 배들의 잔해가 다른 유저들의 항로를 가로막기도 해서 거리가 쉽게 좁혀지지 않았다.

칼맨이 그 광경을 보며 싱긋 웃었다.

"애초에 너무 신중하게 싸웠나? 그냥 정면으로 돌격을 했더라도, 피해는 있었겠지만 지진 않았을 것 같군."

1등항해사 곤잘로도 그 의견에는 동감이었다.

"강제로 적의 중심을 부수는 전술이 해전의 묘미이긴 하죠."

"지금이라도 시도해 볼 수 있는 전술 같은데."

"가능은 할 것입니다."

우월한 배의 성능을 바탕으로 적 함대의 정중앙을 뚫고 들어간다. 양쪽 갑판에 배치된 대포들이 한꺼번에 포탄을 토해내면 괴멸적인 피해를 입힐 수 있었다.

그 과정에서 적의 병력이 배에 오르면 백병전이 벌어질 수도 있겠지만, 카락급이라면 몰라도 전열함은 갈고리를 걸어도 갑판에 올라오기 어렵다. 물론 올라오더라도 제국 해군은 백병전에도 단련이 되어 있어서 문제가 없었다.

끝없는 물량 공세를 펼칠 수 있는 평원에서의 회전과는 다르다. 배에서의 전투는 헤르메스 길드 유저가 일당천의 위력을 발휘할 수 있었다.

백병전으로 버티는 사이에 포격을 계속 뿜어내다 보면 남아 있는 적선은 없게 될 것이다.

"그렇더라도 지금의 상황을 유지하도록 한다. 일부 전열함이 이탈한 상태이기도 하고, 이대로 1시간 정도만 버티면 완벽한 승리를 거둘 수 있겠어."

칼맨에게 전체 전장의 그림이 그려졌다.

시간이 조금만 더 흐르고 침몰하는 북부 유저들의 배가 더욱 많아진다면, 그때부턴 어떤 전술이든 마음껏 보여 줄 수 있으리라.

"카락들에게 추격전도 준비하도록 하게. 아르펜 왕국의 항구까지라도 쫓아가서 격침을 시키도록 해야지."

"예. 전달하겠습니다."

칼맨은 느긋하게 전장을 지켜보고 있었다.

그런데 모여 있는 전열함의 갑판 위로 무언가가 툭 던져졌다.

꿈틀꿈틀.

수박만 한 크기의 귀여운 문어가 다리를 움직이면서 옆으로 기어갔다.

"이건 문어? 구워 먹으면 맛있겠군."

수병 1명이 문어를 두 손으로 붙잡았다.

그리고 그와 비슷한 광경은 여러 전열함에서 동시에 벌어지고 있었다.

용감한 상어죽 부대!

네리아 해에 있는 각 크라켄의 서식지로 1,000여 명이 파견을 가서 절반이 넘는 유저들이 희생되었다.

그럼에도 새끼 크라켄들을 무사히 잡아 와서 전열함 위로 집어 던지거나 배의 측면에 단단히 묶어 두었다.

"우리 할 일은 다 한 것 같군."

"마지막 임무가 남았습니다."

"그렇지. 최후의 임무를……."

상어죽 부대는 전열함의 측면으로 올라서 포실 내부로 침투했다.

"침입자들이다!"

제국 수병들이 있는 곳은 헤르메스 길드 유저도 지키고 있었다.

그들끼리 전투가 벌어지는 사이에 상어죽 유저들은 대포를 조종했다.

"이쪽인 것 같은데……."

"일단 마구 쏴!"

상어죽 유저들은 대포의 방향을 바로 옆에 있는 전열함으

로 틀었다.
"발사!"
대포의 포탄들이 가까운 거리에 있던 전열함의 갑판과 선체를 꿰뚫고 들어갔다.
"놈들을 제거하라."
수병들을 이끌고 들어오려는 헤르메스 길드 유저들을 악착같이 방어하며 날뛰었다.
레벨과 전투 능력으로는 애초에 상대가 안 되기 때문에 대포를 사방으로 날렸다. 심지어는 화약을 안고 직접 터트리기까지 했다.
상어죽 유저들의 활약에 침몰하거나 반파된 전열함만 7척.
"여기까지인 것 같군."
전설적인 경력을 가진 한국의 해군 특수부대 대위 곰장어를 향해 상어죽 유저들이 경례를 붙였다.
"수고 많으셨습니다."
"나를 따라 줘서 고맙다."
"통닭집에서 뵙겠습니다."
상어죽 부대는 일을 마치고 종로의 통닭집에서 만나기로 했다. 그들이 죽은 이후에 벌어질 네리아 해의 해전을 보면서 치킨에 맥주 한잔하기로 약속된 계획이었다.

“반항이 제법 거세군.”

칼맨은 기함인 빅토리아호의 갑판에서 전황을 살폈다.

일부 점거당한 전열함들이 아군을 공격하고, 그에 대한 반격과 진압이 이루어지면서 침몰하는 배가 나왔다.

“북부 유저들이나 아르펜 왕국은 과연 무시할 수 없군. 호락호락하게는 죽지 않는단 말인가.”

칼맨은 하벤 제국이 과거에 싸울 때마다 어째서 실패를 거듭했는지를 알 것도 같았다.

“상대의 전력을 우습게 보고 덤볐다가 예상하지 못한 일을 자꾸 당하면서 밀린다. 준비가 부족하면 당황하게 되는 거지.”

제국군의 육상 전력은 한꺼번에 모이기 힘들 정도로 가공했다. 반면에 해상 전력은 처음부터 아르펜 왕국을 제압하는 방향으로 성장했다.

‘그래, 이 정도는 해 줘야지. 명승부가 되진 않겠지만… 저항을 해 줄수록 완벽한 승리를 거둔 내 이름이 더 빛날 것이다.’

해전에서 박빙의 승부를 연출하는 방송 장면을 만들기 위해, 마음 같아서는 데미캐논 몇 기라도 빌려주고 싶을 정도였다.

‘적들이 내놓을 수 있는 카드는 다 꺼냈나? 전투의 후반은

조금 졸렬해지겠군.'

북부 유저들의 배 중에서 그나마 덩치가 큰 교역선이나 중형 범선이 모조리 파괴되면 낚싯배들 따위야 고려의 대상도 아니었다.

"끝났군."

"크크, 아르펜 왕국의 바닷가를 초토화시켜 버리자고!"

전열함의 갑판에 서서 신이 나 떠드는 헤르메스 길드 유저들이었다. 그때, 그들의 곁으로 거대한 촉수들이 지나가며 배의 갑판과 돛대를 움켜쥐었다.

콰드드드득!

"스, 습격이다!"

대포를 장전하던 수병들이 깜짝 놀라서 고함을 질렀다.

그 순간 바다에서부터 솟구친 촉수들이 전열함을 단단히 감쌌다.

"이건… 크라켄?"

"크라켄의 습격이다!"

대형 바다 괴물 크라켄!

-크라켄의 습격을 받았습니다.

네리아 해의 전설!

자욱하게 해무가 깔리고 나면 바다를 조심해라. 깊은 바다에서 끔찍한 그 무언가가 먹잇감을 노리기 위해 올라오고 있다.

모든 수병들의 사기가 85% 저하됩니다.

크라켄의 등장.

헤르메스 길드 유저들에게도 비상이 걸렸다.

"하필 이런 때에……."

"물리치는 건 어렵지 않지만 발이 묶이겠다."

"여긴 크라켄 출몰 지역이 아닌데. 설마하니 북부 유저들이 크라켄까지 몰고 온 것인가?"

제국 해군은 바다를 안정시키는 임무를 달성하는 와중에 크라켄을 퇴치한 경험이 여러 번 있었다.

"침착하게 대응하라! 크라켄이라고 해도 우리 함대에는 별게 아니다!"

칼맨이 고함을 치며 병력을 격려했다.

-수병들의 사기가 50% 회복됩니다.
대포의 장전 속도가 빨라집니다.

바다 생명체 중에서도 크라켄은 극도로 짜증이 나는 몬스터 중의 하나였다.

바다 깊은 곳에서 촉수 같은 다리를 움직이면서 배를 붙잡아 파괴해 버린다. 제국 해군이 맹렬하게 공격을 하더라도, 막대한 생명력을 가진 크라켄은 다시 바다에 잠수하여 유유히 떠나 버리기에 귀찮기 짝이 없었다.

"대충 쫓아 버려라."

헤르메스 길드 유저들도 검을 들고 뱃머리까지 올라온 크라켄의 두꺼운 다리들을 제거했다.

크라켄만 내보내면 더 이상의 변수는 없으리라!

칼맨과 헤르메스 길드 유저들은 그렇게 바라고 있었지만, 전열함이 모여 있는 부대의 도처에서 크라켄의 다리들이 올라왔다.

"더 등장했다."

"많다! 1~2마리가 아니야."

적어도 10마리가 넘는 크라켄들이 전열함이나 카락을 붙잡고 있었다. 크라켄의 다리에 붙잡힌 배들은 부서져 버리거나 이동이 불가능한 상태가 되었다.

칼맨과 헤르메스 길드 유저들의 발등에도 불이 떨어졌다.

"격퇴해! 북부 놈들은 뒤로 미루고 크라켄부터 처리하는 게 우선이야."

크라켄은 공격을 하다가도 먹이가 호락호락하지 않다고 느끼면 물러간다. 그렇기에 마법이나 대포로 뜨거운 맛을 보여 주면 퇴각하리라고 봤다.

"피해라!"

크라켄들의 다리는 돛대를 쳐서 부러뜨려 버리고, 수병들을 휩쓸어서 바다에 빠뜨렸다.

우으어어!

기괴한 울음소리를 내면서 전열함들을 붙잡았다. 끈끈한 다리의 촉수 부분이 배를 감싸고 바다 깊은 곳으로 끌어들이

기까지 했다.

전열함의 복원력이 뛰어나서 쉽게 가라앉지는 않았지만 선체의 파손 부위를 통해 침수 피해가 잇따랐다.

전열함들은 아군의 배가 부서질 수도 있어서 대포로 공격하기도 힘들었다.

"이건 왜 이렇게……."

크라켄의 이유를 알 수 없는 집요한 공격에 대해 의구심을 느낄 때였다. 전열함과 무장 카락이 밀집해 있는 제국 해군의 중심부 바다에 잔잔한 파문이 일기 시작했다.

바다 한복판의 작은 소용돌이.

조금씩 안개가 일어나고, 맑은 하늘에서는 돌풍과 빗방울들이 떨어진다.

헤르메스 길드 유저들은 배에 달라붙은 크라켄들을 물리치느라 정신이 없어 늦게 알아차렸다.

일찍 알았다고 해도 어찌할 방법은 없었을 것이다.

미친바람과 소용돌이.

바다를 배경으로 만들어 낸 대작의 조각품을 파괴하여 대재앙의 자연 조각술이 펼쳐진 후였기 때문이다.

위드는 베키닌의 3마리 미친 상어가 모는 해적선의 갑판

에 서 있었다.

네리아 해전!

며칠 전, 프렉탈로부터 계획을 보고받고 나서 당연히 참석하기로 했다.

"저, 정말이십니까. 와 주시는 겁니까?"

"예."

"위드 님이라면 바쁘실 줄 알았는데, 시간을 내 주셔서 고맙습니다."

"헤르메스 길드에 나쁜 짓을 한다는데, 있던 약속이라도 취소해야죠."

'과연 성실한 나쁜 놈 같으니!'

베키닌의 3마리 미친 상어의 존경심이 더욱 깊어졌다.

정확한 시간에 유린을 데리고 그들의 해적선에 등장했을 뿐만 아니라, 심지어는 대재앙을 일으킬 대작 조각품까지 현장에서 순식간에 뚝딱 만들었다.

갑판에서 고작해야 30분 정도 만에 대작 조각품이 만들어지는 모습은 경이로움 그 자체였다.

위드는 자연 조각술로 바닷물을 공중에 띄워 놓고 조각칼로 깎았다. 잠시도 쉬지 않고 조각칼을 잡은 손이 움직일 때마다 물방울이 깎이고 다듬기면서 형태가 바뀌었다.

짙은 안개와 무시무시하게 깊은 소용돌이.

그중에 백미라고 할 수 있는 건, 물을 깎아서 표현한 크라켄들!

크라켄들이 소용돌이에서 날뛰는 무서운 대작 조각품이 만들어졌다.

대재앙을 일으키는 데 크라켄이 필요한 건 아니었지만 일종의 장식품이었다.

보드미르가 침을 꿀꺽 삼키면서 물었다.

"이번 계획에서 재앙을 일으키는 건 굉장히 중요한 부분인데요, 조각품이 실패하면 어떻게 하려고 하셨습니까?"

"실패요?"

"원숭이도 나무에서 떨어지잖습니까. 아무리 위드 님이라도 실패하면 어쩌시려고요?"

베키닌의 3마리 미친 상어들만이 아니라 해적들조차도 위드가 대답할 말에 관심을 가졌다.

조각술, 예술이란 원한다고 언제든 결과물이 만들어지는 게 아니지 않은가. 그런데도 현장에서 만들다니, 뭔가 다른 대책도 있었을 거라고 믿었다.

위드의 입가에 잔잔한 썩소가 머물렀다.

"예술이란 말입니다, 절대 실패하지 않을 때가 있습니다."

"그럼 순수하게 실력에 대한 자신감으로……."

"예. 지금이 바로 그 순간입니다. 나쁜 짓을 할 때는 예술적인 영감이 솟구친단 말이죠."

헤르메스 길드에 엿을 먹여 줄 생각에 멋지게 완성된 대작

조각품!

대재앙의 자연 조각술이 파괴력을 발휘하면서 바다에서 거대한 소용돌이를 수십 개나 일으켰다. 크라켄에 의해 발이 묶인 제국 해군은 휩쓸리지 않을 수가 없었고, 그것은 곧 괴멸적인 결과를 만들어 냈다.

"돛을 걷어라."

"파도가 너무 높다. 뭐든 잡아!"

소용돌이에 휘말리면 전열함이라도 빨려 들어갈 수밖에 없다.

"전력 질주! 이 지역을 벗어난다!"

선장과 항해사들, 조타수들은 어떻게든 피해 보려고 했다. 소용돌이를 이용하여 오히려 속도를 높여서 단숨에 빠져나가려고 했지만, 밀집해 있는 다른 배들이 나타나서 가로막았다.

"피해, 이 멍청아! 왜 이쪽으로 와서……."

"키가 말을 안 듣는다."

"충돌 대비! 충돌한다아아아아!"

"어어어어, 크라켄이다!"

제국 해군은 사방에서 아우성을 쳐 댔다.

미친바람에 소용돌이.

기우뚱거리는 제국 해군들이 빙글빙글 돌면서 소용돌이의 중심부로 끌려들어 간다.

콰지지직! 콰드득!

전열함들은 소용돌이 속에서 부딪치고 파괴되었다.

단단한 선체는 여러 번의 충돌에도 버텨 냈지만 다른 배들과 부딪치면서 내구력을 상실했다. 구조물들이 부서지는 것은 물론이었고, 수병들은 배가 기울어지고 파도에 휩쓸려서 바다로 떨어졌다.

"으아아아아아악!"

"살려 줘. 여길 벗어날 거야!"

소용돌이의 영역은 돌풍이 부는 소리와 비명 소리로 가득했다.

"……."

반경 3킬로미터를 아우르는 대재앙의 영역.

북부 유저들의 선단은 멀찌감치 떨어져서 구경을 하고 있었다. 감히 가까이 다가가서 구경할 엄두도 나지 않았다.

"위, 위력이……."

"상상을 초월한다. 이건 진짜……."

"이게 무슨 조각술이야!"

북부 유저들을 격침시키던 제국 해군이 엉망진창으로 당했다.

베키닌의 3마리 미친 상어들은 이를 딱딱 부딪치기까지 했다.

'우리가 저기에 있었다면…….'

'죽음이다, 죽음.'

'배는 물론이고 몽땅 다 잃었겠지.'

위드도 솔직히 이 정도 위력일지는 몰랐다.

'대작의 조각품. 그리고 조각술을 마스터한 덕분일까.'

적군과 아군을 가리지 않는 대재앙.

바다에서 크라켄과 해녀의 활약으로 발을 묶어 놓고 쓰니 완벽하게 위력을 담아냈다.

위드의 입가에 썩소가 진해졌다.

'나쁜 놈이 나라서 다행이야. 다른 놈이 이런 재앙을 나한테 썼으면… 아마도 뒤통수를 맞고 상당히 억울했겠지.'

남들이 못 하는 치사하고 못된 짓을 저지를 수 있기에 드는 안도감!

대재앙이 유지되는 시간은 불과 5분 정도였지만, 제국 해군의 입장에서는 지금까지 전투를 펼친 시간보다 훨씬 길게 느껴졌다.

재앙이 조금씩 잦아드는 와중에도 전열함들은 빙글빙글 돌고 있었다. 수십 척의 배가 소용돌이에 깊은 바다로 가라앉고, 그보다 많은 숫자가 파괴되었다.

바람에 의해 돛이 3년 동안 마당을 닦은 걸레처럼 찢겨 나가면서 멀쩡한 배를 찾아보기 힘들 정도였다. 크고 웅장하던 선체들이 지금은 고물상에 가야 할 정도로 험악하게 망가졌다.

위드가 사자후를 터트렸다.

"전원 돌격! 정의의 힘으로 저들을 벌하라!"

역사적으로 정의란 이긴 쪽의 편!

네크로맨서가 되었으니 언데드 소환 마법도 펼쳤다.

좀비, 구울, 스켈레톤을 일으키는 것이 아니었다.

위드는 조각 파괴술로 모든 스텟을 지혜로 몰아넣었고, 막대한 마법력으로 유령선들을 소환했다.

조금 전까지만 하더라도 위풍당당하게 전장을 지배하던 제국 해군들의 배가 바다에서 유령선이 되어 다시 솟구쳤다. 뼈밖에 없는 스켈레톤들과 선장들이 배를 조종하고 있었다. 어떤 스켈레톤은 찢어진 돛에 매달려서 밧줄을 타며 놀았다.

"키키킷. 대포를 쏴라, 대포를!"

유령선에서 발사된 포탄들이 제국 해군을 공격했다.

크라켄은 대재앙에도 불구하고 여전히 반쯤 부서진 전열함들에 달라붙어 있었다.

이런 대재앙과 언데드 소환이라면 베르사 대륙에서도 단 한 사람만 가능했다.

"전쟁의 신 위드. 그놈이 나타났다."

헤르메스 길드 유저들도 긴장하게 만드는 이름.

"위드 님의 등장이다!"

"모두 환호성을 올려라. 위드 님이 나타나셨다아!"

북부 유저들은 신나게 노를 젓거나 돛을 펼쳐서 전속력으로 유령선들과 제국 해군이 싸우는 곳으로 진격했다.

네리아 해전!

칼맨이 원하던 박진감 넘치는 영상은 넘치도록 나왔다.

북부 유저들의 선단이 접근했다지만, 제국 해군의 자존심은 남아 있었다.

"싸워라. 우린 자랑스러운 제국군이다!"

"북부의 시골뜨기들에게 당하지 말자. 끝까지 명예를 지킨다!"

침몰하는 전열함들이 바다에 잠기는 마지막 순간까지도 대포를 쏘면서 북부 유저들을 공격했다.

칼맨도 냉정하게 명령을 내렸다.

"일부 배는 포기한다. 배 안에 있는 포탄을 모두 폭파시켜라!"

전열함을 자폭시키면서 막대한 생명력을 가진 크라켄을 물리쳤다.

유령선들도 전장을 배회했다.

"킬킬, 목숨을 내놓아라. 동료로 삼아 주마! 돈도 있다면 좀 주고."

어딘가 어설픈 스켈레톤 해적 선장들!

위드의 네크로맨서 스킬이 낮아서 스켈레톤의 숫자도 조금은 부족했고, 전문성도 떨어졌다. 항해사들에게는 필수적인 조타 능력이나 포술이 형편없는 스켈레톤들.

"뜨거운 맛을 보여 주지. 대포를 장전해라."

"케헷, 포탄이 떨어졌는데요."

"그럼 잠깐 대포 안에 들어가 봐."

"예에. 알겠습니다, 선장."

"크흣, 좋다. 발사!"

부서진 스켈레톤들이 바다 위를 날아다녔다.

유령선의 자체적인 포격으로는 전열함을 침몰시키지 못했지만 북부 유저들의 배가 접근할 시간을 벌어 줬다.

끝없이 밀려드는 북부 유저들의 배.

제국 해군의 대포는 절반 이상이 소용돌이에 휘말리거나 물에 젖어서 무용지물이 되었다.

칼맨은 함대의 지휘력과 이동속도를 일시적으로 높여 주는 선장의 검을 뽑아 들었다.

"이런 것까지 준비를… 역시 위드란 말인가. 움직일 수 있는 배는 끝까지 싸워라."

제국 해군의 함대는 북부 유저들의 배를 중앙으로 돌파했다.

좌우의 포문을 열고 연속으로 쏘아 대는 대포는 북부 유저들에게 큰 타격을 입혔지만, 잠시뿐이었다. 전열함을 사방에서 감싼 배에서 갈고리가 날아오고 곧 북부 유저들이 올라왔다.

"우리는 헤르메스 길드다!"

"풀죽, 풀죽, 풀죽!"

백병전에서 압도적인 위력을 발휘하는 헤르메스 길드.

그러나 제국 해군은 이미 수많은 배들에 가로막혀서 오도 가도 못하는 상황이었다.

퇴로가 없는 전투!

헤르메스 길드 유저들은 불리해져 간다는 느낌을 받았다.

어느 순간부터 이길 수 없는 전투라는 생각은 했지만, 갑판 위로 뛰어드는 유저들의 숫자나 수준이 갈수록 위협적이었다.

전투가 벌어지고 나서 북부 유저들의 배는 꽤나 많이 침몰을 당했다. 하지만 그 배에 타고 있던 모든 인원이 죽은 건 아니었다.

침몰 직전에 바다에 뛰어들었던 유저나 선원.

그들을 다른 배에서 구출해서 살리고 전투력도 보존했다.

"가자. 우리가 바로 독버섯죽의……."

"죽어!"

"크… 아직 소개도 못 했는데."

죽어 나가는 숫자 이상으로 새로운 북부의 전투 인원이 계속 보충되었다.

칼맨이나 제국 해군은 충분한 선원을 보유하고 있었기에 전투의 승리만을 염두에 두었다. 부하들을 구하기 위해 배를 멈추지 않았고, 그럴 필요도 없었다.

하지만 북부 유저들에게는 끈끈한 의리와 정이 있었다.

비록 자신의 배가 부서지더라도 다른 사람들이 구해 줄 거라는 믿음!

사전에 계획된 전략이나 전술을 떠나서, 승리를 위한 원동력이었다.

위드도 바하모르그와 조각 생명체들을 데리고 전열함을 점령했지만, 북부 유저들도 바삐 움직였다.

"백병전이 우리 전문이지. 이 배는 우리 베키닌의 미친 상어들이 강탈한다!"

"해적선으로 쓰기에는 아주 그만이구만!"

해적들에게는 전열함을 빼앗을 기회였다.

가까이 붙어 있는 배들을 건너가기 위해 돛대에 묶어 놓은 밧줄을 잡고 날아다녔다.

네리아 해전에서의 아르펜 왕국의 승리!

로열 로드를 하는 거의 모든 유저들이 관심을 갖고 지켜보던 전투였다.

-드디어 벌어집니다. 북부 유저들과… 하벤 제국! 로열 로드에서

많은 전쟁이 일어났지만 이렇게 규모가 큰 해전은 처음입니다.

—어느 쪽이 유리할까요?

—하벤 제국의 손을 들어 주고는 싶지만, 아르펜 왕국은 또 어떤 의미에서는 지금까지 불패의 신화를 써 오고 있었습니다.

—위드와 풀죽신교 덕분이죠.

—로열 로드에서는 기적이 자주 일어납니다. 이번 해전에서도 기적이 일어날까요? 확실한 점은, 이 전투의 승자가 앞으로 꽤 오랜 시간 동안 바다를 지배할 것입니다!

방송국들의 입장에서도, 사실 어제부터 꼬박 밤을 새워야만 했다.

"네리아 해전? 그게 뭔데 이 난리야?"

"북부의 해양 유저들이 일제히 상륙작전을 펼치고 제국 해군이 출동해서 막는다고? 갑자기 왜 이런 사건이… 아니, 어쨌거나 중계부터 준비해!"

"벌써 준비하고 있습니다. 시간대도 비워 놓으려고 합니다."

"부족해. 진행자, PD, 작가! 섭외 제대로 하고, 스튜디오부터 완전히 해전 분위기에 맞춰서 세팅하자고!"

방송국마다 네리아 해전에 총력을 기울였다.

네리아 해전에 참여한 유저들과 접촉하여 실시간 영상을 받아 내는 것은 중요한 부분이었다. 어떤 유저의 관점에서 보느냐에 따라 전투의 긴박감이 달라진다.

"인기는 북부 유저들이 높은데……."

"헤르메스 길드에도 섭외 요청을 해야겠죠?"

"당연하지. 손이 닿는 사람에게는 모두 이야기를 해 봐."

모든 방송국들이 생중계를 했고, 시청자들은 다양한 시점에서 전투를 구경할 수 있었다.

하벤 제국의 전열함에서 대포를 쏘며 북부 유저를 격침시키는 관점, 반대로 전열함들이 우글거리는 지역을 향해 나아가는 낚싯배에 이르기까지, 방송국마다 편성에 차이를 두었다.

전투 초반에는 북부 유저들은 재미를 못 봤다. 제국 해군과 거리가 가까워지기만 하면 날아온 포탄에 의해 격침되어 버리기 일쑤였다.

그러면서 침몰한 배의 생존자를 아군이 구해 주기는 했지만, 이때까지만 해도 일방적인 해전으로 흘러가리라고 예상했다.

–아르펜 왕국의 승산이 어둡습니다. 배와 대포의 격차. 이것을 숫자로만 극복하는 것은 무리였습니다.

–격침! 이번에는 중형 범선이 완전히 반파되고 말았습니다.

로열 로드와 관계된 거의 모든 사람들이 보고 있었기에 시청률이야 말할 것도 없이 최고였다. 네리아 해전으로 인해 로열 로드의 유저들도 사냥을 하러 다니기보다는 선술집에 앉아서 수정 구슬을 봤다.

각 방송국들은 치열하게 전투를 중계했고, 북부 유저들의 계획이 드러나면서 경악을 금치 못했다.

—전열함의 발을 묶습니다.

—일부 전력 이탈!

—원거리 화력이 감소했습니다. 하지만 이 정도로 승기가 바뀌리라고는…….

—크라켄! 그리고… 바다가 심상치 않습니다.

—재앙입니다. 대재앙!

예상하면서도 바라던 위드의 등장까지!

언데드들의 활약이 뛰어난 건 아니지만 그래도 제국 해군을 귀찮게 했다. 게다가 북부 유저들은 처음부터 끝까지 희망을 잃지 않고 밀어붙였다.

—아르펜 왕국으로 전력의 추가 크게 기울었습니다.

—전열함들이 제대로 포탄을 쏘지 못하고 있습니다.

—북부 유저들이 몸에 밧줄을 걸고 배 사이를 뛰어다닙니다. 저들의 용기는 도대체 어디서 나온 걸까요?

-바다를 보십시오. 바다에서 북부 유저들이 올라옵니다. 무모합니다! 정말 어처구니가 없습니다. 이 거친 파도와 배들 사이를 헤엄쳐서 제국 해군의 카락에 승선하고 있습니다.

마침내 북부 유저들이 제국 해군을 섬멸시키는 것도 모자라서 전열함과 전투용 카락을 250여 척이나 강탈했다.

바다에 저녁노을이 짙게 질 무렵.

부서지고 불타는 전열함들을 배경으로, 수많은 북부 유저들의 선단이 네리아 해를 가득 채웠다.

"만세! 우리가 이겼다."

"풀죽신교가 승리했다!"

"풀죽, 풀죽, 풀죽!"

"위드 님도 만세요. 계죽 끓여 주세요!"

살아남은 북부 유저들이 함성을 질렀다.

어느덧 해가 완전히 저물고, 전열함이나 교역선과 같은 큰 배의 갑판에서 북부 유저들이 모여서 선상 파티를 벌인다.

해녀들이나 유저들이 낚시로 건져 올린 해산물에, 시원한 맥주와 모라타산 꼬냑!

어두워진 바다를 훤히 밝히는 불타는 전열함들을 배경으로 북부 유저들의 파티가 벌어졌다.

방송국에서 그런 광경까지 중계하자 시청자들의 반응이 타올랐다.

-그분들이 이 어려운 걸 또 해냅니다.

-풀죽신교에 불가능은 없는 듯.

-평범한 사람들이 모이면 기적은 이루어진다는 걸 증명하는 듯요.

-저분들이 평범하진 않은 것 같은데요. 전쟁에 참여할 정도인데.

-쪼그만 낚싯배 못 보셨음? 저거 바다 가면 그냥 뒤집어지는 건데.

-하벤 제국, 또다시 한 방 맞다.

-크으, 이 맛이지. 이거야, 이거.

-전투가 벌어지기 전에 하벤 제국 편들었던 진행자들 또 벙어리 됐음. 맨날 반복되는 패턴.

시청자 게시판은 글을 확인하기도 힘들 정도로 많은 게시물들이 올라오고 있었다.

로열 로드 명예의 전당에도 전쟁에 참여했던 유저들이 자신들의 영상을 공개하며 조회 수가 폭발했다.

의외라고 할 수 있는 부분은 패배한 헤르메스 길드 유저들도 전투 영상을 올린 것이다.

그들은 북부 유저들의 배를 뛰어다니면서 백병전을 펼치고, 대포를 조준해서 상대를 격침시켰다.

헤르메스 길드 유저의 영상 조회 수도 상당히 높았다.

—캬아, 해전이 멋지긴 하다.

—바다의 낭만. 먼바다로 나가면 가끔 지루하긴 하지만.

—해군과 해적. 로열 로드의 바다는 바로 이것이죠.

—모험가들도 빼놓지 마세요.

—헤르메스 길드 유저들도… 바다 유저들은 쿨한 듯. 멋지게 싸우네요.

치킨 포럼.

이곳도 위드 덕분에 대단한 호황이었다.

—오늘은 치킨이 땡김. 무슨 치킨이 맛있나요?

—전 이미 닭 다리 뜯고 있음.

—이럴 땐 뭐든 맛있죠. 꿀맛! 근데 배달되는지부터 확인하셔야 할 듯.

—현직 치킨집입니다. 향후 5시까지 예약 완료요. 치킨 튀기다 잠들 뻔.

—저도 치킨집 합니다. 냉장고에 있던 치킨을 다 써서 문 닫고 쉬고 있네요. 문밖에 사람들이 우글우글합니다.

—아직 개업하신 지 얼마 안 되신 듯. 풀죽신교, 위드가 나오면 무조건 냉장고 가득 채우세요. 1시간에 100마리 정도 튀길 각오 하셔야 됩니다.

—치킨 장사 하는데요, 아빠만 보면 치킨 냄새 난다고 도망가던

아들딸이 치킨 튀겨 오라네요.

—치킨 포럼에서 위드한테 단체로 상패라도 수여해야 하는 거 아닙니까?

—물론이죠. 기꺼이 치킨 1마리 쾌척합니다.

—쿠폰 오백 장 쏨.

The Legendary Moonlight Sculptor

강철 기사단의 출현

The Legendary Moonlight Sculptor

위드와 북부 유저들은 네리아 해의 무인도에 상륙했다.

하벤 제국 해군을 몰살시키며 얻은 이익은 정산하기도 힘들 정도였다.

빼앗은 배, 전투 물자.

이것만 나눠 가지더라도 큰 이득이 되지만 무엇보다도 큰 수익은 해상 교역로의 독점에 있었다.

먼바다를 항해하며 전투와 교역을 할 수 있는 배는 건조하는 데 많은 자원과 인력, 시간을 필요로 한다. 하벤 제국에서 해군을 복구하려면 엄청난 노력이 필요할 것이고, 앞으로 바다는 아르펜 왕국의 것이었다.

"제국은 해상 운송이 불가능해졌으니 교역로는 북부 유저들이 자유롭게 활용할 수 있습니다."

유린의 도움으로 무인도에 온 마판은 배를 씰룩이며 입이 찢어져라 웃었다.

"바다를 이용하여 북부의 상단들은 운송 비용을 크게 절감하게 되었죠. 그리고 밀무역을 할 수 있게 되었으니 바다와 인접한 지역에서의 이득은 대단할 겁니다."

제국에 세금을 납부하지 않는 밀무역!

상인들에게는 걸리면 악명이 쌓이고 나쁜 호칭이 붙지만, 또 성공하면 그만큼 거래에서 큰 이득을 거둔다.

상인이 빨리 성장하는 방법으로 밀무역 한 방을 추천하는 사람들도 있을 정도였다.

위드의 얼굴도 방금 치킨을 뜯은 사람처럼 편안했다.

"상인들이 부유해지면 결국엔 북부에 부가 쌓이겠군요."

"제국의 것을 빼앗아서요. 가뜩이나 반란군으로 골치가 아플 테니 북부 상인들까지 단속하긴 힘들 겁니다."

"이럴 때일수록 몰아붙여야 합니다."

"예! 마지막 1쿠퍼까지 털어 내려고 노력하겠습니다."

그 광경을 보고 있던 위드의 동료들은 곰곰이 생각했다.

'내가 만약 헤르메스 길드에 가입해 있고, 위드 님의 실체를 지금 알았더라면 기분이 어떨까.'

끔찍!

언젠가 반드시 호주머니를 털러 오는 사람이 있고, 그가

바로 위드라면?

심지어 위드는 가몽처럼 순수하고 착한 상인의 존경을 받았으며 풀죽신교까지 등에 업고 있다.

'배트맨이나 슈퍼맨에 나오는 나쁜 놈들과는 달라. 최첨단 악당이야. 악당의 현자라고 할까.'

'평범한 유저들의 지지를 받고, 언론도 도와주지. 알면서도 따르게 하다니… 최종 완성형 악당인가.'

'성공한 악당은 누구도 비난하지 못한다.'

위드는 북부의 유저들에게 배를 수리하도록 권했다. 중요한 작업이라서 오래 늦출 수가 없었다.

조선 스킬을 익혔으니 직접 망치를 가지고 참여도 했다.

'역시 좋은 배를 손봐야 스킬 숙련도가 잘 늘어나.'

전열함을 수리하면서 조선 스킬도 늘리고, 꿩 먹고 알 먹고였다.

물론 속사정을 모르는 유저들은 위드도 자신들처럼 몸으로 참여한다며 기뻐했다. 정치인들이 선거 때만 되면 꼭 방송에서 티를 내며 자장면이나 국밥을 맛있는 척 먹는 데에는 다 이유가 있는 것이다.

"자, 중앙 대륙을 약탈하러 갑시다!"

"아싸!"

"풀죽, 풀죽!"

대형 퀘스트와 고된 노동에 익숙한 북부 유저들.

그들은 무인도에 있는 나무를 몽땅 베어서 선체 수리에 동원했다. 워낙에 많은 유저들이 있었기에 배를 기본적으로나마 수리하는 데는 그리 시간이 걸리지 않았다.

해군과 전쟁을 벌일 일도 없기 때문에 그저 바다에서 가라앉지 않고 떠 있기만 하면 되는 정도였다.

"바람이 좋습니다. 출항합시다!"

"출항!"

"오늘 저녁은 리튼 지역에서 먹읍시다."

"대륙 정복!"

낚싯배나 뗏목을 타고 왔던 유저들이 전투용 카락이나 전열함의 갑판에서 시원한 바람을 맞았다.

풀죽신교에 가입해서 아르펜 왕국의 유저로 활동하면서 행복했다. 로열 로드에 접속하기만 해도 모든 스트레스가 확 풀릴 정도였다.

클라우드 길드, 사자성, 로암 길드, 블랙소드 용병단, 흑사자 길드.

과거 명문 길드 세력이던 그들은 상황이 묘해졌다.

클라우드 길드의 샤우드가 한숨을 내쉬었다.

"우리가 한가롭게 이렇게 다리 쭉 펴고 있어도 되는 겁니

까?"

"그러면요. 가만히 있으라는 요청이 들어왔는데요."

"그게 언제 적 일입니까. 게다가 우리가 위드 그자의 부하도 아니지 않습니까?"

샤우드가 분통을 터트렸다.

헤르메스 길드에서 세율을 인하하고 나서부터는 그들의 운명이야말로 볼품없게 되어 버렸다.

중앙 대륙의 유저들은 헤르메스 길드가 싫다고 해서 기존의 명문 길드를 따르진 않았다.

넓은 영토를 지배하기는 했지만 다 망해 버린 세력들.

신규 유저가 들어오지도 않았고, 그나마 있던 쓸 만한 인재들도 빠져나갔다.

절반 정도는 아르펜 왕국으로, 나머지 일부는 헤르메스 길드나 자유 소속으로. 베르사 대륙은 넓기에 신분을 감추고 방랑자가 되어 사냥과 교역을 하기도 쉬웠다.

과거의 명문 길드는 잔재일 뿐. 매일 시간이 지날수록 세력은 줄었다.

샤우드가 입술을 아프도록 깨물었다.

"지금 이 지경이 된 것도 위드의 말을 따랐기 때문 아닙니까!"

그는 전성기 시절에 비해 쪼그라든 클라우드 길드를 떠올리며 분노하고 있었다.

사자성의 군트도 그 의견에 동조하며 위드를 비난했다.

"애초에 우리끼리 힘을 모아서 한 지역을 차지했다면 이 지경까지 되진 않았을 겁니다. 동맹 관계도 아닌 자의 말을 믿었던 게 잘못이에요."

로암과 미헬, 칼리스는 그들과는 다르게 생각하고 있었다.

'세력이 줄어든 거야 헤르메스 길드에 밀려서 그런 거지.'

'영토도 없고, 아무것도 없지.'

'힘을 모아서 한 지역을 차지해? 헤르메스 길드가 바로 공격을 해 오면 무슨 수로 막고? 게다가 우리의 뜻도 제대로 안 합쳐지는데.'

명문 길드들의 쇠락에는 제대로 된 동맹 관계가 아니었던 점도 한몫 했다. 하기야 한때는 대륙의 패권을 놓고 다투던 처지에 진심 어린 협력 같은 게 될 리가 없었다.

흑사자 길드의 칼리스가 조심스럽게 말했다.

"슬슬 우리에게도 기회가 오지 않겠습니까?"

"어떤 기회요?"

날카롭게 되물으면서도 샤우드는 기대심을 숨기지 못했다.

"헤르메스 길드가 일반 유저들로부터 외면을 당하고 있습니다. 방송국들이 나서고 있고, 아르펜 왕국이나 사막 지역에서도 공격을 해 오니까요. 전력이 분산되겠죠."

"그때를 노려서 재기하자는 말씀입니까?"

"그건 아니고……."

칼리스는 옅은 한숨을 내쉬었다.

과거의 영광!

왕처럼 군림하던 시절을 떠올리면 그리 오래전도 아니었는데 아득한 느낌이었다.

"헤르메스 길드의 전쟁 수행 능력을 보십시오. 우리가 잃었던 땅을 되찾기는 간단하지 않으리라고 봅니다."

"그러면요?"

"위드의 말을 잘 따라서 헤르메스 길드에 타격을 줄 수 있도록 해야죠."

"타격이야 주겠죠. 그다음에는요?"

"아르펜 왕국이 전쟁을 이기도록 돕고, 위드 밑으로라도 들어가야……."

"칼리스 님, 무슨 헛소리입니까!"

샤우드가 버럭 소리를 질렀다.

"정말 엉터리 같은 의견이군요."

군트도 못마땅한 기색을 숨기지 못했다.

그러나 로암 길드의 로암이나 블랙 소드 용병단의 미헬은 아무런 표정의 변화가 없었다. 그들은 대세를 아는 것이다.

로암이 조심스럽게 입을 열었다.

"헤르메스 길드가 소멸된다고 해도 우리에게 기회가 오지는 않을 겁니다. 그들을 싫어하는 대부분의 유저들은 아르펜 왕국이나 풀죽신교를 따르겠죠."

"하지만 우리에게는 아직 최고 수준의 유저들이 많이 남아 있습니다. 다섯 길드가 힘을 합하면……."

군트의 항변을 미헬이 잘랐다.

"더 이상은 어렵습니다."

"예?"

"희망이 있어야 싸울 거 아닙니까? 무턱대고 헤르메스 길드와 싸우자고 하면, 블랙소드 용병단은 이탈자가 속출할 겁니다."

"우리 길드도 마찬가지입니다."

흑사자 길드의 칼리스도 동의했다.

헤르메스 길드를 상대로 패배를 거듭하면서 최상위권 유저들의 불만은 쌓일 대로 쌓였다.

로암이 고개를 절레절레 저었다.

"더 이상 전쟁은 무리입니다. 우리 길드들의 깃발을 걸어봐야 오지도 않을 테니 말입니다. 하지만 아르펜 왕국의 깃발을 내건다면… 지금의 반란군을 흡수할 수 있을 겁니다. 어쩌면 그 이상도."

"으음!"

"그걸 그렇게……."

샤우드와 군트도 생각의 방향이 바뀌어 가고 있었다.

현실에 자신들의 이름을 내건 왕국을 만들지 못한다면 살 길이라도 찾아야 하지 않겠는가.

"……."

"졌군요."

"허… 그것 참."

헤르메스 길드의 수뇌부.

정복 전쟁 체제로 바뀌면서 대영주들까지 참석했다.

중앙 대륙의 절대적인 지배와 북부로의 진격!

두 가지를 놓고 임무를 나누려는데 해군이 패배하는 광경을 영상으로 보고 만 것이다.

"반드시 이길 줄 알았던 해군이 몰살을 당했다. 이제 최소한 바다 쪽에서는 앞으로 3개월 이상 아무 방법도 없겠군요."

라페이의 눈빛은 날카로웠다.

패배는 충격이었지만 손익계산은 빨리 이루어졌다.

하벤 제국은 점령을 통해 발전한 국가. 바다를 개척하지 못한 면이 오히려 피해를 줄여 준 측면이 있었다.

"이제 우리가 해야 할 일만 신경 쓰도록 합시다."

라페이는 주의를 환기시켰다.

"크레볼타 님, 브리튼 지역을 부탁드립니다. 반란군이 모일 때까지 기다릴 필요도 없습니다. 조금이라도 조짐이 보이면 전부 쓸어버리십시오."

"알겠습니다."

크레볼타는 로열 로드 10위 안에 도는 랭커였다.

강한 실력을 갖추고 있었지만 최상위권에 속한 유저답게 큰 전쟁이 아니라면 평소에는 거의 나서지 않았다.

크레볼타가 움직인다는 것 자체가 헤르메스 길드에서 제대로 칼을 뽑아 들었다는 것을 의미했다.

“칼쿠스 님, 툴렌 지역을 맡아 주셔야 되겠습니다. 지역의 군대 통솔권을 모두 드리겠습니다.”

“학살이라면 제가 원하던 것입니다.”

칼쿠스가 하얀 이를 드러내며 웃었다.

핸섬한 외모와는 다르게 그의 직업은 학살자!

많은 유저들을 죽일수록 그의 독창적인 능력인 광기와 공격성이 강화된다. 학살의 본능이 눈을 떴을 때는 바드레이라고 해도 무시할 수 없을 정도였다.

“젠터 님, 그라디안과 네스트 지역의 방위와 안정화를 부탁드립니다.”

“예, 그렇게 하죠.”

“헤로이드 님, 브레만과 수르 지역을. 해안 공격에도 대비해 주십시오.”

“확실히 장악하겠습니다.”

라페이는 주요 지역들에 대한 군권을 정리했다.

바드레이가 직접 출정하는 제국 중앙군을 제외한 영주들의 군대가 지역을 관할하게 될 것이다.

군대를 중심으로 통치를 하다 보면 결국 유저들과 마찰이 벌어질 수밖에 없다. 헤르메스 길드 유저들의 평균적인 성향을 고려해 보고, 힘을 가진 자들이 이를 함부로 쓰지 않기를 바라는 건 무리니까.

'너희가 우리 또한 칼을 뽑게 만들고 말았지. 대륙을 지배하며 온건한 방식으로 돌아서고 싶었는데… 더 이상 뒤는 돌아보지 않겠다.'

라페이의 눈빛이 날카롭게 번뜩였다.

안정된 지배와 통치!

바드레이를 필두로 한 헤르메스 길드의 무력 중심적 성향을 정책적으로 바꾸어 보려고 했지만 실패했다.

무차별 파괴와 정복. 헤르메스 길드 본연의 모습으로 돌아가야 할 시간이었다.

학살자 칼쿠스는 제국군 4군단을 이끌었다.

흑사자 길드에서 지배하던 툴렌 지역은 반란군으로 악명이 높은 땅.

"반란군이 루가 강을 중심으로 형성되고 있는 것 같습니다."

"오늘도 포르모스 성을 공략할 계획이라고 하는군요."

"해군이 패배하니 반란군이 기가 산 모양입니다."

칼쿠스는 그저 우스울 따름이었다.

'헤르메스 길드는 로열 로드에서도 최고 정예들만 모였다. 그간 욕 좀 안 먹고 살아 보려고 했더니… 너희가 불만을 표시해?'

죽고, 죽이면 될 뿐!

그는 라페이가 생각이 너무 많아서 헤르메스 길드를 안 좋은 길로 이끌어 왔다고 판단하고 있었다.

'설혹 우리 길드의 철권통치에 반발하여 유저들이 북부로 떠나면 좀 어떻다고. 중앙 대륙을 확실히 다져 놓고 아르펜 왕국을 공격하면 되지.'

칼쿠스는 25만의 4군단을 진격시켰다.

병력의 숫자만 놓고 본다면 아주 대단한 규모는 아니다.

하지만 하벤 제국이 중앙 대륙을 정복하고 나서 1군단에서부터 5군단까지는 최정예병들로 재편되었다. 무엇보다도 4군단에는 의무적으로 배치되어 있는 헤르메스 길드의 유저만 5,000명이었다.

어느 한 마을이나 도시에서는 거드름 좀 피워도 되는 헤르메스 길드 유저들이 이만큼 모였다. 과거라면 왕국도 공격해 볼 수 있는 전투력이었는데 반란군이라니, 우습게 보였다.

"우리가 트럭이라면 상대는 달걀 정도밖에 안 되겠지. 그냥 다 쓸어버리자."

칼쿠스는 진격을 해서 반란군이 모이기로 한 루가 강 인근에 도착했다.

"이유는 묻지 않는다. 이곳에 있는 유저들은 무차별 학살이다."

"예!"

4군단의 병력과 헤르메스 길드 유저들이 출격했다.

"공격이다!"

"헤르메스 길드야. 그들이 나타났어!"

포르모스 성을 공략하려던 유저들은 급습을 받았다.

4군단의 병력은 일제히 돌격하여 유저들이 모여 있는 지역을 휩쓸었다.

"자, 잠깐! 우리는 그냥 구경만 온 건데요."

"죽어라."

"살려 주십쇼! 그냥 집으로 돌아갈게요."

"이미 늦었다."

칼쿠스의 군단은 무차별로 학살을 했다. 어떤 변명이나 사정도 듣지 않았다.

'어설프게 몇 명 베고 욕을 먹느니 이게 이익이지. 우리의 힘을 제대로 보여 주는 것이다.'

그들의 목표는 감히 포르모스 성을 도모하는 유저들의 전멸!

기병들이 먼 곳을 순찰하며 단 1명의 도망자도 허용하지 않았다.

-헤르메스 길드의 전면 공격!

-학살자 칼쿠스의 4군단이 루가 강에 등장!

-모이기로 한 거 취소입니다. 살고 싶으면 모두 도망치세요!

로열 로드 내부나 방송국과 인터넷으로 4군단의 출격을 알리는 이야기가 사방으로 퍼졌다.

하벤 제국이 중앙 대륙을 통일하던 시절에 악명을 자자하게 떨쳤던 1, 2, 3, 4, 5군단!

헤르메스 길드와 싸워 본 이들에게는 존재 자체만으로도 이마에 주름살을 새겨 주던 그 군단들이 유저들을 살육했다.

이것만으로도 헤르메스 길드의 강함을 증명하고 인터넷을 떠들썩하게 만들기에는 충분했지만, 화젯거리가 또 있었다.

"강철 기사단 출진."

헤르메스 길드에서 최초로 공개하는 전투형 골렘!

두껍고 튼튼한 갑옷을 입고 있는 기사형 강철 골렘들이 금속으로 된 말을 타고 질주했다.

골렘 특유의 끔찍한 방어력과 생명력을 보유한 기사단.

강철 기사단은 적진을 그대로 밀고 나가면서 반란군 유저들이 정신을 차리지 못하게 했다.

"이글거리는 화염의 벽!"

마법사 유저들이 불의 장벽을 두텁게 만들었지만, 강철 기사단은 그대로 뚫고 들어왔다.

강철 골렘은 화염을 몸에 단 채로 유저들을 학살했다.

결과는 포르모스 성을 공략하기로 했던 20만 유저들이 마법사나 비행 스킬을 가진 몇 명을 빼고는 모조리 전멸. 추가로 모이기로 했던 유저들도 겁을 집어먹고 나타나지 못했다.

-헤, 헤르메스 길드!

-무지막지하게 강하다. 과거에 대륙을 정복하던 시절 그대로의 모습.

-그때보다도 더 강해진 듯.

-크으… 이것이 하벤 제국의 진짜 전력인 듯.

-그럼에도 불구하고 해군 몰살 속 시원! 깨소금.

-하벤 제국은 원래 육상군이 주력이니까요.

-누가 저 군대를 감당할 수 있겠는가!

-CTS미디어를 보세요. 3군단의 전쟁도 나옵니다. 강철 기사단이 5만이 넘습니다!

방송국들이나 유저들은 정신을 차릴 수가 없었다.

하벤 제국에서 감춰 놓았던 전력을 꺼내 놓았는데 그 전투력이 무지막지하다.

헤르메스 길드 유저들이나 군대가 강력해진 것은 물론이고, 강철 기사단은 감히 막기도 힘들 정도였다.

마법 공격을 당해도 철퇴로 얻어맞아도, 끄떡없이 일어나서 공격하는 강철 기사단!

막강한 생명력과 방어력을 무기로 돌격해 와 휩쓸리면 버틸 수가 없었다.

레벨 400대, 500대의 유저들도 강철 기사단에 짓밟혔다.

강철 골렘들은 일반적으로 느리고 공격력도 낮은 축에 속한다. 하지만 특수하게 제작한 말을 태움으로써 단점들을 보완했다.

―저 장비들은 드워프제인 듯.

―토르에서 제작한 건 아닌 것 같은데요?

―중앙 대륙의 요정들이나 드워프들을 감금시켜서 연구한 것 같네요. 노예로요!

―악명이 엄청나게 쌓일 텐데… 누가 그런 짓을 해요?

―헤르메스 길드니까 가능하죠. 몇 명이 책임지고 악명을 쌓더라도 저런 걸 개발하고 생산시키면 되죠. 담당자들에게는 엄청난 보상을 해 주고요.

―돈과 시간, 악당들이 모이면 저 어려운 걸 해냅니다!

로열 로드를 하는 유저들이나 방송국의 관계자들이나, 하벤 제국의 전력에 경악을 금치 못했다.

반란군의 무리는 몇 배나 되는 인원수에도 불구하고 제대로 싸우지를 못했다. 강철 기사단을 쓰러뜨리거나 파괴하기도 어려웠고, 심지어는 절반 이상 부숴다 하더라도 금세 마나를 보충해서 잃어버린 육체를 회복시켜 버렸다.

-으아… 방금 스멀스멀하면서 머리랑 한쪽 팔이 돋아나는 거 보셨어요? 진심 소름 돋았음.

-저건 어떻게 상대함? 무적 아님?

-강철 기사단이면 요새도 필요 없을 듯. 평원에서의 대회전이라면 무적!

-머리 숫자로도 저건 안될 것 같네요. 골렘이니까 지치지도 않잖아요. 세상에나…….

큰 전투가 벌어져도 강철 기사단 중에 파괴되는 골렘은 극소수였다.

해군이 몰살을 당하면서 하벤 제국이 크게 한 방 얻어맞은 건 사실이지만, 강철 기사단을 드러내는 것만으로도 전세는 바뀌었다.

반란군은 물론이고 아르펜 왕국도 강철 기사단에는 상대가 되지 못하리라는 것이 대다수의 생각이었다.

위드는 구슬을 꿰면서 방송을 봤다.

띠링!

-구슬 1,000개 꿰기! 성공!
재봉 스킬의 숙련도가 증가하셨습니다.

"강철 기사단이라……."

대단히 뛰어난 전투 병기라는 생각이 들었다.

하벤 제국은 중앙 대륙을 정복하면서 사냥터를 차지하고 세금만 거둔 게 아니었다. 마법과 기술을 계속 발전시켜서 그 이점을 전부 누리고 있었다.

"뒤로 저런 걸 준비해 놓았구나."

위드의 언데드에게는 천적인 골렘.

시체가 생기지도 않고, 잘 파괴되지도 않는다.

아르펜 왕국이 믿는 건 인해전술뿐인데, 그조차도 강철 기사단에는 거의 먹히지 않으리라.

"심지어는 월급을 안 줘도 돼. 영원히 부려 먹을 수 있는 거잖아."

아무리 착취해도 고용노동부에 걸리지 않는 존재들!

"저런 골렘을 만들었어야 했는데."

위드는 한숨을 푹 쉬었다.

아마도 강철 골렘은 고급 마법 스킬과 대장장이 스킬의 조합으로 완성된 것이리라.

헤르메스 길드에는 전투에 최적화된 랭커들뿐만 아니라 대장장이를 비롯한 고급 직업군도 다양하게 분포되어 있었다. 대장장이 마스터인 헤르만과 파비오를 북부 대륙으로 끌어들이지 않았다면 최상위권 유저들끼리의 전투에서는 크게 불리했을 것이다.

유저들끼리의 대결에는 레벨과 스킬도 중요하지만 아무래도 장비발을 무시할 수 없기 때문이다.

심지어 전쟁에는 대장장이들이 만든 공성 무기도 대규모로 동원되기에 그들의 전력은 아주 중요했다.

"골렘 소환!"

위드의 네크로맨서 마법으로도 골렘을 부를 수 있었지만 그냥 평범한 진흙 골렘 1마리가 나타났을 뿐이다.

레벨 100 이하의 네크로맨서들이 불러도 나오는 골렘!

-일을 찾는다.

"짐이나 들어."

위드는 골렘을 운반용으로 썼다.

반복해서 소환해도 스킬 성장이 굉장히 느린 마법 중의 하나였다.

네크로맨서로서도 너무 빨리 성장을 하다 보니 언데드 소환 외의 마법들까지는 갖추기가 어렵다.

그럼에도 현재의 언데드 소환은 중급 6레벨.

위드의 레벨도 드디어 500을 돌파했다.

거인들의 땅에서 돌아온 이후 헤르메스 길드 유저들을 사냥한 것과 악마 델암을 포함한 무지막지한 사냥터 순회 덕분이라고 할 수 있었다.

"그보다, 이젠 좀 따라잡나 싶었는데……."

위드는 절대적인 강함을 추구하고 싶었다.

현실이야 조각사로서 나무토막을 깎아서 1실버, 2실버를 벌 때에도 마음만은 드래곤의 뒤통수를 후려갈길 정도였다.

"3달 정도만 사냥에 푹 빠질 수 있으면… 헤르메스 길드의 상위 랭커들 수준은 될 텐데. 시간 여행도 좀 하고 말이야."

조각사를 마스터하고 빠른 성장이 가능한 네크로맨서가 되면서 조만간 다 따라잡아 줄 거라는 꿈을 꾸었다.

이젠 다른 일들은 전부 제쳐 두고 사냥과 전투 퀘스트만 수행하여 최강이 되리라는 야망!

네크로맨서의 사냥 속도, 조각사의 부수적인 효과를 만끽하고 있었는데 하벤 제국과의 전쟁을 수행해야 하는 처지가 되었다.

위드의 인기를 제외하더라도, 아르펜 왕국의 국왕이 빠질 수는 없었으니까.

"헤르메스 길드가 강해지기 전에 차라리 지금 싸우는 게 더 낫나? 저런 전투용 병기까지 공개할 정도면 하벤 제국도 쉽게 물러서진 않을 것 같고. 흠, 강한 녀석들이 오래 참기 힘들긴 하지."

위드는 하벤 제국의 미래에 대해서 생각해 봤다.

중앙 대륙의 이권을 독차지하며 형성한 막대한 군사력을 드러냈다.

'제국을 세우고 나서 금력과 병력, 모든 걸 갖춰 가고 있었겠지. 그들은 나와는 다르게 조직이 있으니 훨씬 쉬웠을 거야.'

제국군이 전면적으로 나선 이상 중앙 대륙에 있는 반란군은 토벌을 당하고 말 것이다. 그러면 하벤 제국에서는 바로 칼끝을 아르펜 왕국으로 돌리게 되리라.

헤르메스 길드나 위드나, 서로 더 이상 물러서기에는 판이 너무 크게 펼쳐진 것이다.

"내가 유리한 건… 어쨌든 전쟁을 주도할 수 있다는 점인데."

하벤 제국의 전쟁에 대해 방송국마다 토론을 벌이고 있었다.

군사력 자체만 놓고 보면 절대적인 하벤 제국의 우위, 그럼에도 반란으로 생산이 저하되고 유저들이 떠날 테니 오랫동안 버티면 아르펜 왕국이 유리하다고 봤다.

위드는 다른 관점에서 생각했다.

'전체적인 국면은 좋다. 하벤 제국에서는 자기들의 땅을

지켜야 되지. 그리고 뺏긴 땅도 되찾아야 하고, 아르펜 왕국도 정복해야 해.'

남부 사막 지대도 소란스럽고, 중앙 대륙에는 반란군이, 북부 지역에는 성난 아르펜 왕국 유저들이 공격해 오고 있다.

막강한 전력을 가졌지만 야금야금 뜯어먹으려는 빚쟁이들이 많다.

세상에서 가장 무섭다는 빚쟁이들!

'지금의 기회. 서윤이 만들어 준 기회를 놓치고 어느 하나 잠잠해진다면 그 뒤의 미래는 없겠지.'

칼라모르 지역.

중앙 대륙에서 새롭게 떠오르면서 북부 못지않은 활기를 띠는 이 지역은 다인이 다스리고 있었다.

훌륭한 총독!

지역 주민들의 전폭적인 지지를 얻은 그녀는 지역에 대한 놀라운 장악력을 자랑했다. 그럼에도 불구하고 헤르메스 길드의 지배에 속해 있기에 반란군이 출몰했다.

"전쟁 체제가 되면서 반란군에 대해서 더 이상은 용납되지 않습니다."

"대화로 설득할 수 있어요. 아직은 큰 피해가 생기지도 않았고요."

"칼라모르의 사정이 다른 곳에 비해서 좋다는 건 압니다. 하지만 반란군을 방치해 둘 경우에는 넓게 확산될 여지가 있습니다. 중앙에서 진압을 명령했으니 총독은 이에 따라야 합니다."

"……."

"군대의 통솔권과 전투 권한만 회수하도록 하겠습니다. 내정에 대해서는 관여하지 않을 것입니다."

길드 행정부에서 나온 기가드는 다인이 가지고 있던 통치권의 일부를 가져갔다. 지역 특성상 좋은 기사들이 탄생하기 쉬운 칼라모르의 뛰어난 인재들을 제국군에 포함시키기로 한 것이다.

"휴우."

다인은 한숨만 쉬고 막지 못했다.

그녀는 이른바 낙하산!

칼라모르 지역을 잘 다스린 공로가 있다고는 하지만, 헤르메스 길드 최상위층의 임명으로 자리를 잡았으니 내부에서 시기하는 이들이 많았던 것이다.

칼라모르 지역은 안정되어 있었기에 제국군이 내려오지 않고 자체적으로 영주들의 진압군이 움직였다.

"전부 제거한다!"

"메폰 강의 통행은 금지되었다. 칼라모르가 다른 지역에

꿀리지 않는다는 걸 보여 주자."

헤르메스 길드의 영주들과 유저들은 그동안의 속박에서 벗어나서 자유롭게 날뛰었다.

대외적으로 공적을 세우기 위해 반란군 무리를 처형하며, 때때로 흥분해서 무리한 전투도 벌였다.

"굳이 이럴 필요가 있나?"

"그러게. 축제까지 벌이면서 우린 잘 호응해 주고 있잖아."

"싸움도 안 나고 평화로운 지역인데… 완전 망치고 있네."

돌다리처럼 단단하던 칼라모르 지역에서도 하벤 제국의 다른 영토처럼 유저들의 반감이 깊게 일어나고 있었다.

"큰 전쟁이라면 우리가 무언가를 해내야지."

"너무 놀고만 있었던 것 같습니다. 검에 녹슨 때를 벗겨내야지요."

"흠흠, 인기를 얻기 위함은 아니니다. 여자들에게 자랑을 하기 위해서도 아니다. 그저 있는 힘껏 싸우기 위해서 우리는 산다."

"물론 그렇지요!"

"자, 그러면 실력 발휘 좀 해 보자꾸나."

검치는 사범들을 모두 데리고 사막 지역으로 왔다. 사막 전사들을 데리고 제대로 하벤 제국과 붙기 위해서였다.

남부 사막 지역은 먼저 온 수련생들이 탄탄하게 기반을 다져 놓았다.

이곳에서 활동하는 유저들은 아르펜 왕국에서 검치와 사범들이 왔다는 소식에 민감하게 반응했다.

"싸움 나는 거 아니야?"

"지금 체제가 딱 좋았는데… 약탈도 잘하고 말이야."

"일스 대평원 약탈은 꿀이었지. 지금도 중앙 대륙이 어수선해서 침략할 수 있는 기회가 많아 보여."

"제국군이 강하다고 해도 우린 안 싸우면 되니까. 낙타의 기동력을 이용해서 말이야."

"괜히 지금의 체제가 흔들리는 것은 아닐까?"

사막의 유저들은 숫자가 아직 적었고, 검치의 등장에 불안해했다. 수련생들과 사막에서의 전통과 체계가 흔들리는 상황을 걱정했지만, 그럴 필요가 없었다.

"스승님, 오셨습니까!"

사막에서 양쪽으로 도열한 수련생들이 검치와 사범들을 맞이했다.

가죽옷을 입은 건장한 사내들이 허리를 굽혀서 인사를 올리는 광경!

은링, 벤, 엘릭스로 이루어진 모험가 파티는 그 광경에 할 말을 잃었다.

"저런 사람들이 더 왔어요."

"인류 전체를 뒤져서 딱 505명으로 구성된 것 같군요."

"뇌가 근육으로 이루어진… 크흠."

검치는 검오치와 수련생들이 몸에 착용한 표범이나 호랑이 가죽 옷에 시선을 두었다.

"옷이 좋아 보인다."

"크흐흐, 직접 잡은 놈들입니다. 역시 사막에서는 가죽옷이죠. 스승님 것도 준비해 놨습니다."

정글도 아닌 사막에서 입는 가죽옷!

검치는 그들이 뭔가 멋있어 보였기에 그것이 뛰어난 판단이란 생각이 들었다.

그들끼리는 이런 식으로 넘어가는 일들이 상당히 많았다.

"그동안 고생이 많았겠구나. 여기에서는 어떻게 놀아야 하느냐?"

"뭐, 별거 있습니까. 때리고 부수면 되는 거죠. 스승님께서 오셨으니 전부 믿고 맡기겠습니다."

"의뢰를 하고 있다고 들었다."

"별건 아닙니다. 팔로스 제국의 건국이라고 합니다."

팔로스 제국은 방대한 영토를 두고 사막의 영광을 누리던 강대한 국가였다. 중앙 대륙의 영토는 잃어버렸다고 해도 부족이나 도시로 이루어진 사막 지역의 영역도 대단히 넓다.

유목민이나 방랑자까지 인구로 포함하였으니 제국의 건국

은 대단한 퀘스트.

검치가 뒷짐을 진 채로 흐뭇하게 웃었다.

"즐거운 일이로구나."

"예. 어릴 때 쇠 파이프를 들고 동네 깡패들에게 쳐들어가던 이후로… 앗! 죄송합니다, 스승님."

"괜찮다. 누구나 철없던 시절은 있지 않느냐. 열 살이면 쇠 파이프 한번 들어 보기에는 좋은 나이지."

"과연 스승님이십니다."

검둘치는 사막 지역 전사들의 편성을 담당했다.

검치의 수제자로서 도장의 사범으로 오랫동안 일해 온 그에게 사막 전사들을 다루는 일은 그리 어렵지 않았다.

유저들의 경우에는 그냥 몇 마디 시키면 된다.

"잘 싸우세요."

"예옛! 모, 목숨 걸고 싸우겠습니다."

"전투가 벌어져서 불리하더라도 도망치지 말고요."

"팔다리가 부러지면 이빨로라도 싸울 겁니다!"

검둘치는 분명히 자상하게 이야기를 했는데도 불구하고 받아들이는 유저들은 뼛속 깊은 곳까지 새겨 두었다.

인간에게 이성이 있다고는 하지만 검둘치를 만나서 이야기를 하다 보면 잠자고 있던 짐승 같은 본능이 깨어났다.

'거스르면 죽일 것 같아. 가볍게 넘어뜨려 놓고 주먹을 휘두르기 시작하면…….'

'맞으면 죽는다. 최소 사망이고, 잘해야 식물인간이다. 차라리 죽는 게 낫다고 생각될 정도로 맞는다.'

'세상에서 절대 적으로 돌려서는 안 될 사람.'

검둘치는 여자 친구까지 생겼지만 세간의 인식이란 여전했다. 그가 기분 좋게 웃으면 유저들은 더욱 공포에 떨었다.

"뭐 불편한 거 없으세요?"

"부, 불편이라니요. 편하게 잘 살고 있는데요."

"필요한 게 있으면 언제든 말씀만 하세요."

"진짜 행복! 하게 잘 지내고 있습니다."

검삼치와 검사치, 검오치는 그의 리더십을 부러워했다.

"화만 내는 우리랑은 달라."

"음, 배울 점이 크죠, 대사형에게는."

"근데 예전에는 많이 패기도 하지 않았습니까? 쇠 파이프 올바르게 쥐는 법 대사형한테 배웠는데 말입니다."

"사치야, 무슨 소리야. 난 그런 기억 없는데?"

"그때 같이 배우셨는데… 아, 당시에 머리를 좀 맞으셔서……."

"아하, 그래서 기억이 없어졌구나!"

사막 전사들의 결집!

하벤 제국의 남쪽 국경에는 수많은 전사들이 몰려들었다.
"이번에도 약탈하러 가는 겁니까?"
"예! 한 건 하러 가죠."
사막에서 활동하는 유저들도 대부분 참여했다.
아무래도 중앙 대륙이나 비옥한 북부 대륙에 비해 거칠고 황량한 사막은 애초부터 다를 수밖에 없다. 뜨거운 햇볕이 내리쬐는 사막에서 활동을 하다 보면 저절로 중앙 대륙에 대한 약탈을 꿈꾸게 된다.
"대장은요? 역시 검오치 님입니까?"
"아뇨. 검치 님입니다."
"이름은 비슷한데 잘 모르는 분이네요."
"이 지역에서 명성은 좀 낮지만 진정한 강자죠. 위드 님의 검술 스승이라고 합니다."
"허어… 정말요?"
"예. 확실할걸요."
검치와 사범들, 수련생들은 남부 사막의 핵심 전력을 소집했다.
"이곳에 오면 칼을 받을 수 있다고 들었습니다."
"좀 휘두를 줄 아나?"
"예. 그것만 하고 살았습니다. 부족을 지키기 위해서 남자들이 해야 할 일이었죠."
사막에 큰 명성을 가진 영웅이 등장하면 전사들이 부하로 거두어 달라며 제 발로 찾아온다.

사막 지역의 특성상 뛰어난 전사들이 많이 배출되어 그들은 전투와 전쟁을 치르며 성장했다.

전쟁으로 업적을 달성하면 그만큼의 병력을 모을 수 있었기에 경제력이나 인구는 모자라도 막강한 전투력을 발휘한다.

검치의 휘하에 모인 사막 전사들만 물경 50만!

"크흐흐흠."

검치와 사범들은 적잖게 부담이 되었다.

"이것들의 목숨이 우리에게 달려 있단 말이지."

"예, 스승님."

"한 방에 털어 넣으면 어떻게 되는 거냐."

"여긴 싹 다 망할 것 같습니다."

사막 지역의 운명을 건 결전!

일스 대평원의 약탈과 아르펜 왕국의 교역을 통해 조금씩 생산 기반을 갖춰 나가는 사막 지역이었다.

이 많은 사막 전사들이 목숨을 잃는다면 몬스터들의 침략에 시달리게 되고 팔로스 제국의 건국도 먼 이야기가 되리라.

"스승님, 도로 물릴까요?"

"아니다. 남자가 칼을 뽑았으면 단무지라도 잘라야 하지 않겠냐."

검치와 사범들, 수련생들이 지휘하는 사막 전사들이 하벤 제국의 영토를 습격했다.

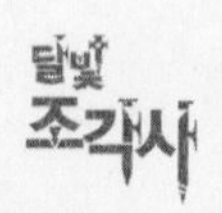

그들 중 절반 정도는 낙타를 탄 기병대로 이루어져 있었다.

신속한 기동력으로 성벽이나 요새를 우회해서 마을과 곡창지대를 약탈하려는 사막 전사들의 대규모 습격!

경축! 팔로스 제국의 여러분을 환영합니다.

어서 오세요. 풀죽풀죽풀죽.

우리는 사막의 친구입니다.

위드 만세!

검치와 사막 전사들을 반겨 주는 것은 도시와 요새에 걸려 있는 플래카드들이었다.

"뭐냐, 이것들은……."

"싸울 적이 없습니다, 스승님!"

"있던 놈들은 다 어디로 갔어?"

"도망쳤다는데요. 남은 애들은 우리를 반겨 주고 있고요."

일스 대평원과 소규모 공국 지역의 영주들.

그들은 1차로 털리고 나서, 2차로 대규모 사막 전사들이 결집하는 걸 방송으로 봤다.

"이놈들이 또 우리에게 쳐들어오려는 모양인데 어떻게 하죠?"

"헤르메스 길드에서는요?"

"수비군을 보내 준다고는 합니다만… 아무래도 얼마 안 될 것 같습니다."

"또요?"

"그놈들이 우릴 얕잡아 보는 게 하루 이틀입니까? 게다가 이미 저번에 털려서 지킬 가치도 없다고 보는 것 같고요."

헤르메스 길드에서는 반란군에 30%, 아르펜 왕국과의 전쟁에 60% 정도의 전력을 배치하고 있는 중이었다.

남부 사막 지역의 전사들이 습격을 해 온다고 해도 영토를 뺏기는 건 아니다. 도시에는 큰 피해가 없고, 곡창지대는 이미 털린 후이니 잃을 건 많지 않다.

반면에 사막 전사들을 막으려면 넓은 지역에 걸쳐서 방어선을 펼쳐야 한다.

그들은 성을 정복하기 위해 공성전을 벌이지도 않기 때문에 넓게 휘젓고 다닌다. 하벤 제국군도 기병 위주로만 막아야 하는데, 그러자면 너무 많은 전력을 분산시켜야 한다는 약점이 생기고 만다.

라페이와 수뇌부에서는 아르펜 왕국에 집중하기로 했다.

위드에게 또다시 승리의 신화를 안겨 주고 싶진 않았기에 전략적으로 남부의 땅은 버려 놓은 것이다.

물론 영주들이 전력을 다해서 막으려고 한다면 성이나 도시는 지킬 수 있을 것이다.

"진짜 해도 너무하네. 우리끼리 전쟁 준비하려면 너무 벅찬데… 가진 거 다 털어 넣어서 살아남으라는 거 아냐."

"우릴 버린 제국을 위해서 싸워 줄 이유가 도대체 뭡니까?"

"그냥 확 넘어가 버릴까요?"

"어디로요? 여긴 아르펜 왕국과 거리도 먼데."

"사막으로요. 제가 입수한 소문에 의하면 사막 지역도 위드의 그림자가 짙게 드리워져 있는 듯하던데요."

"그래요? 자세히 좀 말해 보세요."

"노들레와 힐데른 퀘스트부터 사막은 위드로 인해 발전하게 되었는데……. 게다가 사막 전사들을 지휘하는 이들이 위드의 지인이랍니다."

"그래요?"

영주들은 하벤 제국 이탈을 결정했다.

여차하면 재산을 처분하여 도망가기로 하고 사막 전사들을 반겨 주는 상황이었다.

영토 정복!

네드로 성이 사막 지역의 영토로 편입됩니다.
주민들은 사나운 전사들에 대한 소문으로 불안에 떨고 있습니다.

치안 +24.
도시 발전도 -16.
종교 영향력 -20.
문화 -15.
경제력 -40.

영토 정복!

도시 고소메가 사막 지역의 영토로 편입됩니다.
사막 전사들이 성문으로 들어오자 주민들은 외부 활동을 자제하고 있습니다. 울던 아이들까지 눈물을 뚝 그치고 꼭꼭 숨었습니다.

치안 +31.
도시 발전도 -21.
종교 영향력 -30.
문화 -19.
경제력 -44.

고소메는 일스 대평원의 대도시로, 인구 23만이 살고 있는 곳입니다.
팔로스 제국의 영토가 확장되며 그 업적으로 모든 전사들의 힘과 민첩, 체력, 투지가 7씩 증가합니다.

팔로스 제국의 건국 퀘스트를 하는 검오치와 수련생들은 깃발을 성에 꽂았다.

"이런 스텟이……."

"쌓이면 좋은 거냐?"

"위드가 그러던데요, 남는 건 스텟뿐이라고요."

"막내가 말했으면 맞겠지."

검치와 검둘치의 위드에 대한 신뢰는 대단했다. 심지어 아끼는 검을 달라고 해도 줄 정도였다.

"둘치야, 막내 덕분에 잘하면 장가갈지도 모르겠다. 그 녀석이 아니었다면 이런 세계가 있는지도 몰랐을 것이야. 텔레비전 리모컨도 복잡한데 말이다."

"저도 그렇습니다, 스승님."

"막내가 결혼식 사회를 봐 준다면 끝내주겠지?"

"꼭 맡겨야지요."

현실에서 위드가 결혼식 사회를 봐 준다면 방송국들이 중계를 할지도 모른다. 로열 로드에서도 결혼식을 올린다면 대지의 궁전에서 수십만 이상의 인파를 참여시킬 수도 있었다.

"근데 이 땅들 정복하면 우리가 어떻게 다스리냐? 영주들이 항복을 하긴 했지만 병력을 남겨 놓을 수도 없고."

"우리가 떠나면 다시 마찬가지이기는 합니다."

"그러면 정복하나 마나잖아?"

검치와 검둘치는 이야기를 하다가 중요한 사실에 직면하고 말았다.

사막 전사들은 원래 영토와 국경에 연연하지 않는 특성이 있다. 바람처럼 움직이면서 돌아다니는데, 항복한 도시와 성이 다시 하벤 제국으로 넘어가더라도 이를 어찌할 수 없다.

물론 하벤 제국의 영주들도 그러한 사실을 잘 알기에 쉽게 항복을 한 것이기도 했지만 말이다.

"머리가 아파지려고 하는데, 위드에게 물어보자."

"그러면 되겠군요."

위드에게 귓속말로 사정을 설명하고 답을 기다렸다.

그들끼리는 죽을 때까지도 해결하지 못할 난제 같았는데 무려 15초 만에 해답이 전해졌다.

-사막 전사답게 싸우세요.

-사막 전사답게?

-제가 팔로스 제국을 건국할 당시에는… 크흠, 물론 그게 시간을 여행해서 그런 것이기는 합니다만, 좀 잔인무도했습니다.

-봤다. 아주 전부 쓸어버렸지.

방송에서 중계되면서 자칫 위드의 인성이 들킬 뻔했었다.

로열 로드를 하는 지금이야 현명한 왕이나 위대한 모험가로 추앙받고 있었지만, 마법의 대륙 시절에는 폭군이 따로 없었다.

단지 행패를 당하는 대상이 본래 지탄받던 명문 길드 위주라서 일반인들 사이에서는 평판이 좋았다. 그들을 대신해서 속 시원하게 싸워 주었기 때문이다.

-군대를 키우세요. 항복한 지역에 있는 병사들을 강제로 징집하세요. 검술을 익힌 주민이나 용병 출신 등, 전부 끌어들이셔야 합니다.

-뭐, 가능은 하겠지만 지금도 병력은 많은데?

-싸워야 할 땅이 넓으니 많으면 많을수록 좋습니다. 어릴 때 골목대장을 할 때에도, 부하가 5명보다는 10명인 쪽이 좋았잖아요.

-그렇긴 했지, 음.

-영주들이 항복하면 그들의 병력을 받아서 계속 키우세요. 몇 지역만 병력을 거둬들여도 그다음부터는 웬만하면 저항하기 힘들 겁니다.

–우리 측의 병력이 그만큼 늘어나니 말이지.

–맞습니다. 일스 대평원을 지나면 제국에서도 적극적으로 막아설 겁니다. 중앙 대륙 전체가 뚫리게 되니까요. 그때부터는 무자비하게 약탈해서 전투 물자를 챙기고 병력도 계속 늘려 가면서 싸우시면 됩니다.

–흠…….

검치의 머릿속에 그림이 그려졌다.

하벤 제국. 강대한 힘을 가진 제국을, 사막의 거친 전사들이 약탈하는 장면들이!

'그거 좀 멋진 거 아닌가?'

실제로 위드가 사막의 대제왕 시절에 보인 모습이기도 했고, 방송을 타면서 수많은 사나이들의 로망이 되었다.

–재미있겠구나.

–예. 싸우다가 지면 그걸로 끝이지만, 인생 뭐 있겠습니까. 칼을 뽑았으면…….

–단무지라도 썰어야지.

위드는 검치와 수련생들을 배후에서 조종하는 것으로 하벤 제국과의 싸움을 적당히 끝낼 생각은 없었다.

'어쩌다 벌어진 전쟁이지만… 내가 제국을 공격한 거야.'

대충 끝나지는 않을 전쟁!

'하벤 제국이나 헤르메스 길드의 전력은 상당히 드러나 있다. 강철 기사단처럼 숨겨진 녀석들도 있겠지만…….'

위드가 헤르메스 길드 입장이라고 해도 숨겨 놓은 전력 몇 가지는 당연히 있을 것 같았다.

넘치는 돈이 있고 중앙 대륙을 아우르는 조직과 정보망이 있다면, 퀘스트든 뭐든 이용해서 전력을 확보해 놓았어야 정상이다. 엠비뉴 교단처럼 극단적인 힘을 봉인해 놓았다고 해도 지나치지 않았다.

'몇 개나 숨겨 놓았을까. 2개? 3개? 이 정도는 조금 적은데. 8개나 10개 정도? 중앙 대륙을 통일하고 나서 시기상… 그렇게까지는 준비하지 못했겠지.'

퀘스트는 모험가나 발굴가가 잘 찾아낸다.

위드처럼 특별한 직업과 명성을 가진 유저도 있지만, 전 대륙에 파급효과를 미치는 퀘스트나 봉인된 기술 같은 건 그리 흔하지 않은 편이었다.

'아마도 5개는 될 것 같고. 대충 그 언저리에서 준비해 놓았겠지. 강철 기사단이 그중 하나일 것이고.'

라페이가 중국집에서 자장면 배달을 받은 후 안 쓰고 챙겨 놓은 나무젓가락 개수까지 간파할 정도의 눈치!

'헤르메스 길드 유저가… 게네들 홈페이지에 보면 75만 2,300명 정도. 제국군이 300만이다.'

왕국을 통치하는 입장에서 보면 터무니없을 정도로 막강한 병력이었다. 심지어 영주들이 독자적으로 보유한 군대는 포함되지 않은 수치였다.

'서윤의 희생으로 정세가 유리해졌다. 그들은 지역방위를 위해 절반은 요새나 성 같은 곳에 주둔시켜 주어야 하지. 전쟁에 동원할 수 있는 병력은 나머지다.'

위드의 머릿속에 큰 그림이 그려지고 있었다.

최강의 병력을 가진 하벤 제국군.

강철 기사단 같은 존재가 드러났다고 해서 그들에게 특별히 관심이 가지는 않았다.

아르펜 왕국군이나 남부 사막 전사들, 반란군까지 묶어서 제국의 땅을 사냥하는 것이다.

"공든 탑이 잘 무너지지. 안 그래도 남이 중앙 대륙을 차지해서 배가 아팠는데… 나처럼 배 아픈 녀석들이 많이 있겠지!"

하벤 제국의 정예들이 하르판과 리튼 지역으로 속속 모여들었다.

하르판 지역은 어느새 40% 정도가 북부 유저들에 의해 정복되었고, 리튼 지역은 상륙작전이 한창 펼쳐지고 있었다.

"여기가 리튼 지역입니다. 내리세요!"

"우와… 중앙 대륙이다."

"해안가의 별장들 좀 보세요. 완전 이쁘다."

"이래서 중앙 대륙, 중앙 대륙 하는구나."

치열한 공방전이 벌어지는 상륙작전의 전장과는 다르게 커다란 범선에서 북부 유저들이 느긋하게 내리고 있었다.

상륙한 북부 유저들은 해안가의 도시 상점으로 가서 물품들을 구경하기도 하며 쇼핑을 즐겼다.

하벤 제국에서 빼앗은 전열함과 무장 카락도 북부 유저들의 운송에 나섰다.

"승차감 좋은 전열함! 파도에도 들썩거리지 않습니다. 리튼 지역까지 7골드에 모셔요!"

"30분 후에 출항합니다. 저녁은 중앙 대륙의 항구 라덱에서 드실 수 있어요."

"갓 잡아 올린 싱싱한 회를 드시고 싶은 분은 이 배를 타세요. 선장이 중급 7레벨의 낚시꾼입니다! 바다에서 크라켄 빼고는 다 낚아요!"

상인들이나 모험가들은 북부 유저들의 운송을 통해 짭짤하게 수입을 거뒀다. 덤으로 식료품을 비롯한 교역품도 대량으로 가져와서 판매하며 막대한 부를 일구었다.

하벤 제국은 반란군이 일어나면서 광물의 채광을 비롯해서 곡물 수확량, 물자 생산까지 줄어들고 있었다.

실제로 아직까지 생활에 필요한 물품들이 부족한 사태까

진 벌어지지 않았지만, 그럼에도 기본적인 생필품들을 비롯한 모든 물품의 가격이 30% 이상 상승했다.

중앙 대륙 대부분의 도시들이 아르펜 왕국의 물품을 비싸게 구입했고, 심지어는 특산품의 효과까지 누렸으니 상인들에게는 대박이었다.

돈을 쫓는 상인들에게는 아르펜 왕국의 남는 물자들을 하벤 제국에 팔아서 큰 재산과 성장을 이룰 기회였다.

"이분들이 북부 유저들……."

"새로운 활기가 있네요. 사람이 많아지니까 좋아요."

중앙 대륙의 유저들은 새로운 이들을 반겼다.

아르펜 왕국의 지배하에 들자 세금이 절반 이하로 줄었다. 공식적인 세율 외에도 각종 부가세나 도시 이용 요금, 교역세 등이 감면된 것이다.

제국이 세율 인하를 하기 전이었다면 몇 배나 되는 효과를 누렸겠지만 현재로서도 막대한 이득.

"풀죽, 풀죽, 풀죽!"

중앙 대륙의 유저들도 풀죽을 외치면서 기꺼이 합류했다.

"근데 우리는 무슨 죽이죠?"

"전 죽순죽이 좋던데……."

"따로 가입 절차를 밟기도 어렵잖아요. 게다가 우리끼리도 뭔가를 하면 좋을 것 같은데."

"풀죽신교에 모여 있는 죽 단체만 130여 개라고 합니다.

새로운 게 있을까요?"

"음… 우린 꽃죽으로 하는 건 어때요?"

"꽃죽요?"

"예. 땅에 피어 있는 풀과 꽃… 조화가 괜찮게 어울리잖아요. 이쁘기도 하고요."

중앙 대륙 유저 몇 명이 시작한 꽃죽 부대 창설!

그들은 머리에 꽃을 꽂는 것으로 풀죽신교의 꽃죽 부대임을 드러냈다.

불과 몇 시간, 하루 만에 꽃죽 부대는 대대적으로 늘어나게 되었고, 리튼 지역에 돌아다니는 유저들은 모두 머리에 꽃을 꽂았다.

엘프족이나 요정족은 꽃 장식으로 귀여움과 아름다움을 한껏 드러낼 수 있었다. 그러나 키가 큰 바바리안이나 근육질의 워리어까지도 머리에 꽃을 꽂는 괴로운 사태 발생!

리튼 지역의 작은 어촌 마을 브룬델하임.

레벨 70대의 북부의 초보 모험가 유저 7명이 들어왔는데, 저녁이 될 무렵 마을 전체의 분위기가 바뀌었다. 이곳에서 활동하는 유저 1,000여 명이 모두 머리에 꽃을 꽂고 다니는 것이다.

"풀죽신교가 이런 느낌이었군요. 전혀 다른 남과도 뭔가 하나처럼 이어진 것 같은 기분."

"혼자가 아니죠. 우린 다 같이 살아가는 거니까요."

Moonlight Sculptor

소므렌 자유도시 해방전

The Legendary Moonlight Sculptor

하벤 제국군의 리튼 지역 정벌은 3군단의 정복자 트라키스가 맡았다.

"일주일 내로 철저히 파괴한다. 아르펜 왕국을 이 땅에서 몰아낼 뿐만 아니라 여차하면 역으로 침공할 것이다."

트라키스는 휘하 부대장들에게 공언했다.

그가 이끄는 군대는 3군단 25만의 최정예 병력을 바탕으로 했다. 하벤 지역의 영주로서 인근 도시들에서 징발한 병력 10만, 수뇌부에서 배치한 제국군이 10만 명 더 충원되었다.

총 45만의 막강한 병력!

강철 기사단도 5만이나 따로 뒤따르고 있었다.

"리튼 지역에 상륙한 북부 유저들은 약 100만 정도로 추산!"

"전체적인 레벨 수준은 100대에서 300대까지 다양합니다."

"레벨 400대 이상의 유저들은요?"

"약 5% 정도로 보고 있습니다."

리튼 지역에서 활동하는 첩보원들의 보고도 속속 올라왔다.

중앙 대륙을 정복할 당시에는 헤르메스 길드에서 적극적으로 첩보원을 활용했다. 리튼 지역에 파견을 나간 첩보원들도 100명이 넘기 때문에 어떤 정보라도 순식간에 들어왔다.

"이건 그냥 밟아 버리면 될 텐데……."

트라키스는 로열 로드에서 레벨로 20위권 안에 드는 랭커였다. 그럼에도 전쟁을 벌이기 전에 차분히 생각을 했다.

'전투력으로 본다면 우리의 10%에도 미치지 못할 것이다. 하지만 각종 변수들이 추가되겠지.'

얼마 전 북부 정벌군이 대지의 궁전을 정복해 가는 광경을 방송으로 보며 승리를 확신했었다. 그러다가 대지의 궁전 붕괴와 함께 거대한 군대가 소멸하던 광경은 트라키스에게도 적잖은 충격을 주었다.

극적인 순간, 말도 안 되는 대반전이 벌어진 것이다.

'위드가 개입을 할 가능성은 어느 때보다도 높다. 북부 유저들도 계속 넘어올 것이고……. 그렇다면 속전속결, 전쟁 준비를 할 시간을 주지 않는다.'

트라키스는 시간을 끌면 전투가 어려워지리라고 생각했

다. 그럼에도 방송국들과 관련된 인터뷰에서는 내심을 숨기며 말했다.

"위드와 북부 유저들? 그들은 아무것도 아닙니다."

"전투 전에 자신감을 갖고 계시는군요."

"그럼요. 저는 싸우러 가는 게 아니라 밟아 주기 위해 가는 것입니다."

아군의 사기나 스스로의 유명세를 위해서라도 호언장담을 했다.

CTS미디어의 현장 리포터 나예슬. 특이하게 곰 종족을 선택한 그녀가 웃으며 물었다.

"트라키스 님과 전쟁의 신 위드 님의 대결. 모두가 기대를 하는 게 당연한데요. 만약 일대일의 승부가 벌어진다면 하실 용의가 있으세요?"

"……."

트라키스는 잠시 말을 멈췄다.

'일대일의 승부라고?'

인터뷰에서 괜찮다고 한다면 전투가 벌어지기 전에 위드와 한판 붙어야 할 상황이 올 수도 있기에 신중해졌다.

자기 자신의 목숨이 오가는 것은 물론이고, 일이 잘못되면 3군단이 제대로 싸워 보지도 못하고 패배할 수도 있었으니까.

'이건 많이 껄끄러운데…….'

트라키스의 머리가 도둑질을 하다 걸린 사람처럼 빨리 돌아갔다.

로열 로드 최정상권 랭커였지만 위드와 싸우는 건 피하고 싶었다.

위드의 전투력은 일반적으로 예측이 불가능하다. 재앙을 일으키거나, 종족이나 형태를 바꾸는 등 다양한 방법으로 강해진다. 심지어 소문에 의하면 시간을 멈추게 만드는 능력까지 보유했다고 한다.

-이상해. 분명히 내 스킬이 적중되기 직전이었는데… 오히려 그 순간 내가 죽었어.

-단거리 순간 이동 스킬? 그거랑은 느낌이 조금 다른데. 일반적으로 이동과 동시에 스킬 공격이 적중되진 않잖아.

-마법을 봉인해도 안 되고, 뭘 해도 그 움직임을 막을 수 없어.

직접 위드와 싸워 본 헤르메스 길드 유저들이 이구동성으로 했던 발언이다. 그들도 상당히 강한 편이지만 위드는 닿지 않는 신기루처럼 느껴졌다고 했다.

"위드와의 싸움? 저로서도 무척 기대가 되는군요. 그렇지만 아쉽게도 큰 전투를 앞두고 지휘관이 경솔하게 나설 수는 없습니다."

"아, 네. 그러시군요. 역시 위드 님과 싸우는 건 좀 부담스러우시겠죠."

"그게 아니라……."

"그럼 위드 님이 결투를 신청하면 승낙하시겠어요?"

"……."

트라키스가 이끄는 하벤 제국군은 밤낮을 가리지 않고 신속하게 이동했다.

"더 빨리, 움직여!"

3군단은 특별히 제작된 갑옷까지 착용했다.

재앙에 대비하여 자연에 대한 저항력을 상승시켜 주며 생명력을 극도로 끌어 올린 장비들!

'어느 정도라면 재앙 때문에는 거의 죽지 않는다. 바다에서처럼 피해를 극대화시킬 요소도 없고…….'

트라키스는 정찰병을 대규모로 운용하며 기습에 대비했다.

협곡이나 강, 늪지와 같은 지역은 조금 멀리 돌아가더라도 가능한 피했다. 멀어진 거리는 말과 마차를 최대한 동원하여 이동속도로 복구하려 애썼다.

텔레포트 게이트도 중간에 설치되어 있었기에, 단 이틀 만에 하벤 제국의 중심부에서 리튼 지역의 경계에 도착!

"자잘한 마을들의 복구는 나중에 한다. 리튼 지역의 중심부인 셀지움으로 전속 진격한다."

북부 유저들은 옛 리튼 왕국의 수도였던 셀지움까지 정복한 후였다.

정확히 말하자면 정복이란 표현은 옳지 않은 것이, 북부 유저들이 수십만 명이나 셀지움으로 접근했다.

"드디어 은혜를 갚을 날이 왔군."

그들 중에는 셀지움의 터줏대감과 같은 유저가 있었다.

만돌!

그는 태어나지 못한 딸을 조각해 달라고 위드에게 부탁한 적이 있었다.

어떤 대가라도 치를 셈이었지만, 의뢰 비용은 1쿠퍼.

'설마 대충 해 주는 건 아니겠지?'

만돌은 불안해하면서도 작품의 완성을 기다렸다.

1쿠퍼짜리 조각품은 딸의 일생을 다룬 신화적인 조각품.

모라타에 예술 회관까지 건립되면서, 만돌은 아내와 같이 아르펜 왕국에 정착했다.

풀죽신교가 진군을 시작하자 만돌은 누구보다 먼저 앞장섰다.

"갑시다! 헤르메스 길드에 복수를!"

만돌이 선두에 서자 풀죽신교의 어린 유저들이 두려워했다.

"뭐야, 저 아저씨… 무서워."

"어, 엄청 무섭게 생겼다."

인상이 험악한 아저씨라는 이유만으로 같은 편까지 두렵게 하는 만돌.

그가 원래 살던 고향인 셸지움에 도착하자, 그곳에 있던 유저들이 알아서 마중을 나왔다.

"만돌 형님!"

"드디어 오셨습니까. 기다렸습니다."

만돌이 인상파이기는 해도 착하고 배려심이 깊었다. 로열로드를 하면서 같이 성장하거나 그의 도움을 받은 유저들이 셸지움에는 널려 있었다.

"만돌 형님 일이라면 우리가 도와야지."

"암. 게다가 아르펜 왕국이 지배하는 건 나쁜 일도 아니잖아."

셸지움의 유저들까지 집단 봉기의 조짐을 보이자 도시를 통치하던 총독 베거스는 성문을 열고 야반도주를 선택했다.

대외적으로는 돈과 인맥으로 자리에 오른 낙하산 인사의 최후로 알려져 있지만, 사실은 길드 수뇌부에서부터 계획된 것이었다.

"전쟁을 길게 끌어선 안 됩니다. 제국군의 위세를 보이기 위해 반란군을 한꺼번에 잠재워야 하고, 아르펜 왕국을 제압해야 합니다."

당장은 총독부의 수도 셸지움을 무혈입성하도록 내주었다.

북부 유저들을 그곳에 가두어 놓고 공격하여 전부 몰살시킨다는 계획!

"개미 1마리 빠져나가지 못하도록 해야 합니다."

공성전에서 성을 끼고 수비하는 쪽이 몰살을 당하는 건 힘의 격차를 그대로 드러내는 것이었다.

셸지움 공성전!

북부 유저들과 하벤 제국군이 맞붙는 날이 밝아 왔다.

"크으… 저 많은 천막들 보소."

"제국군의 위용이잖아. 놀랍긴 하다."

셸지움의 성벽에는 북부 유저들이 서 있었다.

1만 개가 넘는 제국군 천막을 보면서도, 예상 밖으로 긴장감은 존재하지 않았다.

"실컷 밥이나 먹자."

"그래. 죽기밖에 더하겠냐."

북부 유저들은 심지어 패배마저도 두려워하지 않았다.

그들은 풀죽신교의 선발대!

진정한 본대는 하벤 제국과의 국경에서부터 차근차근 내려오는 중이었다.

"돌이 부족합니다!"

"이 근처에 채석장으로 쓸 만한 산이 있을까요?"

"2킬로 정도 떨어진 곳에 있습니다. 강에도 돌이 많은데요."

"그럼 모조리 캐 오죠!"

풀죽신교의 본대는 하벤 제국으로 이어지는 길까지 닦으며 진군을 하는 중이었다.

애초에 위드가 하벤 제국을 정벌하자고 이야기했다 해도 1천만 명 정도의 원정군은 간단히 따라나섰을 것이다.

그런데 서윤의 희생이 방송에서 대대적으로 중계되다 보니 북부 유저들의 절반 이상이 분노하며 남하해 왔다.

수천 개의 무리로 내려오다 보니 정확한 인원은 도저히 계산 불가능!

건축가들은 본대의 빠른 이동을 위해 아예 도로를 깔고 교통로까지 확보하는 중이었다.

셀지움의 성벽에 있는 레벨 400대 후반의 유저 크로워가 동료인 젠탈과 이야기를 나누었다.

"우린 죽어도 돼. 하지만 우리가 하벤 제국의 최전방 해방군이다."

"음, 맞지."

"우리의 희생은 로열 로드의 역사에 남게 될걸."

"이번 전투는 승산이 없다."

풀죽신교의 비상전략상황실에서는 하벤 제국과의 싸움을 분석하고 있었다.

양측의 병력 상황을 계속 확인하는데, 아무래도 본대가 도착하기 전에 선발대의 전력만으로는 점령 지역을 지키기가 어렵다는 판단이 내려졌다.

한국군에서 급식 재료 비리를 신고하고 쫓겨난 소위가 의견을 냈다.

"셸지움을 버리고 물러나는 것이 최선입니다. 헤르메스 길드에 승리를 넘겨주더라도 말입니다."

셸지움에 있는 대표적인 유저들에게도 양측의 전력 차이에 대해 설명했다.

"헤르메스 길드에서 셸지움을 내주자마자 3군단이 이곳으로 진군해 오는 건 계획된 움직임으로 보입니다. 퇴각해야 합니다."

그러나 풀죽신교의 선발대와 만돌은 계획에 따르지 않기로 했다.

"우린 물러나지 않습니다."

"이건 너무 무모하다니까요."

"풀죽은 신화입니다. 풀죽, 풀죽, 풀죽!"

선발대의 핵심은 풀죽 광신도들!

그들은 중앙 대륙에 오자마자 다시 물러나는 상황을 원치 않았다.

만돌도 미소를 지었다.

"실컷 싸울 수 있다니, 재밌겠군요. 전 참여합니다."

"만돌 님……."

"아무도 강요하는 사람은 없습니다. 참여하고 싶지 않은 사람은 당분간 접속을 하지 않거나 셀지움에서 철수하면 됩니다. 남기로 한 사람들은 절대 원망하지 않을 겁니다. 우리의 마음이 시켜서 하는 일 아닙니까."

만돌의 말을 듣고 중앙 대륙의 유저들은 고민했다.

레벨이 높은 그들에게 죽음은 대단히 큰 손해였다. 하지만 막상 꼬리를 말고 도망치기에는 자존심이 상했다.

"희생양이라… 희생양이 아니죠. 하벤 제국을 상대로 싸우는 전사가 되겠습니다."

"기꺼이 싸우죠."

셀지움에 있던 고레벨 유저들도 절반 정도 동참했다. 막상 죽기로 결심을 하니 후회 없이 싸우고 싶다는 생각뿐이었다.

-셀지움 공략이 시작되었습니다.

-하벤 제국군이 성벽으로 몰려들고 있습니다.

-공성 무기, 화염차와 빙축기가 사용되었습니다.

—원거리에서 집채만 한 불덩어리와 얼음덩어리가 쏘아져서 성벽을 넘어 도시 건물까지 타격하는 모습을 보십시오!

—중앙 대륙 정복 전쟁이 벌어진 이후에는 봉인되었던 무기죠.

—화염차 공격이 날아들 때마다 북부 유저들 수십 명이 한꺼번에 죽고 있습니다.

로열 로드와 관계된 대부분의 방송국들이 셸지움 공략을 중계하기 시작했다.

하벤 제국과 아르펜 왕국!

위드도 참여할지 모르는 전투였기에 방송국들은 빠질 수 없었고, 시청자들의 관심도 대단히 높았다.

위드는 한숨을 쉬었다.

'셸지움은 포기하는 편이 나은데…….'

대재앙의 자연 조각술을 쓴다 해도 일반 평지에서 하벤 제국군을 휩쓸어 버릴 정도는 결코 아니다.

양측의 전력 차가 너무 커서, 조각 부활술이나 생명 부여까지 잔뜩 쓴다면 극복할 수는 있겠지만 그러자면 전투 한 번에 레벨이 20개는 떨어질 게 아닌가.

아무리 네크로맨서라고 해도 감당이 불가능한 상황!

셸지움에서 선봉대는 위드가 없더라도 최선을 다해서 싸울 것이다. 그리고 전멸하고 말 것이다.

'셸지움의 유저들과 북부 유저들이 다 죽으면 헤르메스 길

드에서는 회식이라도 하겠구나.'

방송을 통해서도 북부 유저들이나 아르펜 왕국의 패배로 포장이 될 것이다.

위드는 셀지움을 넘겨주는 대가로 다른 걸 얻길 원했다.

'못 먹는 감은 발로 걷어차 주지.'

이미 확실히 믿을 만한 몇 명, 중앙 대륙에서 활동하는 유저들에게도 연락을 했다.

흑기사 길드의 칼리스, 로암 길드의 로암은 귓속말을 받자마자 전력을 데리고 왔다.

그들이 모인 장소는 브리튼 연합 지역!

무역과 상업의 중심이 된 자유도시, 베르사 대륙의 경제권을 3할가량 가지고 있는 요충지였다.

위드는 지하 하수구, 레벨 35 이하의 초보들이나 찾아가는 던전에서 1,000명의 고레벨 유저들과 만났다. 주먹만 한 바퀴벌레가 기어 다니는 하수구 던전의 가장 깊은 곳이었다.

"우린 소므렌 자유도시를 먹습니다."

"으음."

로암과 칼리스는 조용히 듣기만 했다. 머릿속은 복잡했지만, 어쨌거나 소므렌 자유도시라면 거대한 먹이다.

'고작 1,000명으로… 소므렌 자유도시를?'

'그곳의 군대가 몇 명이더라? 꽤 많은 것으로 알고 있는데. 4만은 족히 넘겠지.'

중앙 대륙에서도 최고의 명성을 날리던 그 둘이 얌전히 있으니 다른 유저들은 질문도 던지지 못했다. 궁금한 것들이야 산더미처럼 쌓여 있었지만 위드가 직접 추진하는 일이었다.

'뭔가 계획이 있을 거야.'

'우리에게도 알려 주지 않은 카드들을 잔뜩 준비해 놓았을 거야. 불패의 신화를 기록한 주인공이잖아.'

'셸지움까지 포기하고 도모한다면 도대체 얼마나 큰일이기에… 이런 전투에 포함된 게 영광스럽다. 여자 친구, 부모님에게 자랑해야지.'

1,000명 정도는 헤르메스 길드가 알아차리지 못할 만큼 소수였고, 전력상으로도 부족했다.

페일과 파이톤, 로뮤나와 같은 일행도 연락을 받고 끌려와 있었다.

"일주일 정도 사냥 갈까요?"

"아, 아뇨……."

"브리튼에서 헤르메스 길드를 상대로 전투를 할 건데."

"아, 그건 하겠습니다."

눈앞이 캄캄한 순간 던져진 제안에 혹해서 전투에 참여하게 되었다.

어둠 속에는 양념게장도 몸을 숨기고 위드의 말을 들었다.

"1단계 계획은 소므렌 자유도시의 중앙 광장에서 시작합니다. 유동 인구가 대단히 많은 곳이죠."

"으음."

자리에 모인 유저들은 고개를 끄덕였다.

레벨이 500대를 넘거나 그 언저리에 있는 최정예들만이 모였다.

위드의 인맥이나 풀죽신교에서도 최상위권에 속한 유저들.

하벤 제국이 중앙 대륙을 통일하기 전에 소므렌 자유도시를 방문한 경험도 있어서, 얼마나 번화한 지역인지를 잘 안다. 브리튼 연합 지역이야말로 중앙 대륙의 경제를 좌지우지하는 심장이나 마찬가지였다.

"2단계, 3단계 계획은 보안 때문에 적절한 시기가 되면 공개하겠습니다."

"음."

위드의 의견은 어떠한 반론도 없이 통과되었다.

파파밧!

소므렌 자유도시의 텔레포트 게이트를 통해서 도착한 유저들!

"꽃 사세요. 배고프면 먹을 수도 있는 꽃요."

"미역이 정말 쌉니다. 빵이 귀찮으신 분들은 던전에 가셔서 미역을 삶아 드세요. 건강에도 좋고, 체력 회복 속도를 높여 주는 효과도 있습니다."

"부러진 철검 전문적으로 수리해 드려요. 수리비만 받습니다!"

"조각품 팔아요! 조각술 마스터 위드가 만든 조각품과 똑같은 제품! 아는 사람에게 선물하기 좋습니다. 1골드의 저렴한 가격에 모십니다."

유저들은 광장 주변에서 장사를 하고 있는 좌판들을 지나쳤다.

브리튼 지역은 자유무역으로 성장했고, 관광과 산업이 발달했다. 도시의 번화함 때문에라도 여전히 초보 유저들을 포함하여 많은 이들이 활동하고 있었다.

"흠, 저건……."

몇몇 유저들은 탐나는 물품들을 발견하기도 했지만 그대로 지나쳤다.

광장에는 장사를 하고 있는 유저들이 많았고, 그들은 한결같이 수정 구슬을 보고 있었다. 텔레비전으로 먼 곳에 있는 셀지움의 전투를 구경하고 있는 것이다.

"우와… 하벤 제국군 보소. 그냥 물량을 쏟아붓네."

"공성 무기로만 초토화를 시켜 버리겠다. 저러면 나갈 수도 없잖아."

"단단히 벼르고 준비한 느낌이야. 그래도 위드라면 쉽게 지진 않겠지."

"위드와 바드레이의 전투. 그게 또 벌어지면 정말 재미있을 텐데."

광장의 유저들끼리 수정 구슬을 보며 이야기를 나눴다.

도시의 식당가나 숙박업소에서도 수정 구슬을 보며 셀지움의 전투를 구경하는 유저들이 대부분이었다.

아마도 이 순간에는 던전에 있더라도 사냥을 잠시 멈추고 방송을 시청하리라.

일반 유저들은 아르펜 왕국과 하벤 제국이 제대로 한판 붙을 것이라고 생각했다. 실제로 트라키스도 그런 의도를 가지고 3군단을 진군시켰지만 말이다.

"슬슬 자리를 잡고 기다리죠."

"음, 그래요."

텔레포트 게이트를 통해서 온 유저들은 허술한 계획대로 광장의 구석에서 기다렸다.

몇 개의 텔레포트 게이트들이 번쩍일 때마다 유저들이 도착한다. 소므렌 자유도시는 대단히 번성한 지역이기 때문에 이상한 일은 아니었다.

그럼에도 대업에 참여한 유저들은 몇 개나 되는 텔레포트 게이트를 돌고 돌아서 최대한 수상하지 않게 도착했다.

위드와 그 일행, 몇몇 유저들은 유린의 그림 이동술을 이용하여 도착했다.

간단히 도시를 둘러보는 것만으로도 대단히 발전한 지역

임을 알 수 있었다.

무기와 방어구는 세련되었고, 성능도 뛰어났다. 교역품의 경우에도 물품이 다양하고, 고급스러운 제품들이 많았다.

상인들이 소므렌 자유도시에서 물건을 사서 멀리 떨어진 곳에 가서 팔면 큰 수익을 거두었다.

"이 지역의 군대는 5만 3천 정도입니다. 문제는 헤르메스 길드원들이 좀 많다는 건데… 소속된 유저가 4,000명 정도라고 합니다. 다만 지금 부근에 얼마나 있을지는 알 수 없지요."

페일이 정보통의 역할을 맡았다.

메이런을 통해서 방송국의 정보를 입수할 수 있었고, 다리우스와도 끈이 닿았다.

다리우스는 어떻게든 위드에게 잘 보이기 위해 그 동료들에게 선물 공세를 하며 자신을 알렸다.

"추적, 관통, 사거리, 폭발. 이런 명품 화살을… 저한테 주셔도 됩니까?"

"예! 크흐흐. 좋은 물건은 주인을 알아보니까요. 헤르메스 길드에서도 이 화살을 쓰는 유저는 별로 없습니다."

"고맙습니다, 다리우스 님."

로자임 왕국에서 퀘스트를 같이한 적이 있었지만 이후로 수많은 사람들을 만났기에 페일은 처음에는 다리우스를 알아보지 못했다.

"근데 제가 별 권한은 없어서요."

"위드 님과 가장 친한 동료이지 않으십니까, 하핫."

"친한 건 맞지만 동료라기보단 노예……."

"그게 그거죠."

선물을 뇌물이라고는 생각하지 않고 부담 없이 받았다.

'영주 자리를 원한다고? 휴우… 이건 뭐 내가 뭐라고 말할 건 아니네. 주는 건 그냥 받아야지.'

그런데 위드에게 다리우스에 대해 보고하다 보니 옛 기억이 떠올랐다.

"아… 그분이었군요."

"예. 그 싸가지였던 것 같습니다."

그들과 다리우스와의 인연이 극단적으로 엇갈리진 않았다. 천공의 섬을 발견하는 과정에서 좋은 사이는 아니었지만, 문제는 검치와 수련생들이었다.

"다리우스 님을 영주로 받아들이면 그분들이 싫어하지 않을까요?"

"뒤끝이 긴 분들은 아니라서요."

"그래도……."

"1~2달 몸이 좀 고생하면 괜찮을 겁니다. 최선은 안 마주치는 것이지만, 우리가 신경 써 줄 필요는 없죠."

"……."

페일은 다리우스를 오히려 더 불쌍하게 여길 정도였다.

'헤르메스 길드를 떠나와 위드 님한테 이용을 당하겠구나.

어느 쪽이 좋다고는 차마 말 못 하겠다.'

그 이후로 다리우스와도 수시로 연락을 하면서 헤르메스 길드의 내부 사정이나 병력 배치도 등을 받았다.

조금씩 바뀌었더라도 기본적으로 주둔하는 병력에 대한 정보는 크게 틀리지 않을 테니까.

"군대가 5만 3천. 헤르메스 길드원들이 절반 정도만 근처에 있다고 해도 2,000. 운이 나쁘면 3,000 정도군요."

"예."

"그렇다면……."

광장에 흩어져 있는 유저들은 위드의 말을 기다렸다.

위드가 하는 말들은 가까이 있는 유저를 통해 단체 통신 채널로 모두에게 전파되고 있었다.

2차, 3차, 4차.

소므렌 자유도시를 공략하기 위한 완벽한 계획을 기다렸다.

"다 모였으면 영주성으로 진격합시다."

"예?"

"어디로요?"

황당해하는 유저들을 보며 위드는 배낭에서 커다란 상자를 꺼냈다.

"자, 이걸 나눠 드리죠."

그래도 0.1초 정도는 뭐라도 준비했다는 느낌을 받았다.

'공성 무기인가?'

'너무 작은데. 혹시 전설급의 마법 무구?'

'우리에게 엄청난 아이템을 주시는 거야?'

위드가 유저들에게 골고루 나눠 준 건 천으로 짠 깃발이었다.

풀이 무성하게 피어 있는 아름다운 평원과 도시가 그려진 깃발!

풀죽신교의 공식 깃발 같은 건 없으니 북부의 도시들을 표현했다. 이 과정에는 마판으로부터 착취당한 재봉사들이 몇 명 있었다.

"이 깃발로 어쩌자고요?"

"그걸 들고 진격하는 겁니다."

"예?"

평범한 재봉 아이템이었지만 높이 드니 신기하게도 알아보는 유저들이 있었다.

"어… 저건… 풀죽신교?"

"풀죽 깃발이다."

"뭐야, 풀죽신교가 왜 여기에… 잠깐, 저건 전쟁의 신 위드 님이잖아!"

광장에 모여 있던 상인들 몇 명이 큰 소리로 외친다.

페일과 로뮤나는 순간적으로 의심이 스치고 지나갔다.

'평범한 외모 탓에 자주 얼굴을 본 나도 잘 못 알아보는데.

어떻게 위드 님을 바로 알아봐?'

'이상해. 풀이 그려진 깃발 몇 개를 들었는데 어떻게 풀죽 신교까지 연상을 바로 하는 거야? 공식 깃발도 없는 마당에?'

상인들의 정체에 대해 따져 볼 것도 없이 위드가 나타났다는 소란에 광장에는 빠르게 유저들이 모여들었다.

장사를 하던 유저들이나 선술집에서 수정 구슬로 방송을 보던 이들이 모이고 있었다.

"우와아… 진짜 위드 님이다. 셸지움에 있는 줄로만 알았는데요."

"위드 님! 위드 님 맞아요? 예전에 프레야 교단에서 퀘스트 받으실 때 저도 근처에 있었는데."

"위드 만세!"

"아르펜 왕국이여, 영원하라!"

소므렌 자유도시에서 위드의 인기는 그야말로 절정!

자유도시 출신의 유저들에게는 위드야말로 가장 닮고 싶은 영웅이었다.

"뭐야, 이거 어떻게 되는 거야?"

"왜 이래. 정체를 발각당하면 기습의 효과가 없는데."

위드를 믿고 따라온 유저들만 불과 몇십 초 사이에 벌어지는 변화에 멍하니 있었다.

"자, 조각품이 단돈 50골드! 재고가 많지 않으니 서두르세요. 딱 6분 동안만 팔겠습니다."

"……."

심지어 위드는 그가 왔다는 소식이 충분히 퍼질 때까지 바가지 조각품 장사를 시작했다.

조각사 마스터로서 품위가 떨어지게 푼돈 벌이를 한다고 생각하면 오산!

초보 조각사 시절부터 반복적으로 만들어 온 여우, 토끼, 사슴과 같은 조각품은 1시간에 200개씩 빛의 속도로 제작이 가능했다.

위드는 6분 동안 980개를 팔아 치우는 위업까지 달성했다. 이 동네는 돈이 많았고, 선물용으로 10개, 20개씩 구매하는 유저들이 많았던 덕분이다.

"위드 님이 오셨다!"

"풀죽신교의 등장이다."

그사이에도 도시에는 위드가 나타났다는 소문이 퍼지면서 유저들이 더욱 모여들었고, 분위기는 후끈 달아올랐다.

"조각품 판대?"

"벌써 다 팔렸어!"

"으와… 조각품 꼭 사고 싶었는데."

쉬운 먹잇감이 되는 순진한 어린 양들!

위드는 조각품을 다 팔아 치우고 두 손을 높이 들었다.

"왔노라. 팔았노라. 벌었노라!"

"위드! 위드! 위드!"

소므렌 자유도시의 유저들이 묘한 분위기에서 열광했다.

뭔가 자세히는 모르겠지만 조각사 마스터이며 대륙 최고의 인기인인 위드가 나타나서 좋았다. 심지어 위드가 떼돈을 벌었는데 자신이 번 것처럼 뿌듯하기까지 했다.

정치인들이 괜히 거리 유세 같은 걸 하는 게 아닌 것이다.

위드 : 깃발을 높이 드세요.

위드는 단체 채팅 채널에 깃발을 높이 들어 달라는 주문을 했다.

페일과 로뮤나를 비롯해서 파이톤까지도 깃발을 양손으로 높게 들고 흔들었다.

200개 정도의 깃발이 흔들렸고, 기본 분위기 조성은 충분히 되었다.

위드가 벼락같은 사자후를 터트렸다.

“소므렌 자유도시! 그동안 잃어버렸던 자유를 되찾으러 왔습니다.”

“위드! 위드! 위드!”

페일은 군중의 반응을 보며 온몸에 전율이 일었다.

과거에 로자임 왕국에서 피라미드를 건설하자고 할 때와 분위기가 비슷했다.

뭔가 홀린 듯 사기를 당하는 이런 느낌!

"여러분을 위하여 저는 싸울 것입니다."

"위드! 위드! 위드!"

"제 이름만 부르지 마세요. 사람들이 모두 행복하고 잘 살기를 바랍니다."

"풀죽! 풀죽! 풀죽!"

떨어지는 아이스크림이 공중에서 녹아 버릴 듯한 열기.

위드가 등장하고 몇 분 되지도 않았는데 소므렌 자유도시의 광장에 있는 유저들은 마성의 분위기에 빠져들고야 말았다.

"잃어버린 우리의 자유를 되찾읍시다. 우리의 손으로!"

"우와아아아아!"

위드가 사자후를 터트릴 때마다 유저들의 함성이 뒤를 따랐다.

"작은 힘이라도 보태 주면 좋습니다. 무섭다면 뒤에서 따라오기만 해도 됩니다. 저 오만한 헤르메스 길드에, 우리의 긍지를 보여 주는 겁니다!"

위드는 정말 눈 깜짝할 사이에 광장에서 무려 4만 명의 군대를 결성했다.

"영주성으로 진격!"

"가자!"

위드가 앞서고 무기를 든 유저들이 뒤따랐다.

영주성으로 향하는 길에 마주치는 유저들, 소식을 듣고 달려온 유저들이 전부 무리에 합세했다.

직업이나 레벨에 따른 편성도 되지 않은 상태였지만 그런 것은 아무래도 상관없었다. 사람이 모이고 있었으며, 그 파괴력은 짐작할 수가 없었기 때문이다.

훗날 마판은 이 순간의 사건을 대화 형식으로 회고록에 썼다.

사전 준비 과정? 딱 30분 걸렸습니다. 그냥 일당 3골드를 주면 되는 초보 유저들을 섭외하는 것으로 충분했죠. 100명 정도 되었나……. 전 1,000명 정도 준비하려고 했는데 그마저도 위드 님이 돈이 아깝다며 줄인 거죠. 이럴 때면 제 돈인데도 아껴 주는 위드 님이 참 좋습니다.

그들이 할 일요? 가르친 것요? 없어요. 그냥 위드 님이 오면 큰 소리로 이름만 부르라고 했습니다. 그걸로 모든 준비는 다 됐죠. 군대를 따로 결성할 필요도 없고, 전투 물자를 보급하지 않아도 되었습니다.

만약 소므렌 자유도시의 군대가 막아 내면 어떻게 하느냐고요? 뒤통수를 세게 맞았는데 어떻게 막습니까.

근데 막아도 큰 의미는 없었을 겁니다. 위드 님이니까요. 더 아프게 때렸을 거니까요.

2차, 3차, 4차 예비 계획이 발동되지 않았겠냐고요? 그런 거는 없다니까요. 위드 님의 장점은, 철저한 준비성도 있지만 때때로 저지르는 파격입니다.

그래요, 위드 님이 말씀하신 적이 있죠. 기적이란 열심히 사는 눈치 빠른 자가 만든다고요. 대충 눈치로 때려 맞추면서 대응하는데, 이게 의외로 굉장하다니까요.

전투는 타이밍!

소므렌 자유도시의 영주인 크골타는 누워서 수정 구슬을 보고 있던 중이었다.

"이번에는 설마 이기겠지. 위드가 하늘을 나는 재주가 있더라도 말이야, 크크큿."

크골타나 헤르메스 길드 유저들은 위드의 패망만을 기다리고 있었다. 이 베르사 대륙에 위드와 아르펜 왕국만 존재하지 않는다면 그들의 적수는 없으니 말이다.

심지어 반란군 사태도 구심점이 존재하지 않는다면 수뇌부에서 어떻게든 무마시킬 수 있으리라고 생각했다.

"큰일입니다! 반란이 일어났습니다!"

"음… 하필이면 이럴 때에."

크골타는 상인 출신이라 크고 무거운 몸을 일으켰다.

"규모는?"

"아직 집계가 안 됩니다. 10만 정도로 추산하고 있습니다."

"그 정도라면 뭐……."

반란군의 규모가 생각보다 커서 떨떠름하긴 했지만 크골타는 곧 막을 수 있으리라고 봤다.

소므렌 자유도시에 쌓이는 부는 다 쓸 곳이 없을 지경이라 성벽과 방어 시설의 개보수도 철저히 이루어졌다.

'대충 도시의 군대로 막아 내면 전리품의 이익이 상당하겠지.'

상황이 나빠지면 길드로 도움을 요청하려고 하는 정도였다.

하지만 곧 침실로 들어온 부관이 외쳤다.

"반란군을 이끄는 수장이 위드입니다!"

"위드. 그래, 흔한 이름이지만 이 근방에서는 들어 본 적이 없는데."

"전쟁의 신 위드입니다."

"허… 그런 호칭을 단 유저도 있나? 어디서 멋진 걸 달긴 했네."

"전쟁의 신 위드 모르십니까? 바드레이 님과도 싸웠고… 아르펜 왕국의 국왕 말입니다."

"위드는 알지. 누가 몰라. 로열 로드에서 제일 유명한 사람인데."

부관이 답답하다는 듯이 가슴을 쳤다.

"그러니까 그 위드가 지금 이 도시에 쳐들어왔다고요!"

크골타는 자리에서 펄쩍 뛰었다.

"뭐라고? 그놈이 왜, 어째서, 어떻게?"

"저도 모릅니다."

"셸지움 공성전을 지휘해야 할 자가… 생방송으로도 나오고 있는데."

"그게 중요한 게 아닙니다. 어서 막아야 할 게 아닙니까!"

크골타는 일찍부터 막대한 부를 일구고 소므렌 자유도시 중심가의 상점들을 소유했다. 하벤 제국에 줄을 대서 총독의 자리에 오른 후에는 돈을 쓸어 담는 중이었지만 전쟁에 대한 관심은 적었다.

"위드가 쳐들어온다고?"

"몇 번을 말해야 합니까. 반란군을 이끌고 있다니까요."

"싸워야 되겠지?"

"도시를 그냥 내줄 게 아니라면 당연하죠."

소므렌 자유도시의 행정을 맡은 부관, 행정부 공무원 출신인 그는 현실에서의 능력을 인정받아서 승진한 케이스였다.

답답한 총독을 만나서 고생하는 전형적인 능력 있는 부하!

"누가 막지?"

"모르겠습니다. 부시리가 그나마 지금 접속해 있는 유저 중에서 가장 강합니다. 직업도 기사고요."

"부시리가 지난번 연회에서 자랑하기를 레벨이 512라고 했나. 그가 막을 수 있을까?"

"희망적이진 않습니다. 쉽게 잡힐 거면 헤르메스 길드에서 그렇게 노렸겠습니까?"

"그, 그렇지. 그래도 수비군이 막는 사이에 길드에 지원을 요청하면?"

"허겁지겁 올 겁니다. 그러나 이 도시는 빼앗기고 난 후일 겁니다."

셀지움을 생중계하던 방송국들에는 날벼락이 떨어졌다.

"빨리 소므렌 자유도시로 연결해!"

"위드다! 위드가 그쪽에 등장했어!"

"말이 돼? 위드가 왜 거기에 나타난 건데?"

"광장에서 유저들을 모아서 영주성으로 진격하고 있다는 소식입니다."

"당장 B팀 준비시키고, 가능하면 동시 생중계로… 빌어먹을! 셀지움도 중요한데. 소므렌 자유도시도 긴급이잖아. 어느 쪽을 방송해야 하지? 다른 방송국들의 반응은 어때?"

방송국들은 급하게 소므렌 자유도시의 생중계를 결정하고 편성했다.

KMC미디어, CTS미디어 같은 곳은 대형 방송국임에도 불구하고 셀지움을 포기하고 소므렌 자유도시로 중계를 옮겼다.

다행히 브리튼 연합 지역에는 다수의 유저들이 활동하는 만큼 취재원들이 있어서 방송은 5분도 되지 않아 준비되었다.

"셸지움 공성전은 지금 하벤 제국의 파상공격이 계속되고 있습니다. 현재 외성벽이 무너진 상태이고 제국군 보병들이 도시로 진입하고 있는데요. 오주완 씨, 북부 유저들의 저항이 완강하죠?"

"네, 그렇습니다. 전투력의 차이가 크긴 합니다만 악착같이 버티고 있습니다. 심지어는 적을 상대하기 위해 잔해 속에도 숨어 있습니다."

"셸지움 공성전이 한창 벌어지고 있습니다만 현재 위드 님이 소므렌 자유도시에 등장했다는 소식이 들어왔습니다. 잠시 중계 화면을 소므렌으로 옮겨 보겠습니다."

위드의 등장을 기다리며 텔레비전을 보고 있던 시청자들도 소므렌 자유도시에 관심을 갖게 되었다.

"정복하자!"

"소므렌을 다시 자유도시로!"

"우리는 지배를 원하지 않는다!"

위드가 불을 붙이기는 했지만 군중은 장작처럼 쌓여 있던 분노에 스스로 폭발하며 타올랐다.

광장을 나오자마자 10만으로 늘어난 유저들의 진군.

뭔가 될 것 같다는 느낌에, 도시에서 활동하던 이들이 계속 합류했다.

영주성을 앞에 두었을 때는 13만, 잠시 머뭇거리는 동안 17만이 넘는 인원이 모였다.

위드의 등장에 광장이나 길거리에서도 속속 접속하는 유저들이 있었고, 성문에서도 사람들이 들어왔다.

"타도 헤르메스 길드!"

"우리는 풀죽신교다. 소므렌죽이다!"

위드를 따르는 유저들은 길가에서 풀이나 꽃을 따 머리에 꽂았다.

"공격!"

소므렌 자유도시를 다스리기 위해 하벤 제국에서 새로 지은 영주성이 타도의 목표가 되었다.

높고 단단한 성벽, 마법을 시전하는 최첨단 방어 시설!

궁수탑에서는 강력한 중형 화살이 빗발치듯이 쏘아져서 군중을 꿰뚫었다.

"접근을 막아라. 뜨거운 기름을 준비하고, 모든 병력이 출동한다!"

"옛!"

부시리는 지휘력이 뛰어난 기사답게 병사들을 데리고 수성에 들어갔다.

브리튼 연합 지역에서도 손에 꼽히는 큰 영주성.

하벤 제국에서 일부러 막대한 돈을 들여서 인근 지역까지

관할하도록 건축한 요새이기도 했다.

제국군이 성벽과 요충지마다 배치되어 유저들과 전투를 벌였다.

“마법을 집중시켜서 성문을 뚫어요!”

“궁수와 레인저 직업을 가지신 분들은 앞에 나서지 마세요! 사거리가 되면 도시 건물에 올라가서 성으로 쏘세요!”

자유도시의 유저들은 지휘 체계가 갖춰지진 않았지만 저마다 할 일을 찾아 가고 있었다. 도시의 각 지역에 주둔하고 있는 군대를 물리치기도 했다.

위드는 페일과 함께 마법사의 탑에 올랐다.

“흠… 전망이 좋군요.”

“소므렌 자유도시는 확실히 번화한 곳이죠.”

둘의 눈에는 아름다운 중세 시대의 도시 건축물들이 보였다.

로열 로드의 문이 열리고 나서 이 도시에 쌓인 막대한 부는 호화로운 건축물들로 바뀌었다.

프레야 교단을 비롯한 신전들이나 상점가, 길드 등이 도시에 골고루 건설되어 있다. 귀족이나 부자의 저택도 만들어져서 멋진 경치를 자랑했다.

“적들을 물리쳐라!”

“총공격! 물러서지 말고 장벽을 넘어요!”

헤르메스 길드 유저들과 지역 유저들의 고함 소리가 들렸다.

도시 곳곳에서는 방화가 일어나서 불길과 시커먼 연기가 하늘까지 솟구쳤다.

전쟁에 빠져 버린 소므렌 자유도시!

페일은 곁눈질로 힐끔 위드의 얼굴을 쳐다봤다.

'그저 위드 님이 왔을 뿐인데 이런 전투가 벌어지다니… 이것이 존재감인가.'

페일이 복잡한 생각을 하기도 전에 위드가 말했다.

"슬슬 시작해 봐야겠군요."

"뭘요?"

"언데드죠. 대규모 전투에는 언데드가 제격 아니겠습니까?"

중앙 대륙의 뛰어난 유저들이 싸우는 전장.

수비군이나 반란군, 어느 쪽이 죽어 나가든 그들의 시체를 언데드로 만들어서 일으킬 수 있다.

높은 등급의 언데드를 잔뜩 소환하고 싸우도록 지시하면 저절로 쌓이는 경험치와 스킬 숙련도!

심지어 도시의 유저들이 죽는 건 결국 하벤 제국의 손해이기도 했다.

이들이 반란군으로서 정상적으로 살아가지 못하고 아르펜 왕국에라도 가 버린다면 바드레이나 라페이로서는 땅을 치고 한탄할 일!

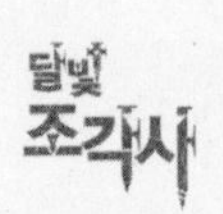

지금 전투가 벌어지고 있을 셀지움이 파괴되는 것도 따지고 보면 하벤 제국의 손해다.

장기적으로 본다면 하벤 제국은 북쪽에서는 아르펜 왕국을, 남쪽에서는 사막 전사들을 막아야 한다. 여기에 제국 내부에도 위험한 전선이 형성되는 것이다.

치고받고 싸울 때마다 손해를 보며 전력이 깎여 나가게 될 하벤 제국!

유저들을 잃고, 민심도 잃고, 영토까지 빼앗긴다.

'크… 사악하다. 이래서 마판 님이 항상 자기는 위드 님에 비해 부족하다고 했구나. 겸손이 아니었어.'

이것이야말로 500원을 넣고 뽑기 기계를 통째로 가져가는 것과 무엇이 다르겠는가!

소므렌 자유도시 공방전!

부시리가 이끄는 수비군은 훌륭하게 잘 막아 냈지만, 도시 유저들의 집중 공격을 버티는 정도였다.

"너희가 살아서 움직이던 땅으로 돌아오라. 이곳은 어두운 곳. 검고 부패한 땅. 영영 사라지지 않을 암흑의 율법을, 모든 이들에게 새길 수 있도록 하라. 언데드 라이즈!"

위드는 데스 나이트와 스펙터를 소환했다.

언데드 소환이 중급 7레벨에 오르면서 대형 망치를 든 늑대 돌격 전사들도 소환되었다.

"싸워라. 짓밟아라. 나에게 바칠 것은 없다. 전부 없애 버려라!"

조각 파괴술로 예술 스텟을 지혜로 몰아넣었다.

언데드를 끊임없이 투입하는 위드!

스켈레톤 궁수들도 수백 마리씩 소환하여 원거리 공격을 시켰다.

스켈레톤들은 대형 공성 무기가 작렬하더라도 다시 뼈다귀를 맞추고 일어났다.

"클클클, 우린 죽지 않는다. 왜냐면 이미 죽었기 때문이지!"

"불멸의 전사가 부른다. 우리와 싸울 자들은 누구인가!"

약해 빠진 스켈레톤이라지만 뼈 화살을 끊임없이 쏘아 대는 존재는 위협적이었다.

그들을 해치우기 위해서는 성벽 밖으로 수비군이 나와야 한다. 하지만 헤르메스 길드 유저들은 스스로의 안위를 생각해서 나가지 못했다.

시도를 아예 하지 않은 건 아니었지만 나가자마자 목숨을 잃었다.

위드의 부하인 워리어 바하모르그!

일대일로 그를 상대할 수 있는 유저는 이곳에 없었다.

전장을 떠도는 암살자 양념게장.

전사 파이톤.

그 외에 헤르메스 길드에 원한을 품은 다수의 고레벨 유저들.

도시의 유저들도 쌓인 게 많다 보니 헤르메스 길드 유저들이 나오자마자 집중 공격을 했던 것이다.

"성 내부까지 길이 뚫렸다!"

성벽이 부서진 틈, 건물로 보이지 않는 위치에 구멍이 생겼다.

도시 유저들이 진입하게 되면서 소므렌 자유도시 공방전은 끝을 향해 달려갔다. 영주성의 수비 병력은 지치고 줄어들고 있었지만, 반란군은 시간이 갈수록 오히려 늘어만 갔던 것이다.

위드가 빛의 날개를 타고 다니며 하늘에서 사자후를 터트린 것이 결정적이었다.

"우린 항복한 이들을 용서해야 합니다!"

"……?"

무슨 뜬금없는 소리인지 모르는 일.

실컷 싸우고, 언데드를 소환하여 수비군과 헤르메스 길드 유저들을 때려잡고 있던 위드의 입에서 엉뚱한 말이 나왔다.

"우리가 싸워야 할 적은 몇 명의 사람이 아닙니다. 그동안 베르사 대륙에서 사라졌던 정의를 위해 노력해야 합니다!"

초등학생도 믿지 않을 말!

어린아이들이 휴대폰만 켜도 세상이 얼마나 험악한지를 깨닫는 시대였다.

"싸워야 할 때는 싸웁시다. 하지만 만약에 저들 중에서 더 이상 싸우지 않겠다는 이가 있으면 용서를 해 줍시다. 끝없는 보복만이 세상을 이롭게 만들지는 않을 것입니다!"

위드의 정의!

공감하는 유저들이 많진 않았지만, 성벽이 뚫리고 영주성에 갇혀서 몰살을 기다리던 헤르메스 길드 유저들에게는 고민거리였다.

'항복하면 살려 준다고?'

그들은 마음으로 갈등을 했다.

한 번의 죽음을 피하는 가치와 헤르메스 길드를 이탈하게 되는 손해.

어느 쪽이 크냐면, 당연히 헤르메스 길드를 이탈하며 생기는 손해가 더 막대하다.

하지만 막상 브리튼 지역에서 꾸준히 활동했던 헤르메스 길드 유저들은 달랐다.

그들은 하벤 제국이 중앙 대륙을 장악하고 나서 가입하게 된 유저들. 다른 명문 길드에 속해 있었지만 능력을 인정받아서 말을 옮겨 타게 된 경우다.

'쭉 이 지역에서 활동을 하려면… 만약 위드가 이쪽 지역을 다 해방시켜 버리면 어떻게 하지?'

고향을 버리고 헤르메스 길드가 지배하는 땅으로 옮겨야 할 가능성이 있었다.

반대의 경우에는 아르펜 왕국으로 이사를 가야 할 테지만 어쨌든 당장 죽지는 않아도 된다. 게다가 지금 살아남는다면 재산을 처분해서 손해를 줄일 기회도 얻게 되지 않겠는가.

격렬한 전투 중에 위드의 말 한마디에 무기를 버리는 유저들이 나타났다.

"항복합니다!"

"저는 더 이상 싸우지 않을 겁니다!"

헤르메스 길드 유저들의 이탈로 방어진은 급격하게 와해되었다.

끝까지 버틴 이들이 삼분의 일 정도는 되었지만, 나머지는 살아남은 대신에 헤르메스 길드를 떠나게 되었다.

정복자 트라키스!

그는 3군단의 병력을 지휘하면서도 긴장의 끈을 놓지 못했다.

"위드와 싸워야 한다. 어떤 변수를 만들어 낼지 모르고… 물론 그렇다고 하더라도 이번만큼은 나의 승리가 되겠지만."

셀지움을 내준 것부터가 전술의 일환.

하벤 제국에서 우수한 성능의 공성 무기를 잔뜩 가져와서 외곽에서부터 포격으로 무너뜨리고 있었다.

강철 기사단의 존재도 든든하기 짝이 없었고, 이곳이라면 북부 유저들의 인해전술도 한계가 명백했다.

'전투의 책임자로 나를 임명해 준 건 고마운 일이지. 오늘이 지나면 난 위드와 아르펜 왕국을 이긴 명예를 얻을 것이다.'

헤르메스 길드의 쟁쟁한 다른 유저들보다 앞서 나갈 수 있는 기회.

성벽을 무너뜨리고 도시 자체를 초토화시켜 버릴 각오로 공성 무기들을 조금씩 전진시켰다.

트라키스가 잔뜩 분위기를 잡고 전장을 주시하고 있는데, 헤르메스 길드 유저 탄멜이 말했다.

"군단장!"

"왜, 지금은 전투 지휘 중인데. 중요한 일이 아니면 한시라도 긴장을 풀어서는……."

"그게 아니고, 위드가 소므렌에 나타났다는데?"

"뭐야?"

트라키스는 공성전을 진행하는 와중에 위드가 소므렌 자유도시에 등장했다는 소식을 들었다.

처음에는 믿기지 않았지만 곧 수정 구슬을 통해 각 방송국들의 생중계도 소므렌으로 옮겨 간 것이 확인되었다.

바짝 날이 서 있던 긴장이 허망하게 풀렸다.

'위드가 이곳을 버렸다. 그렇다면 여긴 북부 유저들이 좀 남아 있을 뿐인 곳.'

북부 유저들이라고 해 봐야 인원수도 그리 많지 않았다.

그들 중에는 레벨 100 이하짜리도 많았으니 그냥 싸우더라도 어렵지 않게 이길 상대에 불과했다.

'하벤 제국이 중앙 대륙 정복 전쟁을 벌일 때에 비한다면 얼마나 쉬운 싸움이란 말인가.'

트라키스는 제국군에 총공격을 명했다.

"전부 부순다. 이 전투를 오늘 밤까지 끌고 가는 건 수치다."

공성 무기가 진격하며 불과 얼음덩어리를 토해 냈다. 강철 기사단과 제국군이 동시에 전진하며 북부 유저들을 학살했다.

"풀죽, 풀죽, 풀죽!"

"아직 끝난 게 아니에요. 끝까지 싸워 봐요!"

북부 유저들은 장렬하게 싸우다가 죽어 갔다.

상대가 불가능한 막강한 군사력.

트라키스가 이끄는 3군단은 셸지움에 모여 있던 유저들을 힘으로 찍어 눌렀다.

가끔씩 항복하는 유저들도 나왔지만 대부분은 싸우다가 목숨을 잃었다. 3군단은 계획대로 밤이 되기 전에 전투를 마무리 지을 수 있었다.

도시는 초토화되었고, 모여 있던 수많은 유저들은 몰살을 당했다. 그에 비해 제국군의 피해는 2만 명이 채 되지 않을 정도로 압도적인 승리였다.

마판은 장사를 하면서 셀지움과 소므렌 자유도시의 전투를 구경했다.

"크으, 역시 위드 님!"

그저 감탄밖에 나오지 않았다.

상대의 뒤통수를 치는 것 역시 때리는 각도와 힘, 위치가 절묘했으며 뒤처리까지도 완벽했다.

그의 부하인 숨긴돈.

로열 로드로 끌어들인 사촌 동생이 물었다.

"근데 형, 있잖아."

"어."

"왜 위드 님이 저 사람들을 살려 준 거야? 형이 말해 준 대로라면 당연히 경험치와 스킬 숙련도라고 때려잡아야 했을 텐데?"

"그건 위드 님을 단순하게 본 것이지."

마판은 배를 출렁거리며 위드에게서 배운 썩소를 따라서 지었다.

"경험치와 숙련도는 한 번 오르면 다야."

"그렇지."

"위드 님은 말 한마디로 싸움을 끝낸 영향력을 과시했고, 자비로운 모습까지도 보였지. 그건 베르사 대륙 전체에 파장을 주게 돼."

"평소와는 다른데. 그런 걸로는 좀 아깝지 않나?"

숨긴돈은 고개를 갸웃했다.

그가 그동안 들어 온 위드의 인성이라면 양심에 따라 판단했을 리가 없기 때문이다.

옅고 희미한 가치를 위해 눈앞에 있는 확실한 이득을 놓쳐 버리다니!

숨긴돈에게는 위드에 대한 판단을 다시 내리게 할 정도로 큰 부분이었다.

'내가 따를 사람이 아니라면 떠나야겠지.'

마판은 다 알고 있다는 듯이 턱살을 푸들거리며 웃음을 감추지 않았다.

"저들은 위드 님의 자산이 될 거다."

"응?"

"헤르메스 길드가 저들을 다시 받아 주겠냐? 앞으로는 아르펜 왕국을 위해 사냥하고 퀘스트하고 전투를 하게 되겠지."

"그래도 위드 님 스스로의 성장이 아까운데!"

"후후."

마판은 숨긴돈의 욕심에 흡족했다. 무릇 저 정도의 욕망은 있어야 바람직한 상인이라고 할 수 있다.

"위드 님이 존경받아야 할 이유가 바로 그거지."

"응?"

"얼마 남지 않은 패잔병들. 저걸 언데드로 다 쓸어버리면 북부 유저들 사이에 분명 시기하고 질투하는 유저들이 생기게 될걸."

"아……."

"공짜 밥을 얻어먹을 때 주의해야 하는 법칙이야. 마지막 한 숟가락은 눈칫밥이니 절대 먹지 않는 것이지. 그러면 또 다른 공짜 밥이 생기니까."

The Legendary Moonlight Sculptor

눈에는 눈

3개의 전선!

아르펜 왕국과 사막 전사들.

거기에 위드가 등장하면서 브리튼 연합 지역의 대도시들이 속속 해방되고 있었다.

'이런 방식으로 뒤통수를…….'

전쟁을 벌이며 국경을 무시하고 전선을 확장하는 방식에, 라페이는 뒤통수를 강하게 얻어맞고 말았다.

아르펜 왕국에 정복된 지역의 유저들이 이탈했다.

브리튼 지역의 유저들도 하벤 제국의 질서를 따르지 않고 기꺼이 반란군에 가담하는 상황이었다.

'제국의 인구나 경제력… 이런 방식으로는 어렵게 쌓아 왔

던 공든 탑이 그냥 다 무너지는군. 강철 기사단을 꺼내 놓으면서 형성하려고 했던 주도권을 빼앗겼다.'

꼼수 한 번에 뒤집어지는 전세!

라페이는 고심에 잠긴 후에 결정을 내렸다.

"전쟁의 주도권을 잡으려고 했지만 상상외로 교활하게 대처했군요. 이제 5대 수호 비책 중 하나를 더 열겠습니다."

"크흠… 또다시."

"아니, 벌써 말입니까?"

"강철 기사단은 아직 제대로 된 전투에 참여하지도 못했습니다."

수뇌부에서도 반대가 생길 정도로 파격적인 결정이었다.

5대 수호 비책은 헤르메스 길드에서도 막대한 자금과 인력을 투입해서 만들어 낸 비장의 무기였다.

"강철 기사단은 훌륭한 전력입니다만 더 이상 주목을 받지 못하고 있습니다. 게다가 며칠간 전황이 급변했으니… 제국은 더 강한 힘을 내놔야 합니다."

"지금도 여전히 적을 이길 수 있는데요. 주력군이 있는 곳에는 패배가 없습니다."

"적들과 비슷한 힘을 보여 줘 봤자 제국에 미래는 없습니다. 상대가 3 정도의 힘을 가지고 있다면 우린 10이나 20을 보여 줘야 합니다. 위드의 선동이 얼마나 큰 효과를 발휘할 수 있는지를 감안하면 말이죠."

하벤 제국은 넓은 영토와 인구가 큰 약점이었다. 위드와 아르펜 왕국은 이해할 수 없을 정도로 대단한 인기를 끌고 있었으니, 그들이 분위기를 주도하는 것을 경계해야 했다.

'세금을 낮춘 것 외에 다른 편의는 제국에 비해 많이 뒤질 텐데. 이것이 건국의 저력인가.'

폐허였던 모라타가 재건되고 유저들의 힘이 모여 아르펜 왕국이 건국되는 이야기.

이 짧은 역사가 주는 강력한 동기부여는 하벤 제국의 통치 방식과는 다른 차별점이었고 따라가지 못할 경쟁력이었다.

라페이는 악순환을 끊어 버리기 위한 결단을 내렸다.

"남은 네 가지의 비책 중에서 가장 위험한 한 가지는… 그 파괴력을 짐작하기가 힘듭니다. 그러므로 마지막 수단으로 아껴 놓도록 하죠."

"찬성입니다."

"지금은 팔마 그림자 부대를 소환하도록 하겠습니다."

"그렇게 강한 카드를……."

팔마 그림자 부대!

베르사 대륙의 역사에서 가장 강성했던 마녀 집단과 암살자들이 결합하여 만든 단체다.

헤르메스 길드에서는 S급 난이도의 퀘스트를 발굴하던 중에 알아냈고, 그들과 거래를 했다.

병력을 키울 수 있는 비밀 묘지와 보급품을 주는 대신에

원하는 대상이나 지역을 파괴해 주기로 한 약속!

"팔마 부대에는 인해전술이 오히려 역으로 작용하게 되죠. 북부와는 상극이라고 할 수 있으니 어렵지 않게 아르펜을 쑥대밭으로 만들어 놓을 것입니다."

풀죽신교의 본대가 남쪽으로 서서히 내려오고 있었다.

방송국의 취재원들은 마법 스크롤을 이용해 하늘 높이 날아서 그 광경을 담으려고 했지만 불가능했다.

산과 평원, 강, 호수.

그 모든 영토를 덮어 버리면서 인간의 해일이 남쪽으로 진군하고 있다.

모든 것을 먹어 치운다는 불개미 떼를 연상시킬 정도였다.

"북부 유저가 이렇게 많았나?"

"세상에… 이건 진짜 몇천만은 된다."

인간들의 뒤를 따라오는 오크들도 있었다.

"취익, 새로운 번식지가 필요하다."

"어디든 가고 보자. 못 살겠다. 취췻!"

어느새 부하들을 대대적으로 번식시키는 데 성공한 오크로드들. 빠르게 성장하는 레벨과 지휘력을 바탕으로 전사와 투사를 키워 냈다.

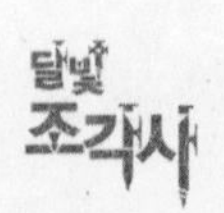

"오크 군단이 간다, 췻!"

"나도 우리 애들이 무섭다, 취이익!"

용맹한 오크들은 기꺼이 전쟁에 참전했다.

오크 로드들의 입장에서는 밥그릇을 줄이기 위해서라도 싸움을 마다할 형편은 결코 아니었다.

드워프, 엘프, 바바리안, 요정족.

온갖 종족과 직업을 가진 유저들이 남하하고 있었다.

하벤 제국군 2군단을 이끄는 제롬.

그가 맡은 임무는 북쪽으로 진격하여 하르판 지역을 복구하는 것이다.

그의 군대는 25만의 인원을 가진 2군단에, 강철 기사단 10만, 마법병단 3만이 뒷받침되었다.

하벤 제국의 수도 부근 영주들도 무려 20만이나 되는 병력을 내놓았다. 제국의 막강한 군사력 중에서 약 10%가 그의 휘하에 있었다.

"영주들의 상태는 어떻습니까?"

"약 127명이 아르펜으로 넘어갔습니다."

"남은 영주들에게 통보하세요. 제국군이 가고 있다고 말입니다. 아르펜에 넘어간다면 그들은 척살령이 떨어지는 것은 물론 다시는 중앙 대륙의 땅을 밟지 못할 것입니다."

"예!"

제롬은 중앙군을 전진시키며 주변으로 몇 개의 부대를 퍼뜨렸다.

하르판 지역에 펼쳐져서 신이 난 북부 유저들을, 만 명 정도의 병력이 이동하며 사냥했다.

"싸웁시다!"

"풀죽, 풀죽, 풀죽!"

북부 유저들이 버텨 봤지만 제국군의 정예인 2군단을 상대하기는 무리였다.

"강철 기사단을 출진시킨다."

"옙!"

북부 유저들은 강철 기사단에는 반격도 못 하고 속수무책으로 무너졌다.

제롬의 군대는 중앙 대륙 정복을 할 당시에도 용맹함으로 이름이 드높았다.

"돌격하라. 전쟁은 용기로 하는 것이다."

수많은 유저와 병사를 이끌고 전투를 수행했던 군단장!

그는 사기의 중요성을 누구보다도 더 잘 알고 있었다.

중앙 대륙 정복 전쟁에서도 앞장서서 싸우며 기선을 제압했으며, 제롬의 군대와 싸우는 이들은 전투가 벌어지기 전부터 패배를 두려워했다.

지금은 정예병이 쌓이고 쌓여서 무적 중에서도 무적이라고 불렸다.

하루에 열두 번의 전투, 북부 유저들을 수만 명씩 어렵지 않게 쓸어버리면서 하르판 지역을 장악해 갔다.

"전쟁 준비를 위해 병사들을 키우기에는 정말 좋군."

제롬은 북부 유저들을 사냥하며 만족스러워했다.

2군단이 하르판 지역을 토벌하는 사이에, 팔마 그림자 부대가 하벤 제국에 등장했다.

마녀와 암살자.

수백 년 전부터 갇혀 있던 흉악한 범죄자들과 마수들이 풀려나서 북쪽으로 이동을 시작했다.

그 숫자만 10만에 달하기에 금세 유저들 사이에 입소문이 퍼졌다.

그들이 지나간 곳은 악취가 풍겼으며, 꽃과 풀, 나무까지 시들었다.

소문을 들은 유저들이 모여들어 크기가 5미터에서 7미터에 이르는 마수들이 북쪽을 향해 걸어가는 광경을 멀리서 봤다.

레벨 470대를 넘어가는 레인저 다크포드.

그는 유저들 틈에서 장거리 관찰 스킬로 팔마 그림자 부대를 살폈다.

"에… 저것들 엄청 강합니다."

"어느 정도인데요?"

"레벨이 600에서 700 정도? 마녀 몇 명은 측정이 안 됩니다. 지금 유저들의 수준으로는 상대하기가 힘들 정도네요."

"저런 놈들이 어디서… 허."

팔마 그림자 부대가 북쪽으로 진군을 해 가면서 인근의 도시와 마을에도 피해가 있었다.

벤조임, 타렉, 바하나.

세 마을이 병력을 모아서 맞서다가 다른 곳으로 유인하려고 했지만 전멸!

마을은 철저히 파괴되었고, 마녀들은 그들을 제물로 바쳐서 더 많은 마수들을 제조했다.

이에 헤르메스 길드에서는 인근 영주들을 대상으로 칙령을 내렸다.

-전투 금지. 이동 경로의 모든 것들은 비워 두도록 한다. 놈들이 풀죽신교의 본대와 마주치도록 내버려 둬라.

방송국이 주목하고 있었기에 몇몇 입이 싼 영주들을 통해 비밀 칙령이 그대로 공개되었다.

-팔마 그림자 부대! 헤르메스 길드에서는 퀘스트를 통해 위험한 자들을 불러들였습니다. 그들의 목표는 풀죽신교!

-마수 몇 마리가 무리에서 떨어져서 헤매고 있는 것을 아골타의

용감한 유저들이 습격했습니다. 승리를 하기는 했지만, 놀랍게도 마수들의 레벨도 개별적으로 500을 넘어간다는 소식입니다.

—팔마 그림자 부대에 대해서 새로 들어온 소식입니다. 저들이 아르펜 왕국을 장악하게 되면 특별한 의식을 펼친다고 합니다.

—그 의식이 무엇인가요?

—마수의 대결계. 북부 대륙 전역을 마수들이 살기에 좋은 땅으로 만드는 것입니다.

—그럼 아르펜 왕국의 영토는 어떻게 되는 거죠?

—불모지가 될 것 같습니다. 사람이 살 수는 있겠지만 마수들로 가득 찬 땅에서 생존을 위협받아야 할 겁니다.

비밀이 일찍 알려진 것은 다행이었지만 위드나 풀죽신교 유저들에게는 발등에 불이 떨어진 것과 같은 상황이었다.

그러면서 중앙 대륙의 헤르메스 길드에 대한 인식도 대단히 나빠졌다.

로열 로드를 즐기면서 욕심을 내서 전쟁이나 지배에 열을 올리는 것까지는 이해할 수 있다. 평범한 유저들의 입장에서야, 세금이 오르거나 하면 피해를 입긴 하지만 워낙에 즐겁기에 그 정도는 참아 줄 수 있었던 것이다.

하지만 북부 대륙 전체를 마수의 땅으로 만드는 일까지 저지르려고 하는 헤르메스 길드에 대한 반감은 돌이킬 수 없을 정도가 되었다.

"팔마 그림자 부대라……."

위드는 소식을 접하자마자 마판에게 모라타의 대도서관에 있는 기록들을 살펴 달라고 부탁했다.

초보부터 고레벨까지, 무수히 많은 유저들이 사소한 정보들까지도 기록하고 보관하는 대도서관!

마판 상회에 소속된 새끼 상인들이 무서운 악당들에 대한 조사를 해 보니 팔마 그림자 부대에 대한 정보들도 잘 정리되어 있었다.

베르사 대륙을 위험에 빠뜨렸던 존재들 #22

팔마 그림자 부대.

세상을 증오하는 마녀들과 암살자들이 모든 왕국들을 파괴하기 위해 뭉쳤다.

그들의 존재에 대해 조사된 것은 적지만 역사에 기록된 대단한 살상으로 존재를 알렸으며… 팔마라는 이름의 군주에게 지배를 받고 있다.

인간의 생명력과 육체를 개조하여 강인한 마수로 만들기에 각 왕국들은 강력하게 대처하여 그들을 봉인하는 데 성공…….

위드는 자료를 보는 순간 딱 견적이 나왔다.

"엠비뉴 교단 수준은 아니지만 그래도 꽤나 강력한 놈들이군."

지금까지 베르사 대륙의 평화를 위협하는 다양한 세력들을 격파하며 축적한 경험!

사막의 대제왕 시절에는 직접 대륙 평화를 위협한 적도 있어서 잘 알았다.

"마법사들은 많이 상대해 봤지만 암살자라… 이건 좀 까다롭겠어."

최고의 암살자들.

어쩌면 암살자 마스터가 1~2명 정도는 속해 있으리라고 예상을 해도 좋으리라. 이런 세력이 북쪽으로 밀고 들어온다는데 기분이 썩 좋지는 않았다.

"풀죽신교가 이들과 전투를 벌인다면… 흠."

아르펜 왕국의 영토에 발을 들인다면 북부 유저들이 기꺼이 나서 주긴 하리라. 풀죽신교는 약한 유저들로 이루어져 있기에 대형 마수들을 상대로는 약한 편이었다.

"눈에는 눈. 이런 식으로 나온다면 나도 방법이 있지."

-팔마 그림자 부대의 정체!

-베르사 대륙의 안정을 위협하는 존재들의 출현!

—헤르메스 길드, 수단과 방법을 가리지 않는 악랄한 공격을 저지르다

—위대한 모험의 산증인 위드, 이번에도 무사히 막아 낼 수 있을까

—풍전등화에 놓인 아르펜 왕국!

이현은 바쁜 와중에도 인터넷을 하면서 신문 기사들을 읽었다.

로열 로드가 초미의 관심사가 되어 있다 보니 어디서나 관련 기사들을 찾아볼 수 있었다.

"흠… 일단 여론은 우리 쪽에 유리하고."

이현은 서윤이 직접 갈아서 만든 오렌지 주스를 마셨다.

지금 사용하는 컴퓨터는 예전에 전자 상가 뒷골목에서 부품을 주워 만든 것이 아니었다.

CTS미디어를 통해서 강제로 뜯어낸 최첨단 컴퓨터!

최고 성능의 컴퓨터로 지뢰 찾기 신기록을 세우고, 인터넷 검색에도 사용하고 있었다.

"사람들도 아르펜 왕국을 아끼는 반응들이야."

댓글들을 읽어 봐도 다분히 아르펜 왕국에 호의적이었다.

—헤르메스 길드 진짜 최악. 뭐 이런 놈들이 다 있지?

—아… 안 그래도 곧 휴가 쓰려고 계획했는데. 나의 푸홀 워터파크…….

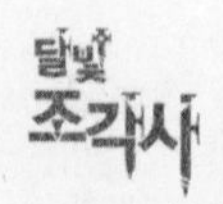

—일가족 전체가 모라타에서 일주일 동안 놀 계획입니다. 여행 계획에 지장 없을까요?

—위드 님이 어떻게든 막아 내야 합니다. 풀죽, 풀죽, 풀죽!

—풀죽신교의 일인입니다. 용감한 독버섯죽에 속해 있긴 합니다만 저것들은… 제 신체를 이용해서 마수를 만든다니 영광이… 아니죠, 아우.

—대지의 궁전에 상가 2개, 모라타에 상가 1개 가지고 있습니다. 로열 로드에 전 재산 투자했습니다. 용감한 전사님들, 어떻게든 막아 주세요. 부탁드립니다.

아르펜 왕국이 파괴될 줄 알고 가슴을 졸이는 댓글이 대부분이었다. 팔마 그림자 부대가 북부 대륙을 장악하면 그들은 더 이상 터전에서 살지 못하고 쫓겨나게 되는 것이다.

그만큼 헤르메스 길드가 위협적인 수단을 사용했지만 이현은 느긋했다.

"먼저 나쁜 짓을 저질러서 욕을 먹었단 말이지."

팔마 그림자 부대!

그들의 특성에 대해서는 대도서관의 자료를 통해 미리 파악했으니 대처할 방법이 없진 않았다.

"세상에 나쁜 짓을 할 줄 몰라서 하지 않는 것도 아니고. 얼마든지 그 방법을 써도 되겠군."

그날 밤, 이현은 느긋하게 꿀잠을 잤다.

시원하게 헤르메스 길드의 뒤통수를 후려갈기는 꿈을 꾸면서.

아골타 지역!

중앙 대륙의 북서쪽 끝으로, 드넓은 초원을 부르는 지명이었다.

얕은 바다를 넘으면 북쪽 대륙으로 접어들게 되는데, 도시가 없던 이 지역으로 꽤 많은 유저들이 몰려들고 있었다.

암살자와 마녀, 마수로 이루어진 강력한 군단이 북쪽을 향하고 있었다. 풀죽신교와의 큰 전쟁이 벌어질지도 모르기에 이를 구경하기 위해 유저들이 나섰다.

"이번 싸움 진짜 기대되네."

"북쪽 대륙의 운명이 걸린 대결전. 이건 위드 님도 나오겠지?"

"그러게. 근데 약한 초보들은 오히려 거추장스럽기만 할텐데. 어떤 식으로 싸울지 모르겠다."

"뭐, 이기지 않겠냐. 엠비뉴 교단도 막아 냈는데 말이야."

"그때 보통 고생을 한 게 아니잖아. 시간도 오래 걸렸고. 운이 없으면 아르펜 왕국이 멸망할지도 모르지."

중앙 대륙의 유저들이나 북부의 유저들이나, 팔마 그림자

부대의 이동을 멀찌감치 따라갔다.

산 하나 정도 떨어진 거리였지만 몬스터 군단을 구경하는 재미가 있었다.

“닭 꼬치 팝니다!”

“감자 있어요. 굽고, 삶고, 튀긴 감자 드세요!”

부유한 중앙 대륙의 유저들은 느긋하게 간식거리들을 사 먹었다. 어느새 아골타 지역까지 북부의 상인들이 넘어와서 간식거리들을 팔고 있었는데, 그 맛에 푹 빠진 것이다.

“이거 북부 포도주예요?”

“네, 모라타산 포도주입니다.”

“크… 그래서인지 역시 맛이 기가 막히구나.”

“쥐포도 있습니다. 하수구에서 뛰어노는 싱싱한 쥐를 잡아서 만든, 모라타 특산품 중 하나죠!”

구경하던 유저들은 팔마 그림자 부대가 지나가고 나서 뒤를 따르는 대규모 군대를 발견했다.

“뭐지, 저들은?”

“장비를 보면 북부의 군대는 아니고…….”

“깃발이 보인다. 불타는 검이 그려져 있어. 제국군이다!”

하벤 제국군 5군단!

수도 아렌 성에서 출정하여 팔마 그림자 부대를 따라온 것이다.

군단장 버킹이 수뇌부로부터 부여받은 임무는 팔마 그림

자 부대의 퇴치 같은 건 당연히 아니었다.

버킹은 라페이와 나누었던 대화를 떠올렸다.

-위드나 북부 유저들은 팔마 부대에 전력을 다해야 할 겁니다.

-예, 그렇겠죠.

-팔마 부대를 따라가서 기회를 노리세요.

-5군단 전체가 말입니까?

-맞습니다. 5군단은 뒤를 따르다가 위드를 죽이거나, 아니면 팔마 부대와 싸우는 틈을 타서 북부를 초토화시키는 것입니다.

-과연…….

버킹은 라페이의 의도를 파악하고 크게 감탄을 했었다.

'위드는 팔마 부대를 막기도 버거울 것이다. 그런데 우리까지 나선다면… 아르펜 왕국은 철저히 짓밟히게 되겠지. 그동안의 번영은 무성한 폐허 같은 걸로만 남게 되지 않을까.'

상황이 좋게 돌아간다면 5군단이 개입하여 아르펜 왕국과의 전쟁을 압도적으로 종결지을 수도 있다.

'좋은 포석이야. 머리 좋은 놈이라 여러 가지의 경우의수를 두는군.'

위드는 와삼이를 타고 아골타 지역에 와 있었다.

"에휴, 이제 레벨 500을 넘겼는데. 여기서 손해를 봐야 하다니."

베르사 대륙 최상위권의 유저들에게 레벨 500을 달성하는 것은 하나의 기준점이었다.

오랫동안 사냥터와 퀘스트를 독점해 온 헤르메스 길드 유저 중에는 레벨 500대가 제법 존재했다. 하지만 일반 유저들 중에서 500대의 유저는 불과 1,000여 명 정도였다.

"네크로맨서로 전직을 하고 나서 레벨을 올리기 쉬워졌다고는 하지만 그래도 너무 아쉽군."

헤르메스 길드가 꺼내 놓은 비장의 카드.

팔마 그림자 부대!

이들을 막고 역습까지 가하기 위한 최선의 전략을 떠올리다 보면 잠도 제대로 못 잘 지경이었다.

너무 즐거워서!

'그동안 상상만 했었지. 너무 나쁜 짓 같아서 헤르메스 길드를 상대로도 차마 먼저 저지를 수는 없었어.'

위드는 비열한 미소를 지으며 와삼이의 머리를 쓰다듬었다.

"상상만 해도 즐겁지 않냐?"

"꾸우우?"

와삼이의 커다랗고 맑은 눈동자가 불안하게 흔들렸다. 도대체 이 주인은 또다시 어떤 위험한 짓을 저지르려고 한단 말인가.

“너에게는 이야기를 해 주지. 조각 부활술이라는 게 있어. 오래전에 살았던 이를 되살리는 거지.”

고전 악당 만화에서나 볼 법한, 애완동물에게 계획 털어놓기! 막상 해 보니 콧노래가 흘러나올 정도로 즐거웠다.

혼자서 머릿속에 구상했던 음험한 계획을 실행하기 전에 가까이 있는 이에게 먼저 이야기를 하는 것이다.

“수많은 영웅들이 베르사 대륙에 살았겠지만 말이야, 꼭 착한 사람만 살았던 건 아니야. 옛날 옛날에 어둠의 주술사, 바르칸이라는 사람이 있었단다.”

와삼이는 잠시 누군지 생각을 해 보다가 그 이름의 주인을 떠올리고는 비명을 터트렸다.

“꾸에에에엑!”

바르칸 데모프!

와이번들은 태어나자마자 바르칸의 제자인 샤이어가 이끄는 불사의 군단과 싸웠었다.

끊임없이 일어나는 언데드, 그 지배의 정점에 있던 자!

“그래. 바르칸을 되살릴 거다.”

“안 된다, 주인.”

“돼. 그리고 어떤 이유로 하지 말라고 해도 마찬가지야.”

"어째서인가?"

"말리면 더 하고 싶거든."

팔마 그림자 부대에 맞서기 위한 위드의 계획은 바르칸의 부활!

어둠의 마나에 잠식된 바르칸 데모프는 지독하게 위험하고 다루기도 곤란한 존재다.

어쩌면 사막의 전사 헤스티거가 더 쓸모가 있을지도 모르지만 한 번 부른 인물을 다시 부르진 못한다.

부하였던 헤스티거와는 영영 다시 만나지 못할 완전한 이별!

조각 부활술의 스킬 레벨이 더 오르면 또 모르지만 여간해서는 불가능이라 보고 있었다.

'전쟁이다. 사막의 대제왕 시절의 다른 부하보다는 바르칸이 낫지.'

바르칸과 불사의 군단의 전쟁 수행 능력을 따라올 만한 존재는 없다. 1명만 되살리는데도 불구하고 불사의 군단이라는 종합 선물 세트가 패키지로 등장할 것이다.

'그 무시무시함은… 음, 비싼 값에 팔렸지.'

이미 바르칸 계획을 발동시키면서 KMC미디어와 몇몇 방송국들에 독점 중계권도 팔아먹은 후였다.

위드는 조각칼을 꺼내서 근처에 있는 바위를 대상으로 조각을 시작했다.

'인생 뭐 있어? 저지르고 나면 어떻게든 되겠지.'

스스스슥!

몸의 일부가 되어 춤을 추듯이 움직이는 조각칼에 단단한 바위가 잘려 나가고 있었다.

어둠의 주술사이며 불사의 군단의 지배자.

리치가 되기 직전의 마법사 바르칸을 조각했다.

"커허험."

막상 조각을 마치고 나니 심장이 떨렸다. 충성스러운 헤스티거처럼 다루기 쉬운 인물이 아니었으니 말이다.

입술에 침을 바른 아부로도 다루기 힘든 극도로 위험한 존재!

"만들고 바로 튀면 돼. 이게 최고의 작전이야. 조각 부활술!"

-조각 부활술 스킬을 사용하셨습니다.
어둠의 주술사이며 언데드의 군주 바르칸 데모프, 예술의 부름을 받아 이 땅에서 다시 움직이게 될 것입니다.
예술 스텟 45가 영구적으로 사라집니다.
신앙 스텟 10이 영구적으로 줄어듭니다.
레벨이 3 하락합니다.
생명력과 마나가 18,000씩 소모됩니다.
조각 부활술에 의하여 되살아나는 인물은 생전의 지식과 능력을 가지고 있습니다.
정해진 짧은 시간이나마 세상을 다시 볼 수 있고 움직일 수 있게 해 주는 것에 대해 고마워할 수도 있고, 그렇지 않을 수도 있습니다.

-조각 부활술 스킬의 숙련도가 향상되었습니다.

바르칸의 부활!

그가 움직이자마자 와삼이는 날개를 활짝 펼쳤다.

"잘 있어라, 주인!"

"같이 가자!"

위드는 조각 부활술로 바르칸 데모프를 되살려 놓고 와삼이와 같이 튀었다.

마법사들은 지능이 높아서 헤스티거처럼 단순하게 다루기가 힘들었다. 설득이 실패할 경우를 생각해서 아예 내버려 뒀다.

"이제 아무것도 안 해도 되나, 주인?"

"응. 진인사대천명이라고 했지."

"이해하기 어려운 말이다."

"로또를 사 놨으면 토요일까지 기다리란 이야기야."

위드는 와삼이를 타고 먼 하늘을 날면서 지상을 지켜봤다.

조각상의 모습에서 천천히 생명이 부여되며 살아난 바르칸 데모프!

검은 로브 차림의 창백한 남자의 모습이었지만, 그는 베르사 대륙을 혼란으로 이끌어 갔던 존재다.

'자, 어떻게 될까.'

위드가 와삼이와 하늘 높이 도망치고 나서 잠깐의 시간이 지나자 땅이 뒤흔들렸다.

팔마 그림자 부대.

마녀와 암살자, 거대 마수가 아르펜 왕국으로 가기 위해 바르칸이 살아난 장소로 달려오고 있었다.

'이제 만났다.'

높은 하늘에서 지켜보니 바르칸을 발견한 팔마 그림자 부대 측에서 먼저 움직였다.

몇 마리의 대형 마수들이 무리에서 뛰쳐나와 평원에 서 있는 바르칸을 짓밟아 버리려고 질주를 해 오는 것이다.

"과연. 양측 모두 원활한 대화나 설득 같은 건 필요하지 않은 거지."

질주하는 대형 마수들의 접근.

되살아난 후 멍하니 서 있던 바르칸이 마수들을 향해 손짓했다.

"속박하라."

땅에서부터 가시넝쿨들이 무시무시한 기세로 자라나 그물처럼 마수들의 몸을 덮었다.

쿠오워어어어억!

가시넝쿨들이 겹겹이 자라나서 마수들을 옥죄어 움직일

수 없게 만들었다.

"육체 파괴. 피와 뼈를 바스러뜨린다."

바르칸이 주문을 외우니 저주 마법이 발동되었다.

괴로움에 울부짖는 마수들. 얼마 버티지도 못하고 금방 죽더니 시체가 분해되며 100여 명의 스켈레톤 전사가 되어 일어났다.

지금까지 위드가 소환했던 스켈레톤들과는 태생적으로 뭔가 달랐다. 텅 빈 해골에서는 위협적인 검붉은 안광이 번뜩였으며, 뼈로 된 강력한 갑옷까지 착용하고 있었다.

"끄륵……."

"불사의 주인을 뵙습니다."

스켈레톤들은 일제히 바르칸을 향해 기사들처럼 정중하게 인사를 올렸다. 그러고는 곧 마수들과 맞붙어서 싸우기 시작했다.

강력한 마수들의 힘과 덩치에 의해 밀리긴 했지만, 조직적으로 진형을 펼쳤다.

스켈레톤 워리어는 정면에서 힘을 겨루고, 궁수는 주변을 뛰어다니며 화살을 쏜다. 전사는 뼈마디가 부서지더라도 마수들의 몸을 타고 올라가서 미친 듯이 칼을 휘둘렀다.

부서진 스켈레톤들은 파괴되어도 1초도 되지 않아 몸을 복구하고 다시 싸웠다.

끝없는 생명력을 가진 언데드의 전투.

스켈레톤들이 광란의 전투를 하며 마수들을 1마리씩 제압했다.

땅에 쓰러진 마수들은 저주에라도 걸린 것인지 금방 시체들이 분해되며 40명이나 50명 정도의 스켈레톤으로 변해서 일어났다.

잠깐 사이에 수천 마리의 스켈레톤들이 번식을 거쳤다.

"우리의 길을 막는 마법사가 있다."

"치워라. 죽음의 길로 안내한다."

마녀들과 암살자들도 도착하면서 전투가 더 크게 벌어지기 시작했다.

"벌레 폭발!"

"음습한 지저귐!"

"증오의 심화!"

마녀들이 온갖 공격 마법과 저주를 바르칸에게 퍼부었다.

보라색 기운이 너울너울 밀려들어 온다.

바르칸은 손짓과 주문으로 마법을 도중에 막아 버리고 역으로 강력한 저주를 걸었다.

"피할 수 없는 독의 숨결을 받아라."

목을 감싸 쥐며 울부짖는 마녀들.

보이지도 않는 암살자들이 빠르게 침투했지만, 바르칸의 몸 주위에는 비명을 지르는 마수들로 만든 영혼의 벽이 설치되어 있었다.

"끼야아아악!"

암살자들은 영혼의 벽에 붙잡혀서 고통스러워하다가 죽었다.

그들의 시체는 둠 나이트가 되어서 일어났다.

바르칸에게 절대적으로 복종하는 지옥의 기사들!

보통의 둠 나이트도 아니고, 개개인이 이름을 가진 준보스급 몬스터들의 등장!

"삶과 죽음의 지배자시여, 명령을."

"다 없애라."

"알겠습니다."

둠 나이트들이 팔마 그림자 부대를 향해 쇄도했다.

달려가는 그들에게 바르칸이 시전한 온갖 강화 마법이 적용되었다.

태어나면서부터 전부 갖춘 금수저 언데드들!

위드는 둠 나이트들에게 목숨을 잃는 암살자와 마녀로부터 붉은 기운이 빠져나와 바르칸에게로 흡수되는 것을 보았다.

"생명력과 마력을 빨아들이는 것 같군."

"위험한가, 주인?"

"응. 마법사가 마나를 늘리는 이유가 뭐겠어. 뭔가 한 방을 날리려는 거겠지."

위드는 진지한 얼굴로 배낭에 손을 넣었다. 그러고는 말린 사과를 꺼내서 씹어 먹었다.

"싸움 구경에는 역시 간식이지."

"말고기도 있으면 좀……."

"먹어."

"고맙다, 주인."

"올해 승차 요금이야."

위드와 와삼이는 바르칸이 싸우는 걸 느긋하게 구경했다.

'위험한 인물이긴 하지만 나랑만 상관없으면 되지. 어쨌거나 조각 부활술의 효과는 하루면 사라지게 되니 편하기는 해. 이렇게 불러서 써먹으니 좋긴 하군.'

솔직히 헤르메스 길드가 있는 곳에 바르칸을 소환하는 것도 염두에 둔 적이 있다.

혼자만 당할 수는 없는 법!

그런데 막강한 전력을 가진 헤르메스 길드가 신성 마법을 퍼붓거나 하면 바르칸을 사냥해 버릴 수도 있어서 참았다.

위드도 검치나 사형들의 도움이 있었지만 바르칸의 사냥에 성공을 하긴 했던 것이다.

'근데… 그때보다도 좀 강해진 것 같긴 하네.'

바르칸의 언데드 군단은 시간이 갈수록 늘어 갔다.

초기에는 팔마 그림자 부대에 맞서 싸우기에는 한 줌도 되지 않을 병력이었다. 그런데 시간이 갈수록 기하급수적으로 언데드의 숫자와 질이 향상되어 가더니, 어느새 팔마 그림자 부대와 박빙을 이루는 수준이 되었다.

그리고 그 균형의 추는 한순간에 바르칸에게로 넘어갔다.

언데드들이 압도하기 시작하면서 헤르메스 길드가 꺼내 놓았던 강력하고 위험한 카드, 팔마 그림자 부대가 사방에서 무너지고 있었다.

"역시 언데드란……."

위드는 감탄하며 지켜봤다.

네크로맨서의 정석과도 같은 전투 진행!

전력의 불리함 따위는 전투가 지속되면서 완전히 뒤집혀 버리는 것이 아니던가.

바르칸이 시체들을 모아서 본 드래곤까지 소환하자 구경하는 게 위험해져서 더욱 멀리 떨어져야만 했다.

"본 드래곤도 이렇게 쉽게 소환할 수 있는 건가? 이건 견적이 조금 수상한데."

-불사의 군단의 주인, 바르칸 데모프가 나타나서 팔마 그림자 부대를 막고 있습니다.

-하늘을 보십시오. 와삼이와 위드입니다.

-전쟁의 신 위드 출현!

-위드가 바르칸을 불러왔습니다.

-위드, 통쾌한 한 수로 헤르메스 길드의 음모를 막아 냅니다.

팔마 그림자 부대를 지켜보던 방송국들이 생중계를 하고,

가까이에서 따르던 유저들도 환호성을 질렀다.

"전쟁이다. 그것도 언데드들의!"

"고급 언데드들이 다 모였어."

"저건 불사의 군단이다. 해골들의 박력이 끝내주네."

물론 유저들도 바르칸의 눈에 띄지 않기 위해서 아주 먼 곳까지 물러나야 했다.

바르칸의 언데드 소환 마법이 펼쳐질 때마다 수십 기의 데스 나이트와 둠 나이트가 등장했다.

마녀, 암살자, 마수만이 아니라 오래전에 땅에 묻혔던 짐승의 사체도 언데드가 되어 일어났다.

위드는 팔마 그림자 부대가 어느새 십분의 일 정도로 줄어든 걸 보며 미소를 지었다.

구경을 멈추고 떠나도 될 시기. 마침 말린 사과도 떨어진 참이었다.

"이걸로 됐어. 바르칸과 불사의 군단이 이 아골타 지역을 혼란에 빠뜨리겠지."

조각 부활술의 한계가 끝나자마자 사라지겠지만 말이다.

어쩌면 헤르메스 길드에서는 조각 부활술의 시간제한이 짧다는 사실을 모를 수도 있다. 그렇다면 팔마 부대를 따르던 5군단이 언데드들의 세력이 더 늘어나기 전에 서둘러 전투에 나서게 될 것이다.

"불사의 군단은 내부부터 무너뜨리거나 뒤통수를 쳐야지,

정면에서 공략해서는 여간해서 이기기 힘들지. 신성 마법이 준비되어 있지 않다면 아예 건드리지 않는 게 최선이고."

바르칸은 역사상 최고의 네크로맨서이기에 막강한 전쟁 수행 능력을 가졌다.

이윽고 팔마 그림자 부대를 이끄는 총대장 팔마까지도 바르칸의 수십 개의 저주 마법에 고통받다가 본 드래곤들과 둠 나이트의 연합 공격에 의해 목숨을 잃었다.

도망치려고 했지만 신전의 기둥처럼 솟구치는 뼈의 감옥에 의해 팔마 부대는 1명도 빠져나가지 못했다. 스펙터들의 비통한 절규에 사로잡혀서 모두가 괴로워하다 사망했다.

—팔마 그림자 부대 괴멸!

—바르칸 데모프, 괴력을 가진 마수들의 전력을 소멸시켰습니다. 아니, 정정하겠습니다. 언데드로 바꿔 놓았습니다.

—믿기지 않는 전투! 바르칸은 손끝 하나 다치지 않고 전투를 마쳤습니다.

—이런 전투를 벌일 수 있는 것이 네크로맨서라니… 정말 경이롭습니다. 물론 검술 마스터들끼리도 격차가 큽니다. 네크로맨서가 단순히 언데드 소환 마법을 마스터한다고 해서 이 정도의 강함이 생기진 않을 것입니다만…….

"이제 슬슬 내 일은 끝났군."

위드는 나머지 일은 흘러가는 대로 놔두고 떠나려고 했다.

그때 지상에 있던 바르칸이 낮은 목소리로 중얼거렸다.

"이 안타까운 육체는… 죽음을 넘어서지 못했군."

조각 부활술로 되살린 몸.

그 제한을 바르칸은 정확히 인식한 것이다.

"영원한 불멸의 삶을 죽음으로부터 구한다. 끝이 없는 마나의 힘으로 삶과 죽음의 경계를 뛰어넘는다."

바르칸의 육체에서 시커먼 광채가 피어나더니 하늘 높은 곳까지 솟구쳤다.

"어라."

태양이 검은 구름에 가려지면서 위드와 와삼이가 있는 하늘에까지 암흑이 드리워졌다.

'빛이 잡아먹힌 듯이… 바르칸의 능력이 이 정도였던가?'

위드의 생존 본능이 미친 듯이 경고하고 있었다.

'뭔가 수상해! 바르칸이 예상보다도 강하고, 수상하다.'

지금까지 뭐든 예상 밖의 일이 벌어지고 나면 순조롭게만 끝났던 적은 없었다.

세상살이가 쉬운 게 아니다.

시세보다 낮은 가격에 반지하 월세를 얻었더니 실은 바퀴벌레의 서식지! 1센티가 넘는 곰팡이에 벽이 무너질 걸 걱정한 적도 있었다.

경험을 통해 일이 잘 풀릴 때면 오히려 경계를 하게 되는

데, 그럴 때의 본능은 대부분 적중했다.

왜, 불길한 예감은 항상 틀리지 않는다는 말도 있지 않은가.

반면에 아무리 조심을 하더라도 방심을 하게 되는데, 이럴 때면 반드시 사고가 터졌다.

'어딘가 문제가 생겼다.'

위드와 와삼이는 어떤 상황에라도 대비하기 위해 까마득히 먼 곳에서 날고 있었다.

구경을 위해 지상에 모인 유저들보다도 족히 3배는 더 먼 안전거리.

'바르칸이 날 공격하진 않을 것 같다. 근데 무슨 짓을 벌이려는 거지?'

바르칸의 몸에서 산처럼 끝없는 암흑이 솟구치고, 불사의 군단은 경배라도 하듯이 그를 감싸고 모여 있다.

둠 나이트들!

최정예 언데드 기사들이 주변을 삼엄하게 경계하고 있기도 했다.

'확실해. 심각한 일이 벌어지고 있다.'

위드는 와삼이와 조금 더 멀리 이동해서 관찰을 했다.

"와삼아."

"꾸우우우."

"심상치 않으면 바로 튀는 거다."

"알겠다, 주인."

지상에 있던 유저들도 충분히 수상함을 느끼고 있었다.

"뭐야, 저거."

"언데드들이 왜 저렇게 모여 있는 건데?"

"좀 위화감이……."

그저 뭔가 벌어진다고 알고는 있었지만 도망치지는 않았다.

재난이 일어난 것 같으면 호기심 때문에라도 발길이 떨어지지 않는 원리!

―바르칸 데모프의 상태가 이상한 것 같습니다.

―전투가 끝났는데 무슨 일일까요?

―어떤 고위급 마법 의식의 일종으로 보이는데…….

방송국에서도 관심을 가지고 보도하고 있었다.

바르칸에게서 암흑의 기운이 넓게 퍼져 갔다.

그리고…….

띠링!

―생명력을 83,329 빼앗겼습니다.

―생명력을 92,130 빼앗겼습니다.

-생명력을 122,984 빼앗겼습니다…….

가까이 있던 유저들이 생명력의 절반 가까이를 갈취당했다. 불사의 군단, 소환된 언데드들은 일제히 생명력을 빼앗기고 모래처럼 바스러져서 사라졌다.

그 직후, 바르칸의 육체가 변하기 시작했다.

바르칸의 피부가 급격히 나이를 먹고 쭈글쭈글해지더니 구정물처럼 녹아내렸다.

"어라?"

바르칸의 몸은 뼈가 고스란히 드러나고 붉은 기운이 감돌기까지 했다.

어딘지 익숙한 광경!

구경하고 있던 누군가가 말했다.

"저거… 해골이면 스켈레톤인데. 좀 고급스러운 느낌이라면 리치 아닌가?"

"리치라고?"

"어. 위드 님이 변신한 적도 있잖아."

콰콰콰콰콰콰!

바르칸을 중심으로 대폭발이 일어난 것처럼 강렬한 파장의 충격파가 반경 수 킬로미터까지 퍼져 나갔다.

-거대한 죽음의 기운을 접했습니다.

신체 능력의 83%가 일시적으로 감소됩니다.
생명력의 최대치가 이틀 동안 41%로 줄어듭니다.

굶주림!
공포!
어지러움!

네크로맨서 마법에 대한 저항력이 최저치로 낮아집니다.
정신 집중이 되지 않아 마법이나 스킬의 성공률과 파괴력이 감소합니다.
신앙심의 효과가 저하됩니다.

"뭐, 뭐야."

"이건 무슨……."

바르칸이 공격 마법을 쓴 건 아니었다. 그저 아골타 지역에 어마어마한 무언가가 발현되면서 퍼지는 부수적인 효과.

띠링!

-지독한 어둠의 잔재들이 한자리에 모였습니다.
바르칸 데모프!
그는 죽음의 경계를 부수고 아크 리치로 변신하는 데 성공했습니다.

아크 리치.

리치보다도 단계가 높은 우월한 존재였다.

보통 리치만 되더라도 상대하기가 굉장히 어려운 보스급 몬스터에 속한다. 네크로맨서 계열의 리치들이 가장 많지만, 흑마법을 익힌 리치도 어지간해서는 죽지 않는다.

막강한 마력을 발휘하고 무한대에 가까운 생명력을 보유

했기에, 개인이나 소수의 파티가 아니라 군대를 동원해도 승리를 장담하지 못하는 존재였다.

위드가 리치 샤이어를 제거한 적이 있지만 그때에도 다크엘프와 오크 종족, 성물의 도움을 만만찮게 받았다.

그런데 본래도 끔찍하게 강했던 바르칸이 아크 리치가 되었다.

-조각 부활술의 제한이 강제로 해제되었습니다.
바르칸 데모프!
그는 제한된 생명력에서 벗어났습니다.
16시간 후에 사라질 예정이었던 운명이 바뀌어서 불멸의 삶을 얻었습니다.

"……."

위드는 메시지 창을 보며 아무 말도 하지 못했다.

'망했다.'

네크로맨서의 정점에 달한 존재.

베르사 대륙의 평화를 위협할 만한 역사적인 보스급 몬스터를 부르고 말았다.

'예전에 바르칸을 해치운 적이 있긴 하지만… 그땐 상황이 많이 달랐지.'

역사상 바르칸을 막기 위해 모든 교단과 종족이 힘을 합쳤다. 그 결과 루의 신검이 가슴에 박혀서 크게 약해졌었다.

'맞아, 루의 신검이 문제였구나! 되살린 바르칸은 온전한

상태라서 능력이 약해지진 않았으니까.'

지금은 마법력이나 육체적으로 완전할 뿐만 아니라 갓 태어나서 뼈마디가 참기름이라도 바른 것처럼 싱싱했다.

'그래도 그 시절보단 유저들의 수준이 크게 올랐지. 절대 못 해치울 바는 아냐. 다만 희생이… 어마어마하겠지.'

바르칸이 북쪽으로 올라오면 그건 헤르메스 길드보다 더한 재앙이었다.

스켈레톤들이 푸홀 워터파크에서 수영을 하고, 데스 나이트들이 모라타의 길거리를 장악할 것이다.

팔마 그림자 부대를 제거하는 용도로 사용하려 했지만 베르사 대륙의 안전을 통째로 위협하게 되고 만 것이다.

'이건 예상하지 못했던 상황이지만 어떻게든… 내게 유리한 쪽으로 이끌어야 한다. 그렇다면 방법은…….'

위드의 눈동자가 선거철에 시장을 방문한 정치인처럼 번뜩였다.

바르칸!

그는 넘치는 마력으로 다시 언데드들을 소환했다.

"피를 원한다!"

"피를!"

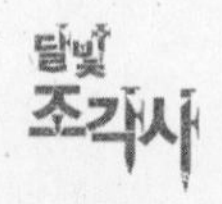

"시체들의 밤을 열라!"

"시체를!"

언데드들이 시체로 쌓은 탑 위에서 소리쳤다.

둠 나이트, 데스 나이트를 비롯하여 스켈레톤이나 유령까지 소란을 피웠다. 본 드래곤들도 하늘을 날아다니며 강렬한 독을 사방에 뿜어내고 있었다.

불사의 군단이 재림하며 벌어지는 무시무시한 광경.

"이거 뭐야. 너무 무서워……."

"바르칸이잖아. 바르칸이 다시 살아난 거야?"

"으어… 불사의 군단이다."

두려움에도 불구하고 구경하고 있던 유저들이 슬금슬금 도망치기 시작했다. 레벨이 꽤 되는 유저들도 바르칸의 눈에 띄지 않게 땅바닥에 납작하게 엎드렸다.

"이렇게 죽는구나."

"배고프지만 밥 먹지 말고 있어야지. 어차피 죽을 거니까."

"내 시체면 데스 나이트 정도는 나오겠군."

"언데드가 돼서 도시를 습격하다 보면 방송에도 출연하게 되지 않을까."

유저들은 죽기 전에 유언이라도 남겨 두어야 할 상황이었다.

당장 바르칸의 눈에는 띄지 않았다고 해도, 본 드래곤이 하늘을 날아다니는 이상 빠져나가기란 불가능했던 것이다.

"어? 누가 온다."

"유저인가? 위험하다고 알려 줘야 하는 거 아냐?"

"유저는 아닐 거야. 자세히 봐. 저것도 리치잖아."

구경꾼들은 땅에 엎드린 채 숨죽여 지켜만 보았다.

1마리의 리치가 유령마를 타고 빠르게 달려오고 있었다.

본 드래곤들이 멀리서부터 이를 발견했고, 곧 바르칸의 눈에도 띄었다.

"샤이어! 나를 배신하고 겁도 없이 내 앞에 나타났구나!"

다가오는 리치를 보자마자 바르칸의 해골에서 붉은 광망이 번뜩였다.

위드에게 목숨을 잃어버린 샤이어!

샤이어의 모습을 하고 있는 것은 조각 변신술을 펼친 위드였다.

위드는 안전거리라고 여겨지는 2킬로미터 정도나 떨어진 거리에서 멈춰서 사자후를 터트렸다.

"스승님, 오해가 있으신 것 같습니다. 저는 다 스승님을 위해서 했던 겁니다."

"닥쳐라. 너의 영혼을 지옥의 밑바닥까지 떨어뜨려 주겠다."

샤이어는 생명의 탐구자였던 바르칸이 쌓아 왔던 모든 공을 물거품으로 만들어 버리고, 그를 어둠의 마나에 빠뜨려 버린 자였다.

띠링!

―퀘스트가 발생했습니다.

바르칸의 위험한 제자

불사의 군단의 2인자인 리치 샤이어!
그는 스승 바르칸 데모프를 어둠의 힘으로 물들여서 타락으로 이끌었습니다. 그의 간교함은 바르칸으로 하여금 새로운 삶에 억지로 눈을 뜨게 했습니다.

"스승님, 죽음으로서의 삶입니다. 불사의 생명을 꿈꾸었지만 이것도 완전한 실패는 아니지 않습니까?"

바르칸이 리치로서의 삶을 받아들이게 했으며, 전 대륙과 전쟁을 일으키도록 부추겼습니다.
바르칸은 당신을 극도로 증오합니다. 하지만 그는 리치가 되어 새로운 세상을 열려고 하는 원대한 꿈을 갖게 되었습니다.
바르칸을 설득하여 용서를 받은 후 불사의 군단을 재건하여 베르사 대륙을 정복하시겠습니까?

난이도 : S
보상 : 바르칸의 이유 퀘스트로 이어지게 됨.
퀘스트 제한 : 바르칸의 부활, 리치 샤이어.

명성이 높거나 강해질수록 타락하는 퀘스트가 자주 발생한다.

위드는 물론 언데드를 이용한 대륙 정복 같은 건 전혀 관심이 없었다. 아르펜 왕국의 이름으로라면 모를까, 언데드들이 정복해 봐야 스켈레톤들의 무덤에 월세도 받을 수 없는 것!

위드는 유령마를 탄 채로 바르칸을 보며 웃음을 터트렸다.

"하하하, 죽음에서 다시 돌아오다니 끈질기군요."

"가증스러운 놈. 너 역시 죽음으로도 도망치지 못한다. 이제 다시 나를 따라라. 그러면 너의 잘못도 용서해 줄 것이다."

"전 스승님과는 다릅니다. 스승님은 실패했습니다. 추악한 언데드라니… 그건 덜 썩은 뼈다귀죠, 어떻게 불사의 생명입니까?"

띠링!

—퀘스트가 거부되었습니다.

"건방지구나! 샤이어!"

바르칸이 마법 주문을 외우려고 했다.

뭔지 모르지만 순식간에 완성되어 가는 마법에 위드는 유령마를 서둘러 남쪽으로 몰았다.

"절대 나를 잡진 못할 것입니다. 내게는 믿을 수 있는 인간 동료들이 많으니까요."

태연한 척은 했지만 있는 힘껏 전력을 다해 유령마를 몰았다.

바르칸은 불사의 군단에 명령했다.

"쫓아라, 지옥 끝까지라도."

본 드래곤들이 날개를 넓게 펼치면서 날아올랐고, 둠 나이트와 데스 나이트가 유령마를 몰아서 쫓아왔다.

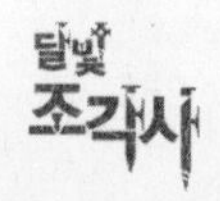

불사의 군단이 추격전을 개시했다.
"끼엣호!"
"처절한 살육이다, 크크킷."
스켈레톤들은 높이 도약하며 달렸다.
두두두두!
지축을 뒤흔드는 추격전.
지치지 않는 체력을 가진 언데드라서 시간이 지나도 속도가 조금도 줄어들지 않았다. 심지어 바르칸도 비행 마법을 펼치자 무시무시하게 빨랐다.
위드는 뒤를 힐끔 보고는 가슴이 서늘해졌다.
'가까워지고 있어. 이대로라면 잡히겠지.'
온전한 바르칸, 거기에 고위급 언데드들.
유령마의 2배 가까운 속력을 내고 있다.
불사의 군단의 위용은 사막의 대제왕 시절의 위드였다고 해도 감당하기 까다로운 전력!
언데드를 완전히 소멸시키지 않으면 계속 일으킬 것이고, 수십 가지의 저주 마법에 고통받으며 전투력을 제대로 발휘하지도 못할 테니 말이다.
위드는 몸을 숙이며 유령마로 평원을 최대한 빨리 달렸다.
'자, 슬슬 나타날 때가…….'
야트막한 언덕을 넘으니 넓게 펼쳐진 5군단의 진영이 보였다.

팔마 그림자 부대를 뒤따라오다가 바르칸의 등장으로 닭 쫓던 개가 되어 버린 이들.

헤르메스 길드의 수뇌부로부터 다음 명령을 기다리고 있던 그들 앞에 유령마를 탄 위드가 등장했다.

"저건 누구야?"

"리치잖아."

"네크로맨서? 우리 길드 소속인가?"

위드가 조각 변신술로 샤이어의 모습을 하고 있었기에 알아보질 못했다. 그래서 먼저 헤르메스 길드원들을 향해 반갑게 손을 흔들며 인사를 건넸다.

"안녕하세요, 길드 여러분! 좋은 하루입니다."

"아… 예. 리치시군요."

"네크로맨서인데, 잠깐 사정이 있어서요."

"근데 어떻게 오셨습니까?"

헤르메스 길드원들도 큰 의심 없이 말을 걸어왔다.

위드가 착용한 네크로맨서의 장비들도 상당히 좋은 것들이라 같은 헤르메스 길드의 실력자로 본 것이다.

네크로맨서들은 길드 사냥이나 대규모 레이드에도 합류를 잘 하지 않는 편이라 그로비듄의 얼굴도 잘 알지 못하는 형편이었다.

"그냥 우연히 지나가던 길인데요. 수고하세요."

"아, 예……."

위드는 유령마를 타고 5군단의 외곽을 돌아서 스쳐 지나갔다.

"누구야, 근데?"

"리치화를 성공한 유저라면 꽤나 이름이 알려졌을 법도 한데."

"도무지 모르겠네. 비슷한 이름도 안 떠오르는데. 무슨 특별한 퀘스트 중일까?"

위드에게 관심을 오래 줄 여유도 없이, 언덕 너머에 바르칸과 언데드들이 출현했다.

The Legendary Moonlight Sculptor

어둠의 주술사

“언데드…….”

“저게 뭐야. 어마어마하게 많잖아!”

5군단의 유저들은 바르칸이 일으킨 불사의 군단을 보고 경악을 금치 못했다.

언데드들은 인간들을 발견하고는 미친 듯이 달려왔다.

“크웨웰!”

“살아 있는 자에게 죽음을!”

“너희의 무가치한 생명은 내가 끊을 것이다!”

바르칸과 언데드들!

위드를 뒤쫓는 중에 인간들이 보이자 대화는 시도도 하지 않았다.

"인간들이여, 나는 지옥의 기사 울룸보다. 우리의 군대에 합류하는 것을 환영하노라!"

"파멸의 돌진을 시작하라."

둠 나이트들이 탄 유령마가 넓게 펼쳐져서 소리 없는 돌격을 개시했다.

그 뒤는 방대한 숫자의 데스 나이트와 스켈레톤 군단이 따랐으며, 팔마 그림자 군단의 대형 마수 언데드들도 대지를 울리며 달렸다.

둠 나이트 기사단장 카르슈타인이 부러진 검을 들고 소리쳤다.

"불사의 군단이여, 전군 돌격이다!"

쿠우와아아아!

저주받은 보랏빛 기운이 불사의 군단을 뒤덮었다.

이것만으로도 언데드의 속도와 생명력을 갈취하는 능력이 향상되었다.

"뭐라고요? 위드가 나타났었다고요?"

군단장 버킹은 수뇌부와 연락을 주고받던 참이었다.

팔마 그림자 부대에 대한 소식을 늦게 접한 탓에 방금 지나간 리치가 위드라는 사실을 이제야 알아차렸다.

"이럴 수가. 그걸 놓쳤단 말인가?"

버킹은 아쉬움에 탄식이 나올 지경이었지만 이미 돌격해오는 불사의 군단이 코앞이었다.

"피하기에는 늦었다. 단단히 막아라. 방패병을 앞세우고 기사들을 우회시킨다."

보병 병력이 자리를 굳건히 지키면서 언데드의 돌진을 막아 내려 했다. 본 드래곤을 비롯하여, 둠 나이트 등 언데드 기병들이 많기에 도망치는 건 도저히 무리라고 봤던 것이다.

"젠장, 왜 이런 놈들과……."

"길드 채널에서 저것들이 불사의 군단이라는데?"

"설마, 절대 아니겠지!"

헤르메스 길드원들도 얼굴을 딱딱하게 굳힌 채로 전투에 대비했다.

"그날이 오리라. 너희가 믿고 있는 모든 것이 무너지리라. 가족에게 배반당할 것이며, 괴로움과 고통 속에 죽어 가리라. 멸망의 파괴곡."

바르칸이 뼈 지팡이를 휘저으며 흑마법을 외웠다. 그러자 스펙터들이 사방에서 비명을 지르기 시작했다.

잘 훈련된 오케스트라의 연주처럼 울려 퍼지는, 신경에 거슬리는 끔찍한 소리들!

귀를 마비시킬 정도로 소리가 클 뿐만 아니라 몸까지 무겁고 아프게 만들었다.

-멸망의 파괴곡을 듣고 있습니다.

극도의 쇠약 상태!

신체 능력이 저하됩니다.

공격력 및 방어력 약화.
정신계 마법의 저항력이 약해지며, 모든 스텟이 22% 이상 감소합니다.
매초마다 6,492의 생명력이 감소합니다.

언데드를 이용한 흑마법의 저주 주문.

제국군 병사들은 버티지 못하고 밀려오는 파도처럼 목숨을 잃어 갔다.

"불사의 영광을 안겨 주마!"

"바르칸 님의 명령이다, 살아 있는 자들아."

둠 나이트들은 5군단의 방패병들이 세운 장벽을 힘으로 꿰뚫었다.

거센 돌진에 부딪친 병사들이 목숨을 잃으며 사방으로 날아갔다.

"방패병들이 무력화되었습니다!"

"더 간격을 촘촘하게 서라! 스킬이라면 뭐든 써서 막아! 행군 중이었는데 본진으로 진입하면 엉망진창이 된단 말이다!"

둠 나이트들은 제국군의 진영을 꿰뚫었다.

창병과 방패병에 의해서 막히더라도 힘이 다하는 순간까지 전진했다. 자신의 목이 잘리더라도 상대의 가슴에 검을 꽂는다.

바르칸이 제공하는 무한한 생명력과 마나 덕분에 결과적으로는 언데드의 숫자가 늘어나는 효과가 있었다.

"어, 언데드들이!"

목숨을 잃은 병사들은 언데드가 되어서 되살아났다.

둠 나이트들도 축복이나 정화가 펼쳐지지 않는 한 다시 생명력을 얻으며 자리에서 일어나서 유령마에 올라탔다.

이것만으로도 정신이 없을 지경이었는데 바르칸이 또다시 주문을 외웠다.

"쇠약한 생명을 영겁의 존재인 나에게 바쳐라. 나는 너희 모두에게 불멸의 삶을 나누어 줄 것이다. 사신의 선물."

5군단의 삼분의 일 정도 되는 병사들의 이마에 시커먼 낫을 든 유령의 형태가 선명하게 새겨졌다.

-사신의 선물이 주어졌습니다.

생명력과 마나의 일부를 매초마다 흡수당합니다.
부상을 입었을 시에 피해량이 커집니다.
생명력이 20% 이하가 되었을 경우 높은 확률로 갑작스럽게 사망합니다.

"으으, 이런 네크로맨서 마법을……."

"신성 마법을! 빨리 이것부터 지워 줘!"

5군단에 속한 헤르메스 길드 유저들은 경악과 전율을 금치 못했다.

보스급 몬스터들을 하루 이틀 잡아 본 것도 아니었지만 바르칸의 독보적인 존재감은 겪어 본 적이 없는 정도였다.

무엇보다도 그들이 일찍이 겪어 보지 못한 광역 저주와 언데드에 대한 지배력!

바르칸에게 집중된 생명력과 마나는 다시 나뉘어 언데드들 전체를 강화시켰다.

흑색과 보라색의 오라를 몸에 휘감고 싸우는 언데드들은 데스 나이트라고 할지라도 무지막지한 전투력을 발휘했다. 둠 나이트들은 패왕처럼 제국군 진영을 무자비하게 헤집고 다니고 있었다.

'위드가 이런 걸 잡았단 말인가?'

'말도 안 돼. 이건 완전 강하다.'

'언데드를 물리치는 건 불가능이야. 죽여도 더 강해져서 되살아나. 해답은 바르칸을 제거하는 것이다.'

헤르메스 길드 유저들 중 몇 명은 바르칸이 핵심이라는 사실을 깨닫고 재빨리 공격에 나섰다.

"죽여!"

"헤르메스 길드는 최강이다!"

방송을 감안하여 고함을 지르면서 뛰어든 헤르메스 길드 유저들.

언데드들이 그들을 막으려고 했지만, 스킬을 있는 대로 써가면서 돌파했다. 5군단에는 나름 유명한 유저들도 많이 섞여 있었던 것이다.

"울부짖는 시체들의 요새."

헤르메스 길드 유저들의 과감한 공격에 바르칸이 마법을 시전했다.

바르칸이 서 있던 땅이 흔들리더니 수많은 뼈들이 엉킨 기둥들이 수십 미터씩 솟구쳤다. 뼈로 이루어진 거대한 언덕이 만들어졌다.

—울부짖는 시체들의 요새가 생성되었습니다.

큰 피의 희생을 치러야만 발휘할 수 있는 흑마법이 이 땅을 죽음의 저주로 물들이고 있습니다.

살아 있는 자들의 물리, 마법 공격력을 74% 감소시킵니다.
울부짖는 원혼들이 맴돌며 언데드들의 방어력을 높입니다.
언데드들의 생명력이 30% 향상됩니다.
심각한 전염병 발생!
알 수 없는 전염병이 퍼지게 됩니다.
가려움과 현기증, 어지러움, 두통, 발진, 부패, 관절 약화가 이루어집니다.

바르칸은 높이 90미터 정도 되는 뼈의 언덕 위에 섰다.

"말이 안 되잖아, 이건……."

"위드도 사냥했던 몬스터인데."

헤르메스 길드 유저들은 절망스러웠다.

바르칸에게 다가가기 위해서는 스켈레톤이나 데스 나이트의 무리를 헤치고 가야 했으며, 높은 뼈의 언덕을 올라야 한다.

언데드가 된 팔마 그림자 부대의 마수들도 질주해 오고 있었다.

위풍당당하게 하늘을 날던 본 드래곤마저도 지상으로 내려오는 게 보였다.

"이건 도저히 답이 없잖아."

"튀자."

헤르메스 길드 유저들은 재빠르게 판단을 내리고 전장을 이탈하려고 했다.

5군단의 전력이 남아 있긴 했지만 그건 어디까지나 버킹이 알아서 할 문제라고 생각한 것이다.

그나마 올바른 선택을 한 것이지만, 바르칸의 마법은 그들을 벗어나게 해 주지 않았다.

"너희가 벗어날 곳은 없다. 죽은 자의 운명을 받아들여라!"

바르칸을 중심으로 가까이 있던 모든 생명체들에게 낙인이 찍혔다.

죽음의 낙인!

어둠의 주술사 바르칸 데모프!
그는 살아 있는 생명과 시체들을 제물로 바쳐서 흑마법의 주술을 완성시켰습니다.
바르칸을 죽이지 않고 도망치면 3시간이 지난 후 사망합니다.

흑마법에 대한 책에 기록되어 있긴 하지만 헤르메스 길드 유저들도 당해 본 적은 없는 마법이었다.

바르칸이 건 흑마법이라면 대사제급의 신성 마법이 없는 한 해소가 불가능하리라.

"이런 건 대체… 이판사판이다."

"죽여!"
헤르메스 길드 유저들이 다시 덤벼들었다.
"싸워라. 이길 수 있다."
버킹도 그 기세를 몰아서 5군단으로 하여금 적극적으로 싸우게 했다. 그렇지만 어느새 제국군의 15% 이상이 언데드로 바뀌어 버린 후였다.
도망칠 수도 없어서 전투를 벌이기로 했지만 쉬지 않고 죽어 나가는 것은 결국 제국군뿐.
바르칸이 뼈의 요새 위에서 주문을 외울 때마다 절망스러웠다.
"모든 마나의 흐름이여, 지금 생명들의 종말을 제물로 바치나니 소멸과 거스름의 원리에 따라서 움직여라!"
절대 마법 방어.
바르칸에 의해 신성력과 공격 마법까지 차단되었다.
언데드들은 5군단을 잡아먹으며 세력을 더욱 불렸다.
녹슨 칼을 휘두르는 스켈레톤과 오염된 좀비가 전장을 장악해 갔다.

위드는 유린의 그림 이동술을 사용해서 모라타로 돌아왔다.

"아저씨, 통닭 되죠?"

"예, 그럼요. 빈자리에 앉으십시오."

—불사의 군단, 바르칸 데모프! 엄청나게 강합니다!

—언데드들의 급습. 이건… 절대적입니다. 이길 수 없습니다.

방송이 나오는 수정 구슬을 보며 시원한 맥주 한 잔에 치킨!

"이 맛에 사는 거지."

위드는 닭 다리부터 뜯었다.

채널을 돌리면 방송국마다 당연하게도 불사의 군단을 생중계하거나 속보로 내보내고 있었다.

—아무리 그래도 바르칸이 너무 강한 것 아닙니까? 5군단이 맥을 못 추고 전멸할 정도라니요.

—이 정도면 지금까지 방송에 나온 몬스터 중에서 단연 최고라고 꼽을 수 있을 것 같습니다.

—이해가 안 가는 것도 아니죠. 바르칸은 역사적으로 베르사 대륙을 파멸로 이끌 정도의 몇 안 되는 존재였습니다.

—엠비뉴 교단도 대단했습니다만 그들은 대단히 방대한 조직이었고, 바르칸은 혼자였다는 점에 차이가 있죠. 역사적인 기록들이라 정확도는 좀 낮겠습니다만.

—예전에는 가슴에 꽂혔던 성검의 효과가 굉장히 컸던 것 같습니다.

—성검요?

—예. 그렇게밖에 추측이 안 됩니다. 지금의 바르칸은 예전보다 너무 강력합니다.

위드는 방송으로 바르칸이 5군단을 박살 내는 걸 보며 혀를 내둘렀다.

"네크로맨서는 확실히 강해."

똑같은 스킬 마스터라고 해도 실력의 차이는 있었다.

검술의 마스터끼리도 레벨이나 스텟, 전투 감각 등에서 역량의 차이가 크게 벌어진다.

바르칸은 평범한 네크로맨서 마스터 정도도 아니고 최고 중의 최고.

"다시 싸울 자신은 없군. 절대 저것과는 싸우지 않아야 해."

바르칸의 언데드들은 5군단과 싸우기 전에도 숫자는 많았다. 둠 나이트나 스펙터, 본 드래곤도 있긴 했지만 다수를 이루는 주력은 스켈레톤과 좀비였다.

그러나 지금은 제국군 기사들이 언데드가 되고 헤르메스 길드 유저들까지 쓰러지면서, 고급화가 이루어지고 있다.

'저건 내버려 두면 끔찍한 세력이 될 수 있어. 내버려 두면 국가의 운명을 좌우할…….'

엠비뉴 교단을 능가할 수 있는 위험도.

바르칸은 둠 나이트급의 보스급 언데드를 시체만 있다면 통조림 찍어 내듯이 제조할 수 있을 것 같았다.

루의 성검이 가슴에 박혀 있지 않으니 지금은 언데드 소환이나 흑마법의 한계도 예측이 불가능했다.

'성검이 가슴에 박혀 있다면 승산이 있겠지만… 그걸 누가 하지?'

어지간한 난전이 아니고서야 바르칸의 가슴에 성검을 박을 수 있을 정도로 접근하는 것 자체가 어렵다.

위드가 사막 전사들을 이끌던 대제왕 시절의 전성기라고 해도 쉽게 할 수 없는 일이다.

끝도 없는 언데드와 저주, 흑마법.

리치는 막대한 생명력과 회복력 때문에 여간해서는 죽이지도 못할 테니 정말 끔찍한 존재였다.

'바르칸이 되살아났는데. 앞으로는 어떻게 될까?'

어쩌면 한 지역에 웅크릴 수도 있지만 대륙 정복을 하겠다고 나설지도 모를 일.

위드가 닭 날개를 뜯고 있는 동안 방송 화면에는 5군단의 병력이 형편없이 패배하고 도망치는 것이 보였다.

그들의 선택은 당연히 하벤 제국이 있는 남쪽!

바르칸과 불사의 군단도 살아 있는 이들을 쫓아서 남쪽으로 내려갔다.

"음, 이렇게 되면 더 이상 생각할 필요가 없겠군. 헤르메스 길드가 알아서 하겠지!"

스스로 저지른 일이기는 하지만 이럴 때의 뒷감당은 남에게 떠맡기는 쪽이 속이 편했다.

5군단과 전쟁을 벌이는 바르칸과 언데드들.

둠 나이트만 수천 기, 데스 나이트나 스켈레톤은 평원을 가득 채워서 세기 힘들 정도였고, 본 드래곤이 30마리나 하늘을 날아다녔다.

"크으, 끝내주네."

"대박이다, 대박."

"베르사 대륙 멸망의 첫걸음을 우리는 보고 있는 것인가."

멀리서 구경하는 유저들의 무리는 더욱 많아졌다.

아골타 지역은 하벤 제국의 북쪽 끝이며, 넓지 않은 바다를 건너면 아르펜 왕국의 경계에 닿게 된다. 동쪽으로는 아르펜 왕국이 차지하고 있는 하르판이나 리튼 지역에 도달하게 된다.

바르칸과 불사의 군단이 어느 곳으로 향하느냐가 초미의 관심사.

"아르펜 왕국으로 갈까?"

"설마… 그래도 바다가 막고 있잖아."

"바다라고 해 봐야… 언데드들은 그냥 건너지 않나? 본 드래곤은 날개만 펴면 금방이고 말이야."

"음, 숨을 안 쉬어도 되니 스켈레톤이 바다 밑으로 걸어서도 건너기는 하겠다."

"그건 좀 무섭네."

바르칸과 불사의 군단이 어디로든 움직이리라.

살아 있는 생존자들은 허겁지겁 남쪽으로 도망을 쳤다. 언데드들은 자연스럽게 그들의 뒤를 따랐다.

구경꾼들은 숨 쉬는 것도 잊고 그 광경을 지켜봤다.

본 드래곤이 날아가고, 스켈레톤이 절뚝거리면서 뒤를 따랐다.

"헤르메스 길드 난리 나겠네."

"응. 완전 망했네."

방송국들은 갑자기 벌어진 사태에 당황할 수밖에 없었다.

불과 1시간 전까지만 하더라도 팔마 그림자 부대와 제국군 5군단이 아르펜 왕국에 엄청난 타격을 입힐 것만 같았다. 기적처럼 아르펜 왕국이 승리를 거두더라도 큰 피해를 입는 건 확실해 보였는데, 지금은 상황이 반전되었다.

"바르칸 데모프!"

"어둠의 주술사이며 언데드의 지배자. 그가 등장했습니다. 헤르메스 길드와 전쟁이 벌어질 것 같습니다!"

진행자들의 목소리에는 잔뜩 힘이 실려 있었다. 시청자들이 흥미롭게 여길 만한 전개였던 것이다.

이럴 때의 시청률은 당연히 높을 수밖에 없었다.

"방송 화면 준비해! 불사의 군단과 최대한 근접한 영상은 확보가 안 되나?"

"위험해서 다가갈 수가 없습니다."

"현상금이라도 걸어 봐. 뭐라도 해야지!"

불사의 군단이 진군하는 속도는 대단히 빨랐다.

바르칸의 마법에 의해 강화된 언데드들이 쉬지 않고 계속 움직인다.

하벤 제국의 북부 요새에 도착한 불사의 군단!

본 드래곤이 공중에서 브레스를 내뿜고, 스켈레톤들이 성벽을 기어오른다.

하벤 제국군은 중앙 대륙을 차지한 강력한 군대였다. 수많은 전쟁을 거치면서 병사들의 수준도 높았지만, 언데드에 의해 허물어져 갔다.

바르칸이 철저하게 무너진 성채에서 고함을 질렀다.

"불멸의 삶. 이 땅에 나와 불사의 군단이 어떤 존재인지 알려 주리라!"

"크오오오오!"

스켈레톤들이 녹슨 검을 흔들며 환호했다.

불사의 군단이 남하하자 헤르메스 길드에는 비상이 걸렸다.

-레벨 400 이상, 모든 길드원들에 대한 긴급 소집령을 내립니다.

중앙 대륙 주요 도시들의 치안 확보, 아르펜 왕국이나 사막 전사들과의 전투를 위해 필요한 인원이 있다. 이들 중에서도 최소한만을 남겨 놓고 전원에 대한 소집령을 내렸다.

70만 명이 넘는 헤르메스 길드 유저들.

먼 지역에 있거나 특수한 퀘스트의 수행으로 어쩔 수 없이 참여하지 못하는 인원을 제외하고, 25만 명의 유저들이 이틀 만에 아렌 성으로 집결했다.

중앙 대륙을 장악한 헤르메스 길드이기에 모을 수 있는 최고 수준의 전력이었다.

"바르칸 데모프. 대략적인 레벨이 얼마나 되겠습니까?"

"알 수 없습니다. 그러나 거의 900대의 전투력을 가지고

있다고 봐야 할 겁니다."

"커험, 강하군요."

"모두 아시겠지만 네크로맨서의 특성상… 군단 규모의 전투력은 수십 배가 됩니다."

"언데드가 매일 늘어나고 있죠?"

"예. 언데드 무리를 뚫어야만 직접 타격을 줄 수 있습니다."

헤르메스 길드의 수뇌부도 자료를 살펴보며 바르칸의 전투력에 대해서 경악을 금치 못했다. 5군단을 휩쓸어 버리는 광경은 그들에게도 엄청난 충격으로 다가왔다.

3대 마법인 데스 오라, 절대 마법 방어, 다크 룰!

언데드의 부활도 문제였지만, 생명력과 마나를 흡수하며 광역 저주 마법을 퍼붓기에 아군의 전력을 취약하게 만드는 것이 골치 아팠다.

"헤르메스 길드 유저들이 1만 이상 모이면… 아무리 레벨이 높더라도 잡기가 불가능하진 않겠지요."

"간단히 볼 게 아닙니다."

"뭔가 문제입니까? 이쪽의 피해가 좀 크더라도 신성 무구로 무장한, 언데드를 뚫어 내는 돌격대를 구성하면 충분히 가능하죠."

"바르칸은 아크 리치이기 때문에 무한한 생명력이 봉인된 병부터 깨뜨리지 않으면 제거하기가 대단히 어려울 겁니다."

"그 병이 어디에 있죠? 어느 던전인지 파악해서 먼저 해결해야 되겠죠."

"바르칸이 직접 가지고 다니는 것으로 보입니다."

"……."

언데드들을 뚫고 다가가서 바르칸의 생명의 병을 깨뜨리기란 당연히 쉬운 것이 아니다.

"언데드의 전력도 고정된 게 아닙니다. 우리 측에 인원 피해가 있으면 그들은 고위급 언데드로 되살아나서 동료들을 공격한다는 점도 감안하시기 바랍니다. 시체 폭발도 피해가 큽니다."

바르칸의 시체 폭발은 고위 마법사의 화염 전소 마법과 비슷한 위력을 발휘했다.

"신성력으로 타격을 하면요?"

"확실히 언데드는 성수나 신성력을 지닌 무기에 취약하죠. 그러나 바르칸이 예전에 루의 성검이 가슴에 꽂힌 상태에서도 활동을 했다는 점을 감안해야 합니다."

"마나 한계도 없습니다. 언데드들로부터 생명력과 마나를 끝도 없이 흡수한답니다."

"허, 답이 없는 몬스터로군."

"바르칸이 영악하게 싸운다면 우리에게 희망은 없을지도 모른다는 말이 되겠죠."

라페이와 바드레이, 그 외에 자리를 잡은 친위대 유저들은 계획을 짜면서도 표정이 무거웠다. 베르사 대륙의 최강자로

불리는 인물들이지만 바르칸 사냥은 만만하지 않은 것이다.

"위험하고, 변수가 무궁무진할 것 같습니다."

"하필 이런 몬스터가 우리 쪽으로……."

헤르메스 길드원들은 어째서 무리를 해 가면서 중앙 대륙 전체에 소집령을 내렸는지 알 것 같았다.

바르칸에 의해 제국의 수도인 아렌 성이 초토화된다면 그건 상상하기도 힘든 피해였다.

황궁은 이미 무너졌고, 오래전부터 수도 역할을 하던 아렌 성까지 언데드에게 정복당한다. 중앙 대륙의 지배자를 자처하는 입장에서 그 얼마나 창피한 일인가.

"바르칸의 한계. 언데드의 한계. 아직은 이것을 공략하는 것이 가능합니다."

라페이는 넓은 벽면을 가득 채운 종이들을 뒤로 넘겼다.

수학의 수식이나 전력 분석에 대한 기록들이 빼곡하게 자리를 잡고 있었다.

모라타의 대도서관만큼 방대하진 못하지만 헤르메스 길드에서도 모험이나 몬스터에 대한 고급 정보들을 따로 모아 놓았고, 이것을 통해 바르칸에 대해 분석했다.

"언데드들이 감당하기 힘들 정도로 강력한 전력을 여러 갈래로 집중해서 돌파하는 게 최선입니다."

"돌파라. 위험하겠군요."

아크힘의 목소리가 무거웠다.

"그렇지만 불사의 군단과 바르칸에 맞서서 방어 진형을 펼치는 건 전혀 의미가 없습니다."

"저주와 부활 때문에……."

"예. 그래서 헤르메스 길드에 총집결 명령을 내렸습니다. 최대한의 전력을 집중시켜서 단기전의 승부를 봅니다. 그리고 네크로맨서가 힘을 발휘하기 위해서는 활용할 시체가 있어야만 한다는 태생적인 한계를 갖습니다."

네크로맨서의 약점!

뛰어난 공격력이나 생명력과 마나 흡수, 언데드 부하들을 거느리지만 모두 시체들을 필요로 했다.

"압도적인 전투력으로 언데드들을 외곽에서부터 녹여 버리고 약화시키면서 바르칸을 공격합니다. 이 모든 것은 한순간에 동시에 벌어져야 합니다."

"가능하겠습니까?"

"네. 이번 사태를 해결하기 위해 가능한 모든 교단으로부터 성물을 빌릴 겁니다. 성기사단과 사제도. 공헌도의 손실이 크겠지만 바르칸을 사냥한다면… 그건 우리에게 큰 선물이 될 수 있겠죠."

라페이는 여러 방송국들과 생방송을 위한 협약을 진행했다.

큰 전투를 앞두고 그건 당연한 일이었고, 불사의 군단과 싸워서 멋지게 이겨 내면 헤르메스 길드는 악명을 낮추고 인기를 얻는 반전의 기회를 마련하게 되는 것이었다.

“지금까지 우리는 꽤 수세적인 위치에 놓여 있었습니다. 하지만 이번 전투를 이겨 내면 헤르메스 길드는 주도권을 되찾을 수 있습니다. 힘의 증명. 그리고 베르사 대륙을 지배할 정당성을 얻을 겁니다.”

바르칸을 부활시켜서 불사의 군단을 일으킨 건 위드다. 이에 대해 헤르메스 길드 유저들은 맹비난을 받아 마땅한 위드의 행동에서 비롯된 일이라고 생각하고 있었다.

라페이가 좌중을 돌아보다가 바드레이에게 시선을 맞췄다.

“이번 전투는 바드레이 님이 총대장의 역할을 맡아 주셔야 합니다.”

헤르메스 길드의 상위권 랭커들은 아쉽지만 어쩔 수 없는 일이라고 생각했다.

바르칸과 불사의 군단과의 전쟁은 길드의 운명을 건 일이다. 패배하리라고는 생각하지 않았지만, 일이 잘못되면 언데드가 아렌 성이나 제국의 중심을 휩쓸게 될 것이다.

하벤 제국의 명성은 추락할 것이고, 불사의 군단은 감당하기 힘들 정도의 골칫덩이로 커질 수 있기에 바드레이가 맡는 것도 당연하게 보았다.

헤르메스 길드의 최상위 랭커들이 바드레이의 눈치를 봤다.

‘바드레이 님이라면 믿을 수 있지.’

'그동안… 대체 얼마나 강해졌을까? 중앙 대륙의 모든 특권을 누렸는데.'

'헤르메스 길드의 완벽한 지원을 받으면서 성장했다. 그동안 전투 장면들을 보이지 않은 지도 오래되었지. 방송국들의 취재 경쟁이 엄청나겠구나.'

바드레이는 중앙 대륙 정복 이후로는 전면에 나서지 않고 있었다. 개인의 성장에 초점을 맞춰서 살아왔고, 그의 목표는 별명 그대로의 무신이 되는 것이었다.

이미 투신 바탈리의 인정을 받은 최고의 강자!

바드레이도 이번 전투에 대해서는 적잖게 긴장했다.

"바르칸 데모프. 재미있겠군."

헤르메스 길드는 불사의 군단과 발키스 성에서 맞붙기로 했다.

아골타 지역을 벗어난 바르칸과 불사의 군단은 돌아다니는 몬스터들을 처치하며 조금씩 세력을 확대하는 중이었다.

드넓은 평원을 통과하는 불사의 군단에, 몬스터들은 무언가에 홀리기라도 한 듯이 다가와서 죽는다.

둠 나이트들이 이끄는 기사단이 사냥터나 던전을 돌며 시체들을 가져오면 바르칸에 의해 언데드가 되었다.

눈덩이가 구르듯이 커지는 불사의 군단에 시간을 주지 않기 위해 헤르메스 길드는 최대한 빨리 준비해서 발키스 성에서 요격을 나섰다.

모든 방송국들이 중계하고, 중앙 대륙의 유저들도 대거 구경꾼으로 참여했다.

헤르메스 길드와 불사의 군단!

발키스 성에는 사흘간 제국의 모든 자원이 집중되어 성벽이 강화되고 마법진이 새겨졌다.

바드레이와 헤르메스 길드의 최정예 유저들이 미리 와서 성벽에 도열해 있었다.

제국군 평기사들이나 병사들은 별 도움이 되지 않기에 전부 후방으로 빼 놓았다. 마법병단과 고위 마법사들 역시 바르칸의 절대 마법 방어를 뚫을 수 없기에 대기만 했다.

"오늘 승부가 벌어지겠네."

"베르사 대륙 최대의, 그리고 가장 엄청난 전투가 될 거야."

헤르메스 길드 유저들은 철저히 장비를 무장한 채로 기다렸다.

이윽고 고룸 산에 정찰을 위한 스켈레톤들이 몇 마리 등장했다.

"언데드다!"

"불사의 군단이 나타났다."

스켈레톤들이 보이고 나서 얼마 후, 고위 언데드들이 산 전체를 뒤덮으며 진군해 왔다.

본 드래곤들이 뼈의 날개를 펄럭이며 공중에서 당당하게 불사의 군단을 호위했다.

바르칸은 어둠의 구체를 밟고 하늘을 날았다.

흑색의 오라에 뒤덮인 불사의 군단을 이끄는 아크 리치. 역사서에 기록되었던 위용을 그대로 재현해 내고 있는 광경이었다.

"인간들. 아직도 희망을 가지고 있구나."

바르칸의 목소리가 음울하게 전장에 깔렸다.

"인간들은 삶의 구속을 벗어나기 전까지는 희망을 잃지 않지. 오늘… 너희의 희망을 잡아먹어 주마. 불사의 군단이여, 진격하라!"

"……!"

헤르메스 길드 유저들은 언데드의 대군이 즉시 쇄도하는 걸 보며 얼굴이 새하얗게 질렸다. 바드레이와 고위 랭커들 역시 다른 이유에서였지만 마찬가지였다.

'빌어먹을. 멋진 말을 연습해 놨는데.'

'난 노래까지 준비했다고.'

위드는 큰 전투를 앞두고 노래를 부른다. 그 행동을 따라

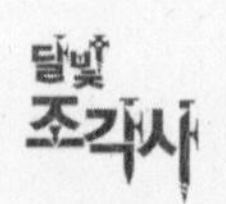

서 아군의 사기를 끌어 올리는 대사와 노래를 연습했는데, 불사의 군단이 곧바로 쳐들어오며 무용지물이 되었다.

"모든 제국군에 명한다. 대륙을 지키기 위한 전쟁을 시작한다!"

바드레이가 포효를 터트렸다.

효과는 사자후와 비슷하지만 훨씬 넓은 전장에 영향을 미치는 스킬.

둥. 둥. 둥. 둥!

발키스 성에서 전쟁을 알리는 북소리가 거대하게 울려 퍼졌다.

"시작이다. 전투 계획에 따라 화살을 쏘지 마시고 자리를 지키세요."

"흑마법에 저항하기 위해 미리 보호 스킬을 거십시오."

불사의 군단의 이름값을 하는 듯 둠 나이트 돌격대가 무서운 기세로 성문에 부딪쳤다. 스켈레톤 궁수들의 뼈 화살도 성벽 위로 빗발치듯이 날아왔다.

성벽을 기어오르는 스켈레톤, 듀라한, 좀비.

하급 언데드이긴 하지만 불사의 군단에 속한 이상 기사들도 잡아먹히는 대상이 된다.

바르칸은 뼈 지팡이를 높이 들어 올렸다.

"가련한 인간들이여, 너희에게 새로운 삶을 안겨 줄 불사의 군단을 똑바로 보라."

절망의 갈구자!

정신이 어두운 내면으로 가라앉고 있습니다.
그동안 저질렀던 죄의 대가가 돌아오고 있습니다.
악명에 따라 정신적 능력 저하!
마나의 최대치가 감소하고 지식과 지혜가 절반으로 줄어듭니다.

되살아난 환영!

무언가 무서운 것이 보입니다.
과거에 당신에게 죽음을 안겨 준 적이 있는 몬스터나 적의 환영이 나타나서 돌아다니고 있습니다.
그것들이 당신을 먹어 치우기 전에 축복으로 물리치거나, 아니면 완전히 없애야만 합니다.

참을 수 없는 떨림!

바르칸 데모프.
죽음과 삶을 결정하는 그의 마력에 거대한 두려움을 느끼고 있습니다.
그동안의 악행으로 인해 저항하지 못합니다.
모든 스텟 35% 감소!
피해를 입을 때마다 4.5%의 생명력과 마나가 바르칸에게 흡수됩니다.
전체 생명력의 30% 이상의 피해를 입었을 시에는 매초마다 입은 피해량의 2%씩의 생명력이 빠져나갑니다.

바르칸은 한 번의 주문으로 지역 전체에 해당하는 광역 저주 3종 세트를 시전했다.

"축복! 저주 해소 좀요!"

"사제님, 어서 빨리!"

헤르메스 길드 유저들이 애타게 사제들을 불렀다.

성기사들은 스스로의 저항력이나 축복으로 버틸 수 있었지만 다른 유저들은 흑마법 저항이 있는 장비를 착용했더라도 상상외로 손해가 막대했다.

전투력을 온전히 발휘하지 못하는 정도를 떠나, 수준을 서너 단계씩 낮춰 버리는 가공할 권능이었다.

그사이 100만에 달하는 스켈레톤들이 성벽을 타고 기어올라왔다. 사다리가 필요한 인간 병사들과는 달리 뼈밖에 없는 손발을 이용하여 부지런히 성벽을 오른다.

헤르메스 길드의 유저들은 공격 스킬을 이용하여 이를 저지했다.

"폭뢰참!"

"천둥 해머!"

"가메쉬의 활!"

바르칸에 의해 강화된 스켈레톤은 데스 나이트와 맞붙어도 지지 않는다. 그럼에도 헤르메스 길드 유저들은 성벽의 유리함과 무력으로 어렵지 않게 물리쳤다.

"확실히 소멸을 시키십쇼! 그냥 성벽에서 밀쳐 내는 건 아무 의미 없어요."

"제압해."

헤르메스 길드 유저들은 강대한 스킬로 성벽에 올라온 스켈레톤을 녹이거나 가루로 만들었다.

불사의 군단과 싸워서 이기기 위해서는 철저히 시체를 없애는 수밖에 없었다.

"둠 나이트 부대, 성문을 절반쯤 파괴했습니다!"

"아니, 벌써?"

"수비 부대 빨리!"

둠 나이트의 진격은 헤르메스 길드 유저 중에서도 워리어나 기사 중의 실력자들이 맞섰다.

요새 곳곳에는 신성력과 마법의 불길이 타오르면서 진군해 오는 언데드들을 위축시켰다.

"하늘이다!"

"조심해. 몸을 숙여!"

30마리의 본 드래곤들이 하늘을 날아다니면서 일제히 산성 엑기스를 뿜어냈다. 발키스 성의 곳곳은 부패한 가스가 피어오르며 오염되었다.

"크르르르, 떠올라라. 불신자의 그릇이여… 삶을 가진 모든 이들은 악랄함을 저지르기 위해 존재하느니."

울부짖는 유령들은 끔찍한 소리를 내며 살아 있는 이들을 저주했다.

"부상!"

"생명력 60% 이하는 뒤로 빠져라!"

헤르메스 길드에서는 성벽에 50미터 간격마다 회복 거점

을 마련해 놓고 다수의 사제들을 배치해 놓았다. 각 교단에 쌓여 있던 공헌도를 사용하여 신성력을 발휘하는 사제들을 최대한 끌어온 것이다.

부상자의 치료도 원활하게 이루어지는 광경이 발키스 성의 중앙탑에서 보였다.

"생각보다는… 고전을 하고 있지만 할 만하군요. 스켈레톤이라도 능력이 대단합니다만."

"예. 수성이라 둠 나이트만 특별히 조심하면 되니 말입니다."

"불사의 군단이 100만 정도. 시체를 마련하기 위해 흩어진 둠 나이트들이 돌아오면 몇만 정도는 더 늘어나겠지만 격퇴할 수 있을 것 같습니다."

뮬을 비롯한 헤르메스 길드 최고의 권력자나 랭커가 중앙탑에 모여 있었다.

"활개를 치는 본 드래곤이 마음에 걸리기는 하는데……."

"지금은 공격을 하는 게 낭비에 가깝습니다. 한 번에 죽이지 못할 바에야 내버려 두고 하급 언데드를 제압해야지요. 그리고 바르칸만 제거하면 끝나는 싸움인데요."

헤르메스 길드 유저들은 승리를 확신하며 굳어 있던 마음이 조금씩 풀렸다.

불사의 군단이 대륙을 초토화시킬 수도 있을 거란 걱정을 했는데 막상 붙어 보니 잘 막아 냈다.

언데드들이라 육체가 완전히 파괴되지 않으면 끊임없이 부활하기에 당연히 까다롭기는 했다. 어지간히 생명력에 타격을 받더라도 바르칸에 의해 회복이 이루어져서 금방 멀쩡해진다.

본 드래곤과 같은 강한 대형 몬스터에, 둠 나이트로 구성된 부대의 끔찍한 공격력을 최고의 강자들인 헤르메스 길드 유저들이 뭉쳐 막아 내고 있었다.

성벽을 기어오른 스켈레톤들은 소멸시키고, 멀리서 날아오는 뼈 화살은 보호 스킬로 막거나 검으로 쳐서 떨어뜨린다.

둠 나이트도 까다롭긴 하지만, 유저들 여럿이서 합공을 해서 기회가 닿을 때마다 가능한 1마리씩이라도 소멸시켰다.

중앙 대륙을 차지한 헤르메스 길드의 강함을 확실히 증명하고 있다고 믿을 때!

바르칸의 저주 마법에 의해 성벽에 있던 1,000여 명의 유저들이 생명력을 한꺼번에 갈취당했다.

마법 저항력이 있었기에 죽진 않았지만 더 이상 전투를 한다면 목숨이 위태로워질 것이다.

"과연 저 정도는… 전설적인 몬스터답군요."

"죽은 사람은 없습니다. 생명력을 바닥까지 떨어뜨리지만 죽이지는 못하는 스킬 같습니다."

"흑마법이나 저주를 막는 장비들을 총동원했으니까요. 방심했다면 죽었겠죠."

헤르메스 길드에서는 그동안 모아 놓은 자금의 15%가량을 이번 전투를 위해 지출했다.

경매장, 개인 유저, 상점을 가리지 않고 급하게 돈을 쓰며 흑마법과 저주에 저항하는 아이템을 사서 모았다.

'이길 수 있다. 이대로라면 승리.'

'불사의 군단마저 제패한다.'

헤르메스 길드 유저들의 눈에는 투쟁심이 가득했다.

불사의 군단이 공성전을 벌이며 전열이 무뎌졌을 때, 핵심 주력이 돌입하여 바르칸을 제거해야 하니 그 순간을 기다리며 긴장했다.

하지만 바르칸 정도 되는 고위 몬스터라면 끝까지 방심하지 말아야 하는 법!

"이 땅은 내 암흑의 율법이 지배한다. 영원한 불사의 힘이 장악하리라. 다크 룰!"

바르칸이 3대 마법 중 하나를 발현시켰다.

지역 전체의 모든 시체들을 언데드로 일으키는 네크로맨서 마법!

중앙의 방어탑이나 성벽, 성문에서 싸우던 헤르메스 길드 유저들은 마법이 발동되는 모습을 보았다.

"효과는 없겠네."

"철저히 대비를 했지. 이런 식이라면 다른 3대 마법도 봉인할 수 있는 것이나 마찬가지야."

전투가 벌어지면서 죽은 유저들은 많지 않았다. 그에 비해 스켈레톤은 20% 이상이 소멸되었고, 둠 나이트의 손실도 꽤 되었다.

언데드 소환의 최상위 마법인 다크 룰을 경계하긴 했지만 전투를 잘 이끌어 왔으니 효과가 없으리라고 본 것이다.

그런데 어느 순간, 발키스 성의 광장이나 성문의 땅이 지진이라도 난 것처럼 일제히 들썩거리기 시작했다.

"무, 무슨……."

성벽이나 성문에 붙어서 싸울 수 있는 유저의 최대치는 6만 5천.

나머지 유저들은 예비 병력으로 준비되어 기다리던 중에, 공터에서 뼈로 된 손이 쑥 올라오는 걸 봤다.

"크웰."

"쿠워어어어어억!"

뼈마디가 삭은 오래된 스켈레톤.

머리카락도 몇 개 붙어 있지 않은 좀비와 구울이 땅을 파헤치며 일어났다.

상점 거리와 광장, 영주성을 막론하고 발키스 성 전역에서 벌어지는 일이었다.

바르칸의 언데드 소환 마법은 오래전 발키스 성에서 죽은 시체들까지도 전부 일으키고 있었다.

헤르메스 길드의 전략은 불사의 군단에 있는 언데드들을 소멸시키면서, 바르칸을 목표로 한 최정예 공격대를 돌진시키는 것이었다.

미리 편성한 워리어 유저들이 길을 뚫고, 바드레이를 중심으로 한 성기사 유저들이 바르칸을 제압한다.

안전을 생각한다면 언데드들부터 먼저 전부 없애는 편이 옳았지만 불사의 군단은 바르칸이 중심이 된다. 만의 하나 바르칸이 언데드를 잃고 전장에서 떠나 버리는 상황을 막기 위해 기회만 노리고 있었던 것이다.

"불사의 군단이……."

"언데드들이 너무 많이 일어나고 있습니다!"

그러나 헤르메스 길드의 계획은 다크 룰 마법이 발현되자마자 어긋나고 말았다.

그들의 예상을 훨씬 초월하는 끝도 모를 언데드들.

옛 역사에 기록된 전투들, 로열 로드가 열리고 나서 발키스 성의 소유권을 두고 무수한 전투가 벌어졌다.

그동안 쌓여 있던 시체들이 모조리 일어나고 있었기에 발키스 성의 내부나 성벽 바깥이나 금방 언데드들로 가득 찼다.

대부분이 하급 스켈레톤이긴 했지만 능력을 향상시켜 주는 데스 오라에 의해 무지막지한 괴력을 발휘하며 건물을 부수고 불을 질렀다.

좀비, 구울은 건물 사이를 뛰어다니면서 유저들을 공격했다.

"옥상이다!"

"천장에서 좀비들이 떨어집니다."

"이쪽 광장은 좀비들로 가득 찼습니다."

역사서에도 기록된 적이 없는 언데드 시가전.

스켈레톤 메이지와 궁수가 화염구나 불화살을 주위로 쏘면서, 발키스 성의 주택과 주요 시설물들에는 걷잡을 수 없는 화재가 일어났다.

"불길이 퍼지고 있습니다. 정령사들은 물의 정령을 소환해서 화재부터 진압 바랍니다."

"신성력을 가진 소모품들을 아끼십시오! 성수를 퍼붓지 마세요. 장기전에 대비해야 합니다."

헤르메스 길드는 대지에서 일어나는 언데드들 때문에 사방에서 정신없이 싸워야 했다.

반면에 바르칸은 끝을 모르도록 흡수되는 생명력과 마나를 바쳐서 발키스 성으로 흑마법을 계속 퍼부었다.

"영겁의 부패에서부터 피어나 존재의 모든 것을 썩게 하라! 굴탄의 안개."

발키스 성의 대지가 다시 한 번 크게 갈라졌다.

땅에서부터 솟구친 어두운 자줏빛 기운이 발키스 성을 뒤

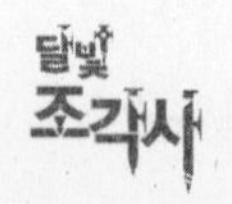

덮는 모습은 엄청난 장관이었다.

-굴탄의 안개를 마셔서 중독되었습니다.
매초마다 생명력을 349씩 잃어버립니다.
방어력과 마법 저항력이 계속 감소합니다.
푸른 산호 갑옷의 내구도가 3 줄어들었습니다.
황금 날개 부츠의 내구도가 2 줄어들고, 모든 능력치가 저하됩니다.

단단하던 성벽에 검붉은 곰팡이가 피어나더니 전체를 부식시키며 내구력을 약화시켰다.

지역 전체에 대한 오염으로 생명체나 구조물 가리지 않고 타격을 입었다.

쿠르르릉!

대지가 뒤흔들렸다.

발키스 성의 건물과 성벽이 부식되어 마구 무너져 내렸다.

본 드래곤들이 울부짖으며 하늘에서 동시에 지상으로 브레스를 내뿜었다.

"수비 지역을 사수한다. 조만간 성기사들이 나설 것이다."

"공격! 어서, 서둘러!"

베르사 대륙의 각 교단들로부터 지원을 받은 성기사들이 출동했다.

신성력의 가호로 언데드를 상대로 3~4배의 전투력을 발휘하는 성기사들이 목숨을 걸고 불사의 군단에 뛰어들었다.

저주와 흑마법으로 1만에 가까운 유저들이 사망했고, 본 드래곤이나 둠 나이트에 의해서도 그만큼의 병력이 줄었다. 그들이 고위급 언데드가 되어서 일어나고 있으니, 헤르메스 길드의 계산은 크게 빗나가 버린 셈이다.

"이렇게 되면 곤란하군."

"좋은 기회가 생기지 않을 것 같군요."

발키스 성이 내려다보이는 언덕가에서는 헤르메스 길드의 최정예 공격대가 기다리고 있었다. 불사의 군단이 공성전을 벌이며 진형이 무너지면 바르칸을 칠 기회만 노리는 중이었다.

"발키스 성의 피해가 생각보다 큽니다."

"저들이 죽는 건 상관없지만… 오래 기다리다 보면 언데드가 더욱 늘어날 가능성이 있을 것 같습니다."

공격대에 속한 유저들은 솔직히 위험한 임무라서 떠나고 싶은 마음도 컸다. 그러나 바드레이가 직접 참여하고, 방송으로까지 중계되는 전투라서 빠질 수가 없었다.

친위대의 아크힘이 바드레이에게 말을 걸었다.

"계획보다 상황이 안 좋습니다."

"완벽한 기회만 노릴 수는 없겠지. 시간을 오래 끌수록 우리 쪽이 더 불리해질 것 같아. 흑마법이라는 게 어떤 것이 더 나올지도 모르고."

"그러면 시작할 겁니까?"

"지금 가지. 더 늦기 전에."

"그러면 공격대를 움직이겠습니다."

아크힘은 친위대의 통신 채널, 헤르메스 길드의 전투 채널을 통해 소식을 전했다.

아크힘 : 사냥 시간이 왔다.

바드레이를 비롯한 공격대가 말을 타고 언덕에서 질주를 시작했다.

"우리의 목표는 바르칸이다."

"언데드를 제거하라!"

발키스 성에서도 숨겨 놓았던 병력이 일제히 일어났다.

이 순간, 헤르메스 길드 유저들이 적극적으로 전투에 참여해서 언데드를 제거해 나갔다. 둠 나이트를 상대할 때에는 팽팽하게 싸움이 벌어졌지만 그 미만 급의 언데드들은 마나 소모를 아끼지 않고 빠르게 제거했다.

"길을 열어!"

"황제가 나섰다."

치밀한 계획하에 공성전을 벌이던 헤르메스 길드 유저들이 성벽을 미끄러져 내려왔다.

그들이 위험을 무릅쓰고 언데드들의 주목을 받는 사이에, 바드레이와 공격대는 후방을 공격했다.

불사의 군단 중앙에 있는 바르칸을 공략하기 위해서 스켈레톤의 바다를 뚫고 들어갔다.

"흑마법이나 저주 계열에 대비."

"선두의 유저들은 최악의 경우에는 전진해서 저주를 몸으로 막으세요."

스켈레톤들은 광역 스킬로 제거했지만, 금세 바르칸과 본 드래곤의 주목을 받았다.

"가증스러운 인간들이 바르칸 님을 노리고 있다."

"썩혀서 한 줌의 물로 만들어 줄 것이다."

발키스 성을 공략하던 본 드래곤들이 급히 선회하여 바드레이와 공격대를 향해 날아왔다.

"필멸자들이여, 오너라. 너희에게 기꺼이 불사의 생명이 무엇인지 알려 주겠다."

쿠르르릉!

바르칸이 주문을 외우며 울부짖는 시체들의 요새를 소환했다.

땅에서 거대한 뼈가 솟구쳐서 지형이 바뀌어 버리는 대마법.

불사의 군단에 포함된 언데드가 많아지면서 뼈의 요새는 과거보다도 훨씬 거대해져서 무려 150미터 높이나 되었다.

인근에서 바르칸을 호위하는 언데드들도 시체들의 요새 효과에 의해 더 강해졌다.

"젠장."

헤르메스 길드의 공격대는 언데드 무리를 제거하며 달려가고 있었지만, 그 무시무시한 광경에는 침을 꿀꺽 삼킬 수밖에 없었다.

거대한 뼈의 요새에 바르칸이 의자를 두고 앉아 있었다.

둠 나이트와 스펙터를 비롯한 수많은 고위급 언데드들이 높은 곳에서 아래를 내려다본다.

본능적으로 언데드의 바다에 파묻혀 버릴 것 같은 위기감이 들었다.

"돌격! 후퇴는 없다."

헤르메스 길드에서 고르고 고른 공격대는 잠시 머뭇거리기는 했지만 바드레이를 보호하며 뼈의 요새를 향해 달려갔다.

"몬스터들의 접근을 경계하고… 본 드래곤들에게서 한시도 눈 떼지 마!"

"워리어들, 방패를 들고 본 드래곤의 브레스를 막을 준비."

"언데드들은 지나가는 것만 처리하고, 우리 목표는 바르칸이다. 바르칸을 향해 달려라!"

헤르메스 길드의 공격대는 베르사 대륙의 최상위권 유저들로만 구성되어 있었다. 평범한 유저들은 본 적도 없는 고급 기술과 검술의 비기까지 사용해 가며 언데드들을 돌파했다.

그들이 이처럼 놀라울 정도로 대단한 돌파력을 아낌없이

발휘하는 까닭은, 잠깐이라도 시간을 끌면 불리하다는 사실을 잘 알고 있었기 때문이다.

"선두, 더 빨리 속도를!"

"13조는 여기 남아서 언데드의 후방 합류를 끊어라!"

공격대는 뼈의 요새에 도착하자마자 위로 오르기 시작했다. 산처럼 높은 뼈의 요새는 시간이 지날수록 더욱 높아지고 있었다.

"죽음의 기사 빌헬름이다."

"바쁘니까 꺼져!"

덤벼드는 데스 나이트와 듀라한을 밀쳐 땅으로 떨어뜨렸다.

"주제를 모르는 인간들! 영겁의 죄악을 저지르려고 하는구나!"

본 드래곤이 돌풍을 일으키면서 스쳐 지나갔다.

헤르메스 길드원들은 공격을 당하면서도 앞으로 달렸다. 일부 유저들은 용감하게 본 드래곤의 등에 올라타서 공격하기도 했다.

최고 수준의 랭커가 되기까지 수많은 던전과 사냥터를 오갔다. 그들도 자신의 맡은 바 임무가 무엇인지 알았고, 방송으로 이 광경을 수억 명이 보고 있으리란 걸 알기 때문에 몸을 사리지도 않았다.

"둠 나이트 기사단이다."

"그것도… 인원이 100명 이상이야!"

"놀랄 것 없어! 뚫어!"

바드레이를 호위하는 친위대를 제외한 공격대가 앞으로 달려가서 둠 나이트와 전투를 벌였다.

가까이 다가갈수록 바르칸의 공포에 짓눌려 공격 스킬의 위력이 대폭 떨어졌다.

"부숴! 되살아나더라도 신경 쓰지 말고 길만 열어라!"

서늘한 안개와 으스스한 귀곡성이 울려 퍼지는 뼈의 요새에서 둠 나이트들과 육박전!

"가소로운 인간들. 나약한 육신이 고통스러워하는 게 느껴지는구나!"

바르칸의 데스 오라에 가까이 있는 둠 나이트들은 무지막지한 전투력을 발휘했다. 그 자체로 보스급 몬스터라고 부를 수 있을 정도였다.

"크억… 이렇게 힘이……."

"베어도 죽지 않아! 때려도 거의 피해를 안 입어. 어떻게 해야 돼?"

언데드들에 의한 희생자들이 생기고, 뼈의 요새에서 추락하는 유저들이 속출했다.

"시간 없어! 계속 밀어붙인다."

바르칸의 저주 마법이 언제 발동될지 모르기에 공격대는 마음이 급했다.

거리라도 멀리 떨어져 있으면 모를까, 뼈의 요새를 오르고 있는 지금 강력한 저주 마법에 걸렸다가는 자칫하면 몰살이니까.

둠 나이트들이 막을 수 있는 범위는 한계가 있었기에 헤르메스 길드 유저들은 그대로 뛰어넘거나 우회해서 달렸다.

헤르메스 길드 유저들 중에서도 사망자가 속출하고 있다는 걸 알지만 지금은 그냥 지나쳤다.

바르칸과의 거리가 50미터 정도 남았을 때, 또다시 둠 나이트 무리가 등장했다.

"불사의 지배자를 호위하라."

하늘에는 3마리가 넘는 본 드래곤이 날아오는 광경이 보였다. 베르사 대륙에서 1마리도 구경하기 힘든 고위급 언데드였는데 여기에는 널려 있었다.

"더 다가가야 해."

"그럴 시간 없어. 여기서 시작해!"

공격대 일부가 무리에서 이탈하며 물건을 꺼냈다.

그들의 임무는 각 교단의 성물들을 활용하여 언데드들의 이목을 끄는 것이었다.

"발할라의 전투 망치!"

"여긴 프레야 교단의 성물이다."

"루의 방패는 이쪽으로……."

뼈의 요새에서 성물을 든 유저들이 사방으로 뛰쳐나갔다.

"추악한 기운을 흘리는 인간들……."

"도망가게 놔두지 마라. 전부 죽여라!"

둠 나이트나 본 드래곤의 적대도도 당연히 그들을 향하게 되었다.

맹렬한 분노와 복수심.

신성력은 그들의 천적이었기에 바드레이와 호위대를 놔두고 바람이 갈라지듯이 흩어졌다.

바드레이와 중앙의 공격대는 둠 나이트의 얇은 방어벽을 뚫고 바르칸에게 접근했다.

"끝이다, 바르칸!"

바드레이가 멋있게 보이기 위해 본능적으로 루의 성검을 뽑아서 바르칸에게 당당히 겨누었다.

든든한 지원군이 옆에 있었기에 전투가 벌어지기 직전에 짧게나마 폼을 잡으려고 한 것이다.

바르칸은 곧바로 마법을 펼치지 않고 장하다는 듯이 입을 열었다.

"인간, 이곳까지 오다니 제법 기특하구나. 그렇지만… 나와 싸우기에는 너무 약하군."

바드레이도 맞받아쳤다.

"헛소리. 충분히 너를 꺾을 수 있다."

"한없이 나약한 인간의 몸으로 쓸데없는 자만을 부리는군. 그렇다면 혼자서 덤벼 볼 것이냐?"

그 순간, 묘한 분위기가 흘렀다.

바드레이와 바르칸의 일대일 승부를 이 순간 모든 시청자들이 기대했다.

장대한 뼈의 요새에서 벌어지는 제국의 황제와 리치의 혈투!

헤르메스 길드 유저들조차도, 혹시나 바드레이가 바르칸을 일대일로 제압하는 것은 아닐까 기대했다.

'계획은 아니었지만 설마?'

'뭐지, 지금 결투를 벌이겠다는 건가?'

한편으로 바드레이는 섬뜩한 기분을 느끼고 있었다.

다 같이 바르칸을 처치하고 그 공으로 명성을 떨치려고 했는데 일대일의 결투라니, 일이 너무 커졌다.

'일대일 싸움에서 패배한다면 그 이후에 바르칸을 처치하더라도 내 자존심은 망가지고 만다.'

바드레이는 굴욕적이기는 했지만 냉정하게 판단해서 공격 명령을 내렸다.

"상대는 네크로맨서. 야비한 수단으로 시간을 버는 것이다. 어떤 흑마법을 쓰거나 언데드를 일으킬지 모르니 즉시 제거한다!"

사제들은 약속된 희생 주문을 외우며 전투를 준비했다.

레벨과 스텟 일부를 포기해야 하지만 순간적으로 10배나 강력한 신성력을 보유하게 하는 기적!

"가라."
"일제히 공격해!"
바드레이와 200여 명의 공격대 유저들이 흩어지며 바르칸을 공격했다.
세상에 공개된 적 없는 공격 스킬들의 향연이 펼쳐졌다.
"어리석은 인간들. 너희는 불사의 힘을 믿지 못하는구나!"
바르칸은 흑암의 장막을 쳐서 공격 스킬들을 막아 냈다.
화려한 무기와 스킬이 바르칸에게 사정없이 작렬했다.
뼈의 요새가 흔들리고 일부가 무너질 정도로 거센 충격파가 흘렀다.
바르칸에게는 언데드 군단으로부터 생명력과 마나가 계속 공급되고 있었기에 다소 피해가 있더라도 쉽게 당하지 않았다.
"끝없는 절망. 인간의 존재로는 알지 못하는 그 너머를 너희에게 보여 주겠다."
바르칸이 흑마법을 외우기 시작했다.
"지금이야!"
그 순간, 바드레이는 신성 무구의 도움을 받아서 단거리 순간 이동을 했다.
바르칸과 전투를 벌이기 전에 시간은 짧았지만 많은 분석을 했다.
어마어마한 생명력과 절대적인 마법력.

끝도 없는 언데드 군단의 호위.

이것을 뚫고 타격을 입힐 수 있는 기회는 여러 번 오지 않는 것이었고, 힌트도 있었다.

'바르칸의 몸에 마력을 약화시킬 수 있는 성검을 꽂아야 한다.'

흑마법을 펼치기 위해 가장 약해지는 찰나!

"초월의 타격!"

사제들의 신성력이 일제히 바르칸에게 집중되었다.

새하얀 신성력이 흑암의 벽을 강타하고 아크 리치의 육체에 스며들었다.

바르칸은 꿈쩍도 하지 않고 버텼지만, 바드레이가 바로 그의 뒤에 순간 이동으로 나타났다.

"끝이다."

푸우욱!

루의 신검을 바르칸의 등에 깊게 꽂았다.

"됐다, 이걸로!"

"바르칸을 해치웠다."

공격대는 물론이고, 헤르메스 길드 유저 모두의 고함이 터져 나왔다.

리치와 같은 몬스터에게는 천적이나 다름없는 성검!

일찍이 위드가 루의 성검이 박힌 바르칸을 처치했던 경험도 있었다.

'이걸로 죽지 않는다고 해도 약해진다. 정면으로 싸워도 이긴다.'

수차례나 계획을 짜고 연습을 했는데, 그중에서도 최상의 결과였다.

엘리베이터도 두드려 보고 타는 위드라면 상상하기도 힘든 경솔함!

바르칸이 루의 성검이 박힌 채로 턱뼈를 달그락거렸다.

"크크큿, 너희 모두가 제물이 될 것이다. 내 육체를 바쳐서 깊은 어둠을 이 땅에 부르니… 존재하는 모든 것들은 사라지거라."

남아 있는 생명력과 마나를 전부 소모하는 네크로맨서의 궁극 기술. 대소멸.

그오오오오오.

바르칸의 육체가 먼지가 되어 산산이 부서졌다.

그 자리에 검붉은 점이 생겨나더니 급속하게 퍼져 갔다.

폭발의 파괴 범위에 있는 언데드와 살아 있는 생명체를 모두 분해하면서 대소멸의 주문은 위력을 키워 나갔다.

뼈의 요새까지도 통째로 녹여 버리는 궁극의 폭발 마법.

바드레이는 순간적인 눈치로 마법 망토에 봉인된 '절대 보호'와 부츠에 있는 '태양 이동'을 사용하여 발키스 성으로 도피했다.

-전율적인 피해!

저항할 수 없는 위력의 마법에 의해 생명력에 중대한 손실을 입었습니다.

생명력이 1,203,933만큼 감소하였습니다.
극심한 부상으로 일시적인 전투 불가능 상태가 되었습니다.

반응이 빨랐음에도 생명력에 100만 이상의 피해를 입었지만 죽지는 않았다.

전투에 돌입하기 전에 사제들의 희생 주문에 의해 몇 개의 축복과 보호 마법, 생명력 증가 마법이 걸려 있었기 때문이다.

공격대와 부근에 있던 헤르메스 길드 유저들 중에서도 미처 피하지 못한 이들은 떼죽음을 당했다.

잠시 후, 바르칸이 있던 곳에는 바닥을 알기 힘든 반경 수백 미터짜리 구덩이가 파여 있었다.

지형까지 바꾸어 버린 대소멸 주문의 위력!

처음 경험하는 마법의 위력에 헤르메스 길드 유저들도 얼이 빠져 있었지만 곧 정신을 차렸다.

"이겼다……!"

"바르칸을 해치웠다."

"만세!"

"바드레이 님이 해냈어!"

바드레이도 체력과 생명력이 거의 남아 있지 않은 상태였다. 그러나 그는 기쁨을 만끽하기 위해 성벽에 서서 오른손을 번쩍 들어 올렸다.

"내 손으로 바르칸을 제압했다!"

바드레이의 포효에, 헤르메스 길드 유저들이 일제히 승리의 함성을 내질렀다.

불사의 군단이 아직 절반 넘게 남아 있긴 했지만 누구도 그것에 신경 쓰지 않았다.

최후의 폭발과 같이 바르칸이 사라진 이상, 남은 언데드들 따위야 간단히 처리할 수 있는 정도에 불과하지 않겠는가.

바드레이가 힘든 와중에도 계속 포효를 터트렸다.

"언데드들을 모두 제압하고 사흘 동안 축제를 연다! 발키스 성은 바르칸과 불사의 군단을 제압한 성지로 삼을 것이다."

"헤르메스 길드 만세!"

바르칸과의 전투를 위해 모인 유저들의 사기는 대단했다.

강력한 적을 꺾고 나서 생겨나는 긍지.

아르펜 왕국처럼, 전투에서 승리를 거두고 사람들과 축제를 벌이리라.

자부심으로 가득 찬 헤르메스 길드원들의 긴장이 조금 풀어졌을 때였다.

"인간들이여, 어리석기가 끝이 없구나."

바르칸의 음침한 목소리가 전장을 울렸다.

바드레이와 헤르메스 길드 유저들은 놀라서 소리가 나는 곳을 찾았다.

바르칸은 불사의 군단 한복판에서 호위를 받으면서 멀쩡하게 서 있었다. 루의 성검마저도 몸에 박혀 있지 않았다.

"어떻게……."

"바르칸이 살아 있다!"

"방금 완전히 죽었잖아. 어째서 저게……."

바르칸은 새로운 불사의 마법을 자신에게 걸어 놓은 상태였다.

목숨을 봉인해 놓은 생명의 병이 파괴되지 않는 이상 다섯 번의 부활을 하게 되는 끔찍함.

그사이 다크 룰에 의해 조금 전에 죽은 유저들이 둠 나이트나 데스 나이트가 되어서 일어났다.

바르칸의 목소리가 모든 이들에게 또렷하게 들렸다.

"꿈을 꾸어라. 악몽은 영원히 끝나지 않을 것이다."

발키스 성의 전투!

헤르메스 길드와 불사의 군단의 격돌.

장장 35시간의 혈투가 벌어지리라고는 누구도 예상하지 못했다.

"뭐야, 아직도 싸워?"

"어… 안 끝나네."

"오늘 내로 끝나긴 해?"

"몰라. 아직 바르칸 부활 두 번 더 남았어."

발키스 성 근처까지 구경하러 왔던 유저들이 먼저 지쳐서 떨어져 나갔다.

전투의 중요도를 감안해 생중계를 이어 나가던 방송국들도 출연자와 제작진이 지치자 더 이상은 무리라는 판단에 정상 편성으로 돌아왔을 정도였다.

바르칸을 다섯 번이나 제압하기 위해서 헤르메스 길드는 크나큰 손해를 봐야 했다.

성기사들과 사제들은 최후의 희생 주문까지 쓰면서 1명도 남김없이 전멸.

전투에 참여한 고레벨 유저들도 8할 이상이 사망했다.

마지막에 바르칸을 결국은 최후의 합공으로 제거할 수 있었지만, 헤르메스 길드원들은 승리의 기쁨을 누리기도 전에 주저앉았다.

"아… 쉬고 싶다."

"끔찍한… 전투였어."

"언데드는 진짜 최악이야. 역겨운 냄새에 생명력에. 다시는 싸우지 말아야지."

"위드도 네크로맨서잖아. 싸워야 될걸."

"야, 그런 얘기는 하지도 마라."

살아남은 유저들은 완전히 부서진 발키스 성의 폐허에 아무렇게나 드러누웠다.

바드레이도 목숨의 위기를 몇 번이나 넘겨야 했고, 특히 바르칸의 공격이 집중되어 그의 친위대는 살아남은 이가 드물었다.

-전투 업적!

바르칸 데모프 제압을 달성하셨습니다.

역사적인 대전쟁을 승리로 이끌었습니다.
전투에 참여한 모든 이들의 명성이 12,790만큼 증가합니다.
전 스텟이 6씩 증가합니다.
전투에 참여한 교단과의 관계가 우호적으로 바뀝니다. 높은 공헌도를 쌓았습니다.

투신 바탈리의 축복이 일주일 동안 부여됩니다!

끝내 업적을 이룩해 내서 전투 명성이나 스텟을 얻긴 했지만 보상도 눈에 들어오지 않았다. 너무나도 처절한 싸움에, 당장은 이겼다는 기분도 별로 들지 않았다.

"뭐야, 왜 이런 것밖에 안 나와!"

막타를 날려 바르칸을 해치운 랭커 봉달이도 절규했다.

역사를 좌우했던 최상급의 보스 몬스터!

이런 몬스터를 제거했다면 빠뜨릴 수 없는 즐거움이 전리품이었다.

-흰 코끼리의 가죽 두 장을 얻었습니다.

-알록달록한 사슴 가죽을 획득했습니다.

-반짝이는 돌멩이를 얻었습니다.

-61실버를 주웠습니다.

바르칸이 소멸되고 얻은 건 가죽 몇 장과 돌멩이, 실버 조금!

"진짜야? 누가 거짓말이라고 해 줘."

마법사들이 어마어마한 가치를 가진 마법 무구나 보물을 소유하고 있는 것과는 너무나도 다른 충격적인 결과였다.

심지어 데스 나이트, 둠 나이트가 죽고 나서 떨어뜨린 물건보다도 가치가 적다.

되살아나기는 했지만, 위드에 의해 바르칸은 귀한 아이템을 모조리 잃어버리고 개털이 되어 있었던 것이다.

"으아아아아아아!"

헤르메스 길드의 주력이 총동원되어 전투를 치렀는데 인건비도 나오지 않았다.

게다가 2군단에서 최악의 소식까지 전해졌다.

The Legendary Moonlight Sculptor

정면 승부

The Legendary Moonlight Sculptor

아르펜 왕국에서부터 달려온 풀죽신교의 본대가 하르판 지역에 도착했다.

"풀죽, 풀죽, 풀죽!"

평원을 뒤덮으며 내려오는, 끝을 알 수 없는 무리.

전투 계열 직업만이 아니라 온갖 종족과 직업을 가진 유저들이 밀려왔다.

모라타와 새벽의 도시에서 로열 로드를 시작하고 100일도 안 된 유저들도 있었다.

"이런 이벤트에 안 끼면 언제 끼겠어."

"응. 무조건 재밌지!"

"전 돌아갈게요. 길 좀 비켜 주세요. 벌써 이틀째 밀려 내려왔어요!"

"저도 고구마 팔다가 하루 종일 밀리고 있습니다. 흑흑, 제발 부탁요."

풀죽신교의 본대는 어느새 새벽안개처럼 하르판 지역을 뒤덮고 있었다.

2군단을 이끄는 제롬이 굶주린 승냥이처럼 주위를 돌며 공격했지만 실속은 적었다. 1만 명을 죽이는 사이에 10만 명 이상의 유저들이 늘어났다.

이것도 상당한 피해라고 볼 수 있지만, 제롬은 이에 만족하지 못했다. 그들이 상대한 유저는 대부분 레벨 100 이하의 초보였고, 레벨 200만 되더라도 잘 걸려들지 않았다. 초보자들이 발길에 차이다 보니 실력자들은 그사이에 전부 도망쳐 버리는 것이다.

"적의 규모는요?"

2군단 작전 회의를 위한 천막.

제롬의 질문에 마법사 로냐그가 대답했다.

"대략 7천만 정도 되는 것 같습니다."

"인구의 뻥튀기가 심하군요. 방송으로도 심하게 과장된 것 같고."

"미국 국방부에서 파악한 통계입니다."

"…걔들이 왜 그걸 세고 있죠?"

"현실에서 풀죽신교의 영향력을 이해하기 위해서였다는

군요."

2군단의 작전 회의실에 무거운 침묵이 내려앉았다.

어지간한 국가의 인구보다도 많은 적을 상대로 싸워야 한다는 정신적 압박감!

'이거 이기고 나면 소문나서 동네에서 발붙이고 못 사는 거 아닐까?'

'앞으로 학교도 못 다니는 거 아냐?'

헤르메스 길드 유저들은 7천만이라는 숫자를 머릿속에 그려 보다가 포기했다.

풀죽신교의 본대가 대대적으로 밀고 내려오는 중이었다. 말로는 수천만의 규모를 이야기하고 전투력을 평가할 수 있지만, 막상 보게 된다면 정신이 멍해질 정도의 규모다.

정면에서 싸울 자신이 없기에 외곽을 공략했지만 피해를 입힌 흔적도 나타나지 않았다.

풀죽신교의 본대는 계속 남하하고 있었고, 위협은 오히려 2군단에서 더 강하게 느꼈다.

"이런 방식으로는 한계가 있습니다. 분명 막고는 있지만 막는 거라고 볼 수도 없습니다."

전투가 벌어져도 그 주위를 둘러싼 북부 유저들이 계속 남하하고 있다. 이제 풀죽신교의 본대가 하르판 지역을 전부 장악하는 건 시간문제였다.

"특단의 조치로… 풀죽신교의 본대를 일점 돌파하는 방법을 제안합니다."

제롬은 풀죽신교를 난장판으로 헤집어 놓기로 결심했다. 군대 전체가 적진을 돌파하고 그대로 벗어나자는 것이다.

"너무 위험한 것 같습니다만……."

"반대입니다. 중앙 대륙을 정복할 때는 우리 군단의 용맹이 크게 효과를 봤습니다. 그러나 지금은 적의 규모가 너무 거대합니다!"

제롬의 2군단은 기사단이 주력이었다. 정복 전쟁에서 적진을 돌파하고 와해시키면서 전투 공적을 톡톡히 세웠다.

"우리 군의 최대 장기는 기동력과 화력의 집중 아닙니까? 설마 우리가 돌파하리라고 누가 생각이나 하겠습니까. 귀찮은 자들을 길게 상대하지 않고 그대로 꿰뚫는 겁니다."

"우리도 피해가 있을 텐데요."

"피해야 있겠지만 성공적으로 풀죽신교의 본대를 관통했다고 생각해 보십시오. 저들의 충격이 더 클 것이고, 2군단은 로열 로드 최강의 군대가 될 겁니다."

"그것은……."

반대하던 유저들도 조금은 잠잠해졌다.

그들은 헤르메스 길드의 핵심 주력이라서, 말로는 위드나 아르펜 왕국의 명성을 들었다. 하지만 그들 중 대부분은 아직까지 패배를 경험해 본 적이 없었다.

"확실히 많지만 약한 적들이 대다수인데."

"돌격을 멈추게 하지 못할 겁니다. 정 불리해지면 중앙이 아니라 외곽을 꿰뚫는 것도 방법이 되겠습니다."

제롬의 거듭된 설득에 헤르메스 길드 유저들도 마음이 동했다.

"놈들은 우리의 기동력을 따라오지 못합니다. 멋지게 싸워 봅시다. 모든 방송국들이 우리를 주목하고 있으니 말이죠."

"옛!"

2군단은 하르판 지역의 울르프 대평원에서 풀죽신교의 본대를 맞이했다.

"돌격!"

제롬은 용감하게 2군단을 이끌었고, 계획대로 중앙 돌격 작전을 펼쳤다. 멀리서 보면 한없이 무모한 듯하지만 성공만 한다면 로열 로드 전체에 이름을 남길 만한 위업을 달성하는 것이었다.

"모든 것을 걸어라. 우린 2군단이다. 제국군의 자부심과 긍지를 바탕으로 우리 모두가 송곳이 되어 적진을 꿰뚫는다!"

제롬과 2군단이 끝을 모르는 무리인 풀죽신교의 본대를 향해 밀려들어 갔다.

풀죽신교에는 고위 군인 출신의 전쟁 전문가들이 많이 있

었고, 싸우는 방식에 따라 결과가 크게 달라질 것임을 알고 있었다.

"골치 아픈 건 지금처럼 제국군 2군단이 우리의 손발을 계속 끊어 내는 겁니다. 하르판 지역에 퍼진 유저들을 학살하면서 불안을 확산시키는 전술은 위험합니다."

"의기로 일어선 유저들이지만 시간이 지체되고 대여섯 번씩 죽는다면 소문이 퍼질 겁니다. 진군이 멈춰지면 그걸로 허무하게 끝입니다."

"사람들이 많으면 분위기의 변화에 민감하게 휩쓸리게 되죠. 북부 유저들에게는 헤르메스 길드의 강함이 충격으로 느껴질 수 있습니다."

"으음, 중앙 대륙을 장악한 헤르메스 길드는 정말 강하죠. 그들 모두가 백 번 이상의 전투를 경험한 정예입니다."

"레벨 400대나 500대의 유저가 강한 건 당연히 알 겁니다. 하지만 그들이 모이면 얼마나 충격적인지, 겪어 보지 않으면 모르는 사람들이 많습니다."

전쟁 전문가들은 풀죽신교를 위한 작전을 연구하고 있었다.

그 와중에 제롬의 2군단이 풀죽신교의 본대에 정면으로 돌격해 왔고, 파죽지세로 뚫고 들어왔다.

"말을 달려라. 우리의 발길을 붙잡을 수 있는 자는 없다!"

제롬이 기사단의 지휘를 발동시켰다.

범위 내에 결속해 있는 아군의 공격력과 기동력을 높여 주는 전쟁 스킬.

2군단은 사기가 충천해서 풀죽신교의 유저들을 공격하며 적진을 꿰뚫었다.

"크하하하, 다 덤벼라!"

헤르메스 길드 유저들이 신이 나서 날뛰었다.

선두에 선 제롬이나 2군단 최고의 유저들도 즐거웠다.

스킬 한 번에 수십 명씩을 제거하며 말을 달린다. 이런 통쾌한 진격을 위해 기사가 된 것이다.

"적들은 마법 공격도 화살 공격도 못 할 것이다. 원거리 공격이 안 된다면 직접 전투에서는 스치면 죽음이지."

"원거리 공격을 해 주면 더 좋습니다. 우릴 겨냥하더라도 빗나간 공격이 더 많을 테니, 아군에게 공격을 받게 되어 난장판이 될 테니까요."

2군단은 풀죽신교의 본대를 3킬로미터 넘게 쭉 밀고 들어갔다.

전장을 꿰뚫는 최정예 군단!

강철 기사단은 지치지도 않고 싸우면서 길을 뚫었으니 전력도 그대로 보존하고 있었다.

"도망치자!"

"싸워! 끝까지 버티면 이길 수 있어!"

풀죽신교 유저들이 나서더라도 워낙 힘의 격차가 커서 2

군단의 진군을 감당하지 못할 정도였다.

"방패를 들고 막아!"

"소용없어. 그대로 다 뚫려 버린다."

풀죽신교의 본대는 허무하게 무너지고 있었다.

고레벨 유저들이 산발적으로 나선다고 해 봐야 2군단의 돌격을 막을 정도는 아니라서, 집중 공격을 당하고 회색빛으로 변해 사라져 버릴 뿐이었다.

광역 스킬 한 번에 목숨을 잃는 초보 유저들까지 수천 명 단위로 몰려 있어 대책을 세우기도 전에 전멸하는 일들이 벌어졌다.

"우리에게 정면 돌격을 하다니……."

"적이지만 기발한 방법입니다. 손발을 끊어 내다가 갑자기 이동하는 본대를 꿰뚫는 것은 말입니다."

풀죽신교의 전쟁 전문가들은 제롬의 수단을 높게 평가했다. 전략적으로나 전술적으로 쉽지 않은 일이었는데 제대로 허점을 찌른 것이다.

솔직히 만일의 경우를 예상하긴 했지만 수천만의 유저들이 대비를 갖춘다는 건 현실적으로 불가능했기에 내버려 두었던 일 중의 하나였다.

"지금이라도 진형을 갖추어야 합니다. 저들과 싸울 수 있는 고레벨 유저들이 전선에 나서도록 합시다."

"선봉에 설 수 있는 전사들을 모으는 데만 해도 수십 분은

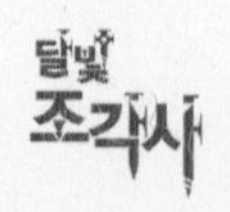

걸릴 겁니다. 또 그들이 나서더라도 돌격해 오는 적 앞에 그대로 내주었다가는 이후부터는 속수무책으로 완전히 꿰뚫리게 됩니다."

"시간과의 싸움이군요. 이건 몇백만이 죽을 수도 있습니다. 아니, 반드시 죽게 될 겁니다."

풀죽신교의 본대는 제롬과 2군단의 맹렬한 공격 앞에 허술하게 꿰뚫렸다.

중앙 대륙 정복 전쟁에서도 막강한 공격력과 기동력을 발휘했던 2군단인데, 그들의 질풍과도 같은 돌진이 허를 찌르며 막대한 효과를 발휘했다.

풀죽신교에도 안되면 몸이라도 던지는 용맹한 선봉 부대인 독버섯죽과 같은 유저들이 있었지만, 그들은 먼저 남쪽으로 내려갔기에 이곳에는 없었다.

"약점을 공략당했으니 어쩔 수 없습니다. 피를 흘리는 수밖에……."

"차선책이라도 찾는 게 맞겠죠."

2군단의 힘과 속도를 전혀 감당하지 못한다. 그렇기에 풀죽신교의 수뇌부에서는 당해 주기로 마음먹었다.

그러면서도 반격을 준비했다.

"건축가들을 비롯한 지원부대에 부탁을 하겠습니다."

"평범한 사람들의 무서움을 보여 줍시다."

2군단은 풀죽신교의 본대를 파죽지세로 꿰뚫으면서 느꼈다.

'전혀 대비를 하지 못하고 있었구나!'

'우리가 이들의 숫자에 겁을 먹은 만큼, 절대 돌진해 오지 못할 거라고 믿었던 모양이군.'

풀죽신교의 유저들은 허무하게 죽어 나가기만 할 뿐이었다.

제롬이 뒤를 따르는 헤르메스 길드원들을 향해 외쳤다.

"더 가겠는가!"

"어디 가 봅시다. 여기서 발걸음을 돌리기엔 너무 아쉽지 않습니까."

북부 유저들을 살육하며 예정보다도 5킬로미터 정도를 더 전진했다.

제롬과 그 뒤를 따르는 강자들은 창과 검을 양손에 들고 휘두르며 돌파하고 있었다.

"정면으로 계속 간다!"

"우리의 업적을! 2군단이 있음을 보여라!"

기사단이 전광석화처럼 뒤를 따르며 멍하니 서 있는 북부 유저들을 학살했다.

"이렇게 빨리……."

"막아야 되는데."

망연자실하게 서 있는 유저들.

스킬 한 번에 아군이 수십 명씩 죽어 나가는데 제대로 버틸 수 있을 리 만무했다.

아르펜 왕국에서도 헤르메스 길드와 싸워 본 적이 있긴 했지만, 속도와 돌파력을 감당하지 못하고 있었다.

헤르메스 길드 유저들도 계속 체력과 마나가 소비되는 스킬을 쓸 수는 없었지만 유저들이 밀집한 곳을 뚫는 용도로는 충분했다.

선두에서 막강한 위력을 보이면 싸우려는 의지가 흔들리게 된다. 그러고는 후속 부대가 말을 달리며 추수를 하듯이 베어 버리면 끝나는 것이다.

"더 앞으로 간다!"

"우릴 막을 수 있는 자들이 누가 있는가!"

중앙 대륙에서 북부로 이주한 고레벨 유저들이 산발적으로 나섰지만 돌격해 오는 기사단의 제물이 될 뿐이었다.

2군단이 휩쓸고 지나간 자리에는 시체들만이 남겨질 뿐.

'너무 걱정할 필요는 없었구나. 이들은 많지만 약하다.'

'숫자가 군대의 힘을 나타내는 것이기는 하지. 하지만 싸우는 방식에 따라서… 그걸 우습게 만들 수도 있어.'

제롬과 2군단 유저들의 머릿속에 스치는 생각이었다.

골렘으로 이루어진 강철 기사단이 후방을 지키며 따라오

기에 뒤가 걱정되지도 않는다.

"날카로운 창이 되어 풀죽신교를 꿰뚫는다. 우리는 오늘 신화가 될 것이다!"

제롬이 창을 들고 고함을 질렀다.

2군단의 유저들은 조금 지치기는 했지만 체력과 마나가 넉넉하게 많이 남아 있었다.

"적진을 돌파하라!"

2군단의 목표는 풀죽신교의 정중앙을 돌파하는 것으로 바뀌었다. 적에게 영향을 주는 병력의 손실도 상당할 테지만, 멋진 전투 업적을 달성하려는 것이다.

경험으로, 정중앙을 꿰뚫린 군대는 의지가 꺾인다.

상대를 두려워하게 되고, 싸워도 이길 수 없다는 공포에 빠져드는 것이다.

"우리의 방식대로 싸우자!"

2군단이 적진을 돌파하는 화려하고 멋진 광경은 방송으로 수없이 중계되면서 자신들이 어떤 존재인지를 알려 주리라.

수천만의 대군이 밀집한 곳을 관통하는 위업!

제롬과 2군단의 진격이 계속되면서 풀죽신교의 혼란도 계속되었다.

"방패병! 방패를 들 수 있는 사람이 앞으로!"

"이쪽으로 모이세요. 이쪽에 저지선을 만들 겁니다!"

유저들끼리 방패병을 구성하여 기사단의 돌진을 막으려고

해도, 전쟁 경험이 많은 제롬과 2군단은 그 지역을 좌우로 지나쳐 버렸다. 일부 강철 기사단에 명을 내려 방패병들을 남김없이 전멸시키고 따라오도록 했다.

속수무책으로 당하는 풀죽신교였지만 길드 채팅이 활발하게 이루어졌다.

하일론 : 이렇게 무너지지 맙시다. 여러분, 움직이지 말고 그 자리에서 싸워야 돼요!

렉탑 : 잠깐, 아주 잠깐이라도 버텨 주십시오. 병력은 계속 모이고 있습니다. 싸울 사람은 많아요.

반달곰 : 우린 무적의 풀죽신교입니다. 흔들리지 마세요!

활발한 길드 채팅은 북부의 유저들이 겁에 질려서 사방으로 도망치며 무너지는 것을 막아 주었다.

그사이에 건축가를 비롯한 유저들이 임무를 수행했다.

"더 깊게 파요. 재미를 본 이상, 놈들은 분명히 이쪽으로 옵니다."

"함정을! 우리가 당장 할 수 있는 건 이겁니다."

건축가들은 주위의 유저들과 함께 땅을 팠다.

노가다에 익숙한 북부 유저들이라 삽 한 자루씩은 필수적으로 가지고 다니는 것이 천만다행이었다.

2군단에서 정면으로 돌파하지 않고 실컷 본대를 유린하다가 빠져나가면 소용이 없어질 함정이다. 하지만 2군단이 정면 돌파를 끝까지 고수한다면 반드시 올 수밖에 없는 중앙 지역에 넓고 깊은 함정을 팠다.

두두두두두!

2군단의 말발굽 소리가 들렸고, 건축가들과 가까이 있던 유저들의 입가에는 미소가 그려졌다.

"오는군요!"

"여기서부터 반격입니다."

2군단의 병력은 건축가들과 다른 유저들까지 그대로 돌파했다. 지금까지 수없이 많은 유저들을 학살했기에, 밀집해 있는 이들에게 광역 스킬을 사용하며 돌파하는 데 주저함이 없었다.

그리고 막 그 지역에 발을 디뎠을 때, 대지가 한꺼번에 무너지기 시작했다.

"따, 땅이……."

"함정이다!"

"멈춰! 함정이야!"

뒤늦게 제자리에 서려고 했지만 전력에 가까운 무서운 속도로 돌파해 오던 2군단은 멈추지 못했다.

수천의 병력이 여기저기 파 놓은 구덩이에 빠지면서 진형이 무너졌다.

구덩이 내부나 땅에도 건설용 날카로운 강철못들이 사방

에 뿌려져 있었다.

"더 뿌려요! 계속!"

주변에 있던 북부 유저들도 가지고 있던 강철못을 땅에 내던지듯이 뿌렸다.

헤르메스 길드의 유저들은 멀쩡했지만 말들은 달릴 수 없게 되었다.

"공격하자!"

"동료의 복수를!"

풀죽신교의 유저들은 2군단을 향해 해일이 되어 거세게 밀려들었다.

궁수들과 마법사들도 무자비한 원거리 공격을 퍼부었다.

"풀죽, 풀죽, 풀죽!"

"반격이다. 모든 군고구마죽 부대여, 오늘 뜨거운 맛을 보여 주자!"

"커피죽 부대도 집결. 출동 준비 완료했습니다!"

풀죽신교의 본대가 살아 있는 생명처럼 자신들이 할 일을 찾아서 모이고, 공격을 시작한다.

막강한 전력을 가진 2군단이었지만 그들의 최대 장점인 기동력이 막혀 버린 상태였다.

"그래 봐야 쓸어버리면 된다. 별로 달라질 것도 없어."

2군단은 재빨리 방어 진형으로 바꾸면서 구덩이에 빠진 이들을 구출하고 강철못들을 주웠다.

원형진을 펼친 채 싸움을 벌이는데, 북부 유저들의 공격은 짧은 시간에 엄청나게 매서워져 갔다. 2군단이 움직이지 않고 있으니 북부의 강자들이 집결하고 있는 것이었다.

"상황이 심상치 않은 것 같습니다."

"여기서 언제까지 싸울 겁니까?"

헤르메스 길드 유저들은 사방에서 덤벼드는 무시무시한 숫자의 병력에 기가 질렸다.

뚫고 지나갈 때에는 약해 보였지만 멈춰 있으니 닥쳐드는 기세가 무시무시했다. 게다가 수천만에 달하는 풀죽신교 본대가 2군단을 중심으로 에워싸고 있었다.

2군단의 기사단장들이 제롬에게 달려갔다.

"북부 유저들을 전부 죽일 게 아닌 한, 이 자리에서 계속 싸우는 건 무립니다."

"알지만……."

"지금 물러나야 됩니다."

"여기서 전부 빠져나가진 못할 겁니다. 적진 한복판에서의 퇴각은 가장 큰 피해를 입는 것인데요."

"그래도요. 다른 선택이 없지 않습니까."

제롬은 이를 악물고 전장 이탈 명령을 내렸다.

어쩔 수 없는 상황에서의 명령이었지만, 완전히 멈췄던 2군단이 다시 움직이려 하자 거센 저항을 받았다.

"도망치려고 한다!"

"헤르메스 길드 놈들을 잡아라!"

"더러운 놈들. 당할 만큼 당했다. 다 죽여 주마!"

집요한 북부 유저들의 공격에 2군단의 허리가 끊기며 후방의 병력은 따라오지 못했다.

제롬과 기사단은 그걸 보면서도 전 병력의 발길이 묶일 상황이었기에 서둘러 포위망을 뚫고 빠져나갔다.

남겨진 이들은 사투를 벌였지만 북부 유저들의 파상공세에 의해 전멸하고 말았다.

그 피해만 2군단의 절반에 육박했고, 비장의 무기인 강철 기사단도 3할 이상을 잃어버렸다.

강철 기사단은 어떻게 해도 제압이 어려워서 북부 유저들은 다시금 방법을 찾아냈다.

"묻어요!"

인근에 있던 유저들이 일제히 구덩이를 파고, 정령사들이 물을 채우는 방식으로 해결을 봤다.

엄청난 격전이 일어났지만, 결과적으론 풀죽신교 본대의 대승리로 집계되었다.

풀죽신교에서는 초보 유저들이 대량으로 죽어 나갔을 뿐이지만 헤르메스 길드에서는 핵심 전력 중의 하나가 큰 손상을 입은 것이다.

이 전투도 방송국들이 중계를 하면서, 바르칸을 제거하고 기세를 타려던 헤르메스 길드의 계획이 차질을 빚게 되었다.

위드는 사막 전사들이 진군하는 일스 대평원에 합류했다.

"사형들, 잘 지내셨죠?"

"잘 왔다, 막내야. 군대나 지휘해라."

"군대를요? 사형들이 있는데 어찌 제가……."

"크크크, 우린 실컷 싸울 수만 있으면 된다."

검치나 사범들, 수련생들은 기꺼이 위드에게 전쟁 지휘권을 일임했다.

귀찮은 일들은 머리 좋은 이들에게 맡기고 나면 훨씬 좋은 결과가 생긴다는 걸 자주 겪어 봤던 것이다.

"스승님을 아르펜 왕국의 국방부 장관으로 임명하겠습니다."

"오, 좋구나."

"스승님처럼 강한 분이 딱 적격이죠. 둘치 사형, 사형은 외교부 장관입니다."

"허험."

"삼치 사형, 전쟁부 장관을 맡아 주십시오."

"음, 그래."

위드는 스승과 사형들에게 아낌없이 관직을 나눠 주었다.

57개의 장관과 총독, 301개의 원장, 처장, 협회장, 상장 자리를 만들었고, 부족한 건 기사단장 자리로 메꿨다.

실제로 검치나 사형들이 낙하산이 되어 아르펜 왕국의 행정을 전담한다거나 하는 건 당연히 아니었다. 그저 명함만 파면 되는 일.

'원래 우리 사형들이 관직을 좀 좋아하긴 하지.'

몇몇 사형들은 욕심을 부리며 자리를 더 달라고 했다.

"요즘 만나는 여자 친구가 있는데 말이다, 뭐 하냐고 물어보면 이야기할 게 있어야 하는데… 너도 알다시피 난 이력서에 쓸 게 없잖냐."

"알겠습니다."

위드는 즉석에서 존재하지도 않는 협회를 만들어서 임명했다.

베르사 대륙 평화조직위원회.

아르펜 왕국 몬스터퇴치협회.

드래곤사냥협회.

조각예술협회.

던전사냥전문직협회.

"고맙다. 역시 막내뿐이구나."

검치나 사형들의 환심을 사는 일이야 동네 꼬마들 사탕 뺏기보다 쉬운 일!

위드는 바드레이가 불사의 군단과 싸우는 며칠 동안에 사막 전사들과 함께 제국의 남부 지역을 휘젓고 다녔다.

"만세!"

"하벤 제국을 어서 해방시켜 주세요, 위드 님!"

"풀죽, 풀죽! 위드 님을 뵙게 되어서 영광입니다."

중앙 대륙의 유저들은 위드가 이끌고 온 사막 전사들을 열렬히 환호했다.

실제 전쟁이었다면 식량이나 돈을 얻기 위해서 죽이고 약탈해야 했을 테지만, 이곳은 로열 로드의 세상!

위드가 사막 전사들과 같이 도시에 들어오면 중앙 대륙의 유저들이 합류했기에, 하벤 제국의 영주들은 도망치기 바빴다.

띠링!

-가덴트로 도시를 정복했습니다!
눈부신 속도로 영토를 넓혀 가고 있습니다.
전쟁 업적 달성!
전투와 관련된 모든 스탯들이 1씩 증가합니다.
호칭 '방대한 땅의 주인'을 획득하셨습니다.

"위드 님, 무명소졸 꼼냥이라고 합니다. 같이 싸워도 되겠습니까?"

"예."

"같이 싸우게 되어 영광입니다. 평소 존경하고 있었습니다!"

사막의 대제왕 시절에는 전투병을 만들기 위해 항복한 병사들이나 주민들도 강제로 군대로 영입했다. 그러나 지금은 중앙 대륙의 유저들이 자발적으로 사막 전사들과 같이하려고 한다.

사막에서 출정했을 때보다도 10배 많은, 하벤 제국으로서도 만만하게 볼 수 없는 병력이 모였다.

검치가 진지하게 비결을 물어봤다.

"막내야, 지휘력이 심상치 않구나. 부하들을 이렇게 많이 늘릴 수 있는 원동력이 무엇이냐?"

"어떻게 얻어걸린… 그게 아니고, 환상을 보여 주는 것입니다."

"환상?"

"세상을 바꿀 수 있다는 환상. 사람은 바퀴벌레가 가득한 반지하 방에서 밥을 굶더라도 희망이 있으면 살아남을 수 있죠."

"꿈을 말하는 것이구나."

"예. 모두가 모이면 바꿀 수 있다고 믿게 만드는 겁니다."

검치는 장하다는 듯이 웃었다. 그러다가 한참 후에 물었다.

"못 바꾸면?"

"어쩔 수 없는 거죠. 현실이 이 모양인 걸 어떻게 하겠습니까."

북쪽에서는 아르펜 왕국, 남쪽에서는 사막 전사들이 중앙 대륙을 공략하고 있었다.

'헤르메스 길드는 일찍 독재와 착취를 시작했지. 난 아직 하지 않았으니 인심이 따라 주는군.'

중앙 대륙 유저들은 알려진 것보다도 훨씬 많았다. 그들 중에는 최근 몇 달 동안 접속하지 않은 이들도 있었는데, 위드와 사막 전사들이 온다는 소식을 듣고 다시 돌아왔다.

"위드 만세!"

"우리를 구해 주세요. 순수하고 즐거운 로열 로드를 만들고 싶어요."

로열 로드는 초창기부터 전무후무한 큰 인기를 누렸다.

새로운 모험의 세계에서 누리는 즐거움 때문에 돈이 있는 사람이라면 당연히 캡슐을 샀고, 시간이 생기면 잠깐이라도 캡슐방에 가서 즐겼다.

로열 로드는 전 세계 사람들이 누리는 새로운 문화의 일부라고 할 수 있었다.

그 수많은 유저들 중 일부는 북부로 왔지만 익숙한 곳에 그대로 머물렀던 이들도 기꺼이 합류했다.

몇 개의 도시를 지날 때마다 엄청난 병력이 모여들었다.

위드는 그들에게 싸우라고 명령을 내리지 않았고 알아서 하도록 내버려 두었다.

하벤 제국을 몰아내는 건 거대한 목표다.

이 목표를 이루기 위해 그냥 구경을 하러 따라오는 사람마저도 상대에게는 큰 압박이 되는 것이다.

'명령을 내려도 잘 듣지도 않겠지. 누가 감시를 하는 것도 아니고 말이야.'

인력시장을 다니면서 터득한 요령 중에 한 가지가 있었다.

사람을 10명만 모아 놔도 꼭 3~4명은 노는 사람이 있다.

그들에게 이래라저래라 해 봐야 어차피 놀 사람은 놀고 일할 사람은 일한다. 잔소리를 아무리 해도 말 안 듣는 사람은 더 열심히 안 듣는다.

"위드 님은 우리에게 바라는 게 없어."

"아… 원하는 대로 살아라. 이 말 왜 이렇게 멋져 보이냐."

하벤 제국을 몰아내겠다고 모인 유저들은 위드의 무관심에 더 환호했다.

"전쟁은 처음인데… 뒤에서 화살만 쏴도 되죠?"

"치료는 해 줄 수 있습니다. 죽이지는 않을게요."

전투 경험이 없는 유저들도 조금씩 나섰다.

"여기 가입하면 진짜 커피 공짜인 거 맞나요?"

"케이크 쿠폰은 언제 보내 줘요?"

"……?"

알 수 없는 이야기를 하는 유저들.

위드가 의도한 바는 아니었지만, 이번 전쟁은 현실 세상에도 큰 영향을 미치는 중이었다.

풀죽신교의 인원은 대단히 많았고, 각 기업들의 상업적인 마케팅 수단으로도 쓰였다.

—베르사 대륙 해방전쟁! 참여하신 분에게는 커피가 공짜!

—치킨 1+1 행사해요. 풀죽신교 한정.

—신규 풀죽 회원님들을 환영합니다. 머리에 꽃을 꽂고 인증하면 수영장 입장료 면제!

—곰팡이죽 유저분들에게는 신나호텔 이용 요금 반값 할인에 아침 식사 제공합니다.

—벌레죽이여, 싼값에 곱창을 먹을 시간이 왔도다!

기업 차원에서, 또 동네 가게들도 만만치 않게 마케팅을 했다.

풀죽 아이스크림, 풀죽 버거, 풀죽 치킨, 풀죽 떡볶이, 풀죽 족발, 풀죽 감자탕.

"풀죽신교가 전쟁을 하니까 세상이 더 활발해진 것 같다."

"응. 자주 싸웠으면 좋겠어."

초등학생들도 풀죽 풀죽 하면서 다닐 정도였으니 현실에서의 영향력은 로열 로드를 넘어가고 있었다.

"하벤 제국의 통치를 무너뜨리자!"

"자유와 진리, 풀죽신교를 위해!"

불사의 군단을 물리친 헤르메스 길드의 유저들은 방송국

스튜디오에 출연했다.
“바르칸과 싸울 때는 목숨을 걸어야 했습니다. 어디라도 시체와 유령이 날뛰니 안전지대 따위는 없었습니다.”
거인 기사 보에몽.
현실에서는 차분한 인상의 20대 후반인 그가 CTS미디어에 출연했다.
배우 출신의 진행자 한승빈은 대본을 보며 말을 이어 갔다.
“저도 로열 로드를 즐기고 있는데요, 이런 큰 전투는 경험하지 못해서 궁금해요. 도망치고 싶지 않으셨어요?”
“네. 그런 마음은 전혀 없었습니다. 질 수 없는 전쟁이었죠. 베르사 대륙의 평화를 위해서 말입니다.”
옆에는 헤르메스 길드의 유저들 4명이 자신의 차례를 기다리고 있었다.
목숨을 잃기도 한 아크힘의 차례도 돌아왔다.
“바르칸이 예상보다도 훨씬 강했는데요, 승리의 요인은 어디에 있다고 보십니까.”
“헤르메스 길드이기에 이겼습니다. 우린 피할 수도 있었지만 유저들의 피해를 최소화하기 위해서 불리한 걸 알면서도 발키스 성에서 싸웠습니다.”
출연자들의 앞에 설치된 모니터로는 시청자들의 실시간 의견도 볼 수 있었다.

크코 : 허겁지겁 싸우다가 간신히 승리.

벨데가르 : 와… 지들이 손해 보기 싫어서 발키스 성에서 싸웠으면서 뻔뻔하게 거짓말하는 거 보소.

꼬냑세병 : 안 궁금. 하벤 제국 망하는 이야기나 물어보자.

방어력3 : 대륙 평화는 무슨. 지들이 먼저 북부를 초토화시키고 싶어서 시작한 거면서.

웅딩웅딩 : 헤르메스 길드가 암적인 존재임. 아르펜 해방 지역은 천국임.

백골전사요한 : 리튼, 하르판 지역 전부 정복당하면 아르펜 왕국으로 넘어갈 겁니다.

케르 : 걱정하지 마세요. 하벤 제국 대위기임. 곧 망할지도 모름.

차분히침착하게 : 저도 풀죽신교 가입요!

공부안함 : 풀죽신교가 대세. 하벤 제국은 지는 별.

"……."

헤르메스 길드 유저들은 방송 모니터를 통해 바르칸과의 전투가 이미 유저들의 관심을 끌지 못하는 것을 확인했다.

그들이 기대했던 건 바르칸을 해치우면서 베르사 대륙의 주도권을 장악하는 것이었다.

'어째서? 위드는 모험을 할 때마다 시청자들이 그렇게 띄워 주었는데.'

대륙을 휩쓸었던 엠비뉴 교단과 바르칸은 중대한 차이가

있었다.

헤르메스 길드의 신속한 대처로 불사의 군단이 유저들에게 입힌 피해는 거의 없었고, 직접 본 이들도 소수였다. 사고를 친 위드를 비난하고자 해도, 바르칸을 부른 까닭 자체가 팔마 그림자 부대 때문이었으니 항의를 하는 것도 우스울 지경.

'고생은 우리가 했는데 유명세는 위드가 떨치는구나.'

바르칸과의 전투에 참여했던 유저들은 불만을 품었지만, 라페이나 수뇌부는 진지하게 고민하고 있었다.

"상황이 이렇게까지… 중앙 대륙의 유저들이 이렇게까지 열심히 아르펜 왕국으로 넘어갈 줄이야."

"정복 지역의 유저들은 그대로 아르펜 왕국의 편이 되었다고 봐야 할 것입니다."

간신히 바르칸을 막아 낸 건 다행이었지만 2군단과 5군단의 피해가 컸다.

유저들을 통치하기 위한 하벤 제국의 억제력이 사라지고 있었다.

아르펜 왕국의 정복 지역들은 너무나도 허무하게 통치권을 잃었으며, 사막 전사들의 진군로 역시 마찬가지.

팔다리가 끊어지는 피해를 입고 있는 상태에서도 어처구니가 없는 것은, 하벤 제국에서 임명한 영주들이 축제까지 벌여 가면서 정복자들을 환영했다는 것이다.

영주들이야 각자 살길을 찾은 것이지만, 헤르메스 길드의 입장에서는 도처에 배반자들이 깔려 있다고 느낄 수밖에 없었다.

일반 유저들도 아르펜 왕국 편에 서는 걸 망설이지 않았으니 위기감이 대단했다.

"전반적으로 위드나 풀죽신교의 전략이 너무 뛰어납니다. 철저한 사전 계획에 따라 모든 일들이 진행되는 것으로 보입니다."

"확실히 그렇게 해석할 수밖에 없지요. 손발이 제대로 움직인다고 할까."

"풀죽신교의 최상층부를 위드가 장악하고 관리하는 것 같습니다. 게다가 개인들이 자발적으로 나서다 보니 손을 쓰기 힘들 정도로 빠릅니다."

헤르메스 길드는 풀죽신교를 이해할 수가 없었기에 최근에는 모든 게 위드의 음모가 아닐지를 의심하고 있었다.

바르칸을 처치하며 목숨을 잃었던 유저들과 바드레이의 표정도 좋지 않았다. 바드레이는 사투를 벌였지만 바르칸의 최후를 자신의 손으로 끊어 놓지 못해서 여전히 분이 풀리지 않았다.

"하벤 제국이 그동안 아르펜을 봐준다고 생각했는데… 막상 붙어 보니 군사력도 무시하지 못하겠군."

"제대로 싸운 건 아닙니다. 예측할 수 없는 일들이 벌어져서지요."

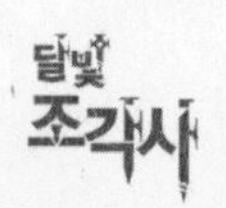

보에몽이 불만을 토로했지만, 라페이가 씁쓸하게 말했다.

"전략과 인기도 실력의 일부라고 봤을 때 아르펜 왕국을 이제는 인정해야 합니다. 게다가 방송을 장악하고 여론을 이끄는 능력만큼은 완전히 우리를 압도하고 있습니다."

"우리의 군사력은요?"

누군가 항의를 했지만 라페이는 다시 옅은 한숨을 내쉬었다.

"지금은 너무 많은 유저들이 돌아서고 있습니다."

"중앙 대륙도 세금을 낮추고 각종 제한 조치들도 해제하지 않았습니까? 그런데 왜요?"

"우릴 그만큼 믿지 않기 때문이죠."

"크흠."

솔직히 잠깐 사탕을 줘서 달랠 뿐, 위드와 아르펜 왕국만 정리되면 원상 복귀를 하려던 영주들은 말문이 막혔다.

"장기전으로 들어가면 훨씬 불리해지는 상태입니다. 만약에 몇 번 더 패배해서 군대를 다 잃어버리면 우리는……."

라페이는 끝까지 말을 하지 않았지만, 그 의미는 모두 알고 있었다.

군대가 사라진 헤르메스 길드!

손발이 잘린 채로 맹수 우리에 던져진 검투사와 마찬가지였다.

지금에 와서 라페이의 전략 미숙이나 판단 착오를 탓할 수도 없다.

중앙 대륙을 정복한 이후로 그가 완벽한 모습을 보이지 못한 건 사실이었지만, 이유를 따지자면 위드가 항상 예측을 깼기 때문이다. 누가 상대를 했더라도 위드와 풀죽신교를 격파하긴 힘들었으리라는 걸, 당하고 나서야 깨닫고 있는 중이었다.

바드레이는 속으로 생각했다.

'흑기사…의 효과가 있었을까?'

흑기사에게는 주민들과 부하들의 충성도를 낮추고 그들을 의심하는 퀘스트가 나온다.

스스로의 무력 향상을 위해 적극적으로 퀘스트에 임하긴 했지만, 그 손실이 현실적으로 드러나기도 전에 빠르게 제국이 위축되고 있었다.

바드레이는 무거운 목소리로 물었다.

"대책을 가진 사람은?"

라페이는 사람들의 시선을 받으며 오랫동안 침묵을 지켰다. 하지만 아무도 말을 하지 않으니 어쩔 수 없이 나섰다.

"확실한 방법은 하벤 지역으로 물러나는 겁니다. 중앙 대륙의 정복 지역들을 내주고 물러나면… 우리에 대한 관심이 멀어지겠지요."

"그게 대책입니까?"

아크힘이 눈을 치켜뜨며 물었다.

그가 듣기에는 너무나도 터무니없는 소리였다. 중앙 대륙을 차지하기 위해 공들였던 시간을 감안하면 더욱 그랬다.

"가장 효과적이고 확실한 대책입니다. 지금의 위드나 풀죽신교의 인기도 영원하지는 못할 겁니다. 중앙 대륙의 노른자 땅들을 차지하면 일반 유저들도 틀림없이 분열하고 싸우게 될 테니, 몇 달 동안만 확실한 우리의 영토인 하벤 지역에서 조용히 힘을 축적하는 겁니다."

"……."

헤르메스 길드의 수뇌부는 그 뜻을 이해했지만 아무도 선뜻 동의한다는 말은 하지 못했다.

철수를 위해서는 길드 내의 수많은 영주들이 영토를 잃어야 하고, 극심한 반발에 시달릴 것이다. 헤르메스 길드가 외부적으로 막대한 자금을 지원받았기에 투자자들의 눈치를 봐야 하는 것도 문제였다.

"가장 확실히 이길 수 있는 방법이지만, 실행이 불가능하겠죠."

라페이는 고개를 흔들며 스스로도 포기한 전략임을 밝혔다. 자신의 영향력이나 바드레이의 결단이 있더라도 실행하기가 힘든 방법이었다.

"차선책으로는 방어를 중심으로 한 전쟁으로 시간을 버는 것입니다."

"시간이 있으면 우리에게 유리해집니까?"

"수비전으로 나서면서 여러 가지 유언비어 유포나 매수, 여론전. 풀죽신교나 위드의 인기를 추락시키기 위해 우리가 할 수 있는 건 뭐든 다 하는 것입니다."

분위기는 무겁게 가라앉았다.

불과 얼마 전까지만 하더라도 베르사 대륙 전체가 자신들의 손에 있는 것 같았는데, 어느새 패배를 걱정하는 처지가 되었다.

"제대로 큰 싸움 한 번도 못 해 봤는데… 다른 방법으로, 그냥 전투로 해결할 수는 없습니까?"

보에몽이 검을 뽑아서 땅에 꽂았다.

헤르메스 길드원들의 눈길도 그 순간 타오르기 시작했다.

전투!

강함을 추구하며 살아온 그들이었기에 자꾸만 패배하거나 피해를 입는 지금의 상황이 도저히 용납되지 않았다.

"최고의 전력이 총집결해서 전투를 치르면 우리가 질 리가 없습니다."

"맞습니다. 바르칸마저 제압한 지금, 당장 올라가서 싸웁시다. 싸워서 다시 제국의 힘을 보여 줍시다."

"간단하게 위드를 죽이면 되는 거 아닙니까? 그러면 놈들이 의지할 구석도 사라질 테니 말입니다."

라페이도 뜨거운 분위기를 느꼈다.

'어쩌면 이것이 정답이 될지도… 머리를 써서 이득을 보려

고 하는 건 한계가 있으니까.'

머리로 중앙 대륙을 얻었지만, 사람들의 미움을 샀기에 지금의 손해를 입는 게 아니겠는가.

전쟁으로 일어선 하벤 제국으로서는 더 물러설 곳이 없는 것이나 마찬가지였다.

헤르메스 길드의 포고문이 발표되었다.

로열 로드는 꿈을 펼칠 수 있는 새로운 세상이다.

초창기부터 신세계를 꿈꾸며 많은 유저들이 시작했고, 스스로를 성장시키며 베르사 대륙에서의 삶에서 즐거움을 찾게 되었다.

전쟁과 세력들끼리의 다툼을 벗어나 간신히 안정을 찾고 있는 중앙 대륙!

우리의 터전이 되는 땅이 북부의 침략으로 흔들리고 있다. 헤르메스 길드에서는 이에 결연히 맞서서 정면으로 싸울 것임을 선언한다!

유저들이 살아가는 수많은 도시와 마을이 전쟁으로 파괴되어서는 안 될 것이다.

더 이상의 혼란과 피해를 막기 위해 헤르메스 길드에서는 전력을 이끌고 가르나프 평원으로 달려갈 것이다.

위드와 아르펜 왕국은 이에 상대할 용기가 있다면 기꺼이 응하라.

힘 대 힘.

하벤 제국의 영토를 빼앗고 싶다면 스스로의 강함을 마땅히 증명해야 할 것이다.

전격적인 포고문이 중앙 대륙의 각 성과 도시마다 내걸렸다.

방송국의 긴급 속보를 통해서도 알려지게 되었고, 곧 로열 로드 대부분의 유저들에게 퍼졌다.

"으아아, 정면 승부라고?"

"미쳤다. 진짜 총력전을 펼치려는 건가?"

"얼굴 구경하기도 힘든 랭커들이 다 모이고, 중앙 대륙을 통일할 때 동원된 군대도 싹 출동하는 거야?"

"그렇게 되면… 이 싸움에서 이기는 쪽이 대륙을 통일하는 거잖아?"

"그건 잘 모르겠는데… 이런 전투에서 풀죽신교는 져도 되지만, 헤르메스 길드는 지면 미래가 없는 거 아닌가?"

"풀죽신교도 유리한 것만은 아닌 것 같은데. 인해전술도 바드레이를 비롯해서 최강 전력이 전부 출동한다면 어렵지 않겠어?"

광장이나 선술집마다 유저들끼리 모여서 떠들썩하게 대화를 나누었다.

"헤르메스 길드에 맥주 한 통 건다!"

"난 풀죽신교. 풀죽신교야말로 진짜 무패의 전설. 한 번도 진 적이 없지."

"중앙 대륙에서 싸우는 거잖아. 이번에는 상황이 달라서 쉽지 않을걸."

"승부는 가늠하기 어렵지. 팔마 그림자 부대, 바르칸 같은 걸 떠올려 봐. 이 전쟁에는 어떤 수단이 나올지 모른다고."

"위드도 재앙을 일으킬 거고."

"그렇게 해서 뒷감당이 되나?"

"모르지. 모르니까 흥미진진한 거 아냐."

"캬… 보고 싶다."

가르나프 평원은 하벤 지역의 동쪽, 하르판 지역의 남쪽에 위치해 있었다.

넓은 평지라서 대규모 전투를 펼치기에는 최적의 장소였으며, 어떤 비열한 수단도 허락되지 않는 지역이었다.

풀죽신교의 비상전략상황실에서는 헤르메스 길드의 포고령을 듣고는 웃어넘겼다.

"터무니없는 소립니다. 하벤 제국과의 총력전이라니요. 그러면 진짜 1억 명 이상이 모일지도 모르는데, 가능하겠습니까."

"인기에서 우리가 앞서고 있고, 시간도 우리 편이죠. 더 넓은 지역을 장악하고 천천히 인구를 늘리면……."

"아르펜 왕국의 영토는 확장되고 있습니다. 이대로라면 중앙 대륙에서 단단히 자리 잡을 겁니다."

전략적인 관점에서 헤르메스 길드의 제안은 무시하면 될 뿐이었다.

하지만 흥미를 느끼는 여론의 반응은 상상 이상이었다.

-위드와 바드레이. 과연 최강의 유저는!

-하벤 제국의 모든 군대들이 총집결할 것

-사상 최대의 전투가 조만간 열릴 것으로 기대

-로열 로드를 개발한 유니콘 사에서 내건 상금의 주인은 과연?

풀죽신교에 호의적이던 방송국들도 메인 뉴스로 헤르메스 길드의 포고령을 방송했다.

풀죽신교의 밑바닥 여론도 한번 싸워 보자는 무리가 많았다.

"드디어 위드 님과 바드레이가 싸운다. 캬, 진짜 꿀재미가……."

"안 됩니다. 너무 위험합니다."

"헤르메스 길드에서 어떤 칼을 숨기고 있을지 모르는데 싸워 주는 건 순진한 생각입니다."

"도전하는데 안 받아 줘요? 게다가 이기기만 하면 중앙 대륙 전체를 해방시켜 줄 수 있는데요?"

"풀죽신교와 헤르메스 길드는 이미 싸우고 있죠. 언젠가 부딪쳐야 한다면 기세가 오른 지금이 호기입니다."

풀죽신교에서 영향력이 상당한 유저들끼리도 의견 통합이 되지 않았다.

위드의 결정이 중요한 바!

위드가 싸우자고 하면 풀죽신교는 당연히 따를 것이고, 아니라고 한다면 실망하겠지만 받아들이긴 하리라.

사막 전사들과 같이 약탈을 하던 와중에 위드는 포고령 소식을 접했다.

중앙 대륙이 전장이 된 지금 상황에서는 리튼 지역이나 하르판, 브리튼, 일스 대평원. 어디든 유리한 장소를 옮겨 다니면서 싸울 수 있었다. 네크로맨서로서 언데드를 대규모로 소환하여 헤르메스 길드에 타격을 입히면서 이득을 추구했다.

야비함의 결정판!

그럼에도 성장 속도만큼은 다른 이들의 상상을 넘어설 정도였다. 지금까지 해 온 노가다의 결실을 맺고 있는 과정인 것이다.

"소문난 잔치에 숟가락을 들고 가 봐야 먹을 것이 없겠지."

위드는 상식적으로 간단히 판단하고 무시하려고 했지만, 그 생각이 바뀌는 데는 고작 전화 몇 통화면 충분했다.

"출연료가… 네? 정말입니까?"

위드와 바드레이.

둘이 각자의 군대를 이끄는 베르사 대륙 사상 최대의 전투!

위드의 행동을 직접 관찰할 수 있는 방송권을 사기 위해 방송국들이 빠르게 제의를 해 왔다.

—5억 정도 드릴 의향이 있습니다만.

"5억이나요?"

심장을 빠르게 뛰게 만들기에 충분한 금액.

—네. 광고주들의 연락이 굉장히 많아서… 그리고 전쟁이 벌어지면 방송 시간도 길 것 아닙니까? 준비 과정도 찍어야 하구요.

"그렇죠. 그렇죠."

—10시간 방송을 기준으로 해서 5억을 드리겠습니다.

톱 연예인들이 광고 한 편을 찍어도 5억씩은 받는다.

위드의 인지도나 방송을 함으로써 얻는 영향력이나 수익을 감안하면 방송국들의 입장에서는 많이 남는 장사였다.

몇 분 뒤에는 다른 방송국에서 전화가 왔다.

—저희 방송국은 8억 준비했습니다. 광고료 10%도 따로 드립니다.

—KMC미디어에서는 맞춰 줄 수 있는 한 최대치로 해 드리겠습니다. 12억. 광고료도 20% 드립니다.

—CTS미디어입니다. 딱 잘라서 20억 어떻습니까. 광고료 부분도 협의할 의향이 있습니다.

전화 몇 통화에 수억씩 출연료가 뛰는 걸 보고 위드의 현실감각이 조금 무너졌다.

"음… 마법의 대륙 계정을 팔 때와 조금 비슷한 느낌이군. 돈이 돈 같지 않게 느껴지는 기분 말이야."

방송국들 입장에서는 이때까지만 해도 사실 전면전이 이루어질 가능성은 높지 않다고 봤다.

위드가 불리한 결정을 내리지도 않을 것 같았고, 설혹 응하더라도 준비 과정에서 취소될 여지도 높은 것이다.

헤르메스 길드에서도 좀 더 현명하게 판단할 여지가 있었다.

북부 유저들이 대거 내려오고는 있지만 분노의 감정도 시간이 흐르면서 약해지기 마련이다. 한참 기세가 오른 그들과 싸우느니 일부 땅을 내주고 시간을 끌다 보면, 하벤 제국은 다시 안정을 얻을 기회가 있으리라.

북부 유저들이 중앙 대륙의 도시와 영토에서 언제까지나 머무르면서 수비하기는 불가능하기 때문에 전략적인 후퇴가 유리한 상황인 것이다.

그럼에도 만약을 감안하여 방송국들은 나름 적당한 출연료를 제시했다.

정말로 베르사 대륙 사상 최대 전투가 벌어진다면 출연료는 얼마를 지불하더라도 아깝지 않은 것이 방송국들의 입장이었다.

CTS미디어에서는 전무이사급에서 추가적으로 거래가 들어왔다.

"전쟁이 벌어지면 앞으로 몇 년간 최고 시청률을 찍을 거야. 광고도 최고가를 갱신할 거고… 그러면 방송국 홍보를 위해서 프로그램 수익을 전부 줘서라도 잡아야지."

"이 전쟁을 어떻게 중계하느냐에 따라 방송국의 등급이 달라질 수도 있어. 일단 위드는 잡아 놓고 봐!"

돈을 밝히는 위드의 성격에 대해서는 파악이 끝난 바!

방송국 관계자들의 섣부른 전화 몇 통에 위드는 헤르메스 길드와 정면으로 싸우기로 결심했다.

"이 전투만 이기면 건물주… 시내 한복판에 빌딩을 사는 거야."

어릴 때부터 쭉 꾸었던 꿈.

부동산 투기와 건물주!

매달 세입자로부터 월세를 받아 가면서 돈 걱정 없이 사는 삶.

"인생을 살다 보면 피해 갈 수 없는 싸움이 있다고 하지. 이 싸움이 바로 그것이로군."

The Legendary Moonlight Sculptor

영웅 집결

위드는 방송국 인터뷰를 통해 공식적으로 헤르메스 길드의 제의를 수락했다.

-가르나프 평원에서 싸우자는 제의에 기꺼이 응한다. 단, 보름 후 토요일 저녁으로 하자.

라페이와 헤르메스 길드에서는 위드의 수락을 받고는 당황스러웠다.

"모든 주력을 데리고 정면으로 싸우자고? 진심인가?"

"이거 위드가 말한 것이 맞습니까?"

"맞습니다. CTS미디어와 KMC미디어를 통해서 인터뷰 영상도 나오고 있습니다."

"허어……."

헤르메스 길드의 수뇌부 유저들은 이를 갈고 있던 참이었다. 위드와 북부 유저들을 박살 내 버릴 기세였지만, 이렇게 쉽게 제안을 받아들일 줄은 몰랐다.

사람들의 시선이 라페이에게로 모였다.

"정면 승부는 우리에게 크게 유리한 거 아닙니까?"

"절대적으로요. 우린 제국의 넓은 땅을 지킬 필요 없이 모든 전력을 한곳에 집결시킬 수 있습니다."

"근데 위드가 왜 이 전투를 간단히 수락한 겁니까?"

"……."

라페이는 작은 단서들을 모아서 상대의 의중을 꿰뚫고 음모를 계획할 줄 알았다. 하지만 이번만큼은 도저히 이해가 되지 않았다.

헤르메스 길드에서도 방송국들의 제안을 받았지만 그리 관심을 두지 않았다. 이미 여러 곳에서 투자를 받아서 그들은 부자였다.

게다가 위드의 돈에 대한 집착이 그가 생각하는 상식보다 훨씬 클 줄은 꿈에도 몰랐다.

"아마도… 이건 그동안 쌓은 명성은 버려도 된다는 생각으로 쓰는 속임수이거나."

라페이는 자신감은 없었지만 그래도 가능성 있는 추측을

이어 나갔다.

“이 전투에서도 우릴 이길 자신이 있어서겠죠.”

“그게 무슨 말입니까.”

“어쩌면 위드는 인기에 대해 과신을 하고 있거나, 헤르메스 길드의 군사력에 대해 정확히 모를 수도 있겠습니다.”

“그렇게 여러 번 싸웠는데도 말입니까?”

“솔직히 우리가 여러 번 졌으니까요.”

“……”

“그러나 이번 전쟁은 인해전술만으로는 극복하기 힘들 것입니다. 정예 병력, 무엇이든 뚫을 수 있는 창과 방패를 헤르메스 길드는 전부 동원할 수 있지요.”

라페이는 아르펜 왕국과 정면으로 싸운다면 절대 지지 않으리라고 생각했다.

헤르메스 길드의 총전력은 넓게 분산되어 중앙 대륙 전체를 통치하고 있다. 북부 유저들은 인해전술에 전적으로 의지하는데, 그것이 무적이 될 수는 없다.

2군단만 하더라도 피해를 입었지만 중반까지 대단한 전공을 세운 것도 사실이었다.

아크힘이 내키지 않는 목소리로 말했다.

“싸우기로 해 놓고 바르칸 같은 녀석을 부르는 거 아닙니까?”

끔찍한 언데드!

결코 다시 싸우고 싶지 않은 존재였다.

"그건 아니라고 봅니다. 속임수를 쓰더라도 전쟁 자체를 하지 않는 쪽이겠죠. 전투가 벌어지면 풀죽신교나 아르펜 왕국을 따르는 유저들이 그 자리에 모일 겁니다."

"위드도 반드시 나타나야 하고, 사람들이 방해가 되어 바르칸 같은 몬스터를 소환하지도 못하겠군요."

"그렇습니다. 바르칸 같은 걸 부르면 아르펜 왕국은 자멸하는 겁니다. 아마 재앙도 일으키기 힘들 겁니다."

"도무지 이해가 안 가는군요."

"가르나프 평원은 수작을 부리기에 적합한 장소도 아닙니다."

원하는 답은 가까운 곳에 있었음에도 불구하고, 그들은 설마 했다.

'아르펜 왕국을 건국한 것만 봐도 장기적인 안목을 가졌다. 전투를 할 때마다 치밀하고 잔꾀가 많았어.'

'중계권? 돈? 당연히 의미가 없지. 명성과 영향력을 그만큼이나 가진 사람이…….'

라페이는 깊게 생각해 봐도 답이 떠오르진 않았지만 하벤 제국에는 좋은 상황이라 생각했다.

"우리가 먼저 제의를 했고 위드가 받아들인 이상, 전쟁 준비만이 남았습니다."

학살자 칼쿠스가 물었다.

"그런데 전투 날짜를 미룬 것은 무슨 의도겠습니까? 보름 후의 토요일에 하자고 한 것요."

"그건 알 수 없습니다. 여기에는 어떤 위험한 함정이 있을지도 모르겠습니다."

위드는 유린의 그림 이동술로 가르나프 평원에 먼저 도착했다.

"오빠, 여기는 풀밖에 없네."

"그래. 잔꾀나 속임수가 많이 쓰일 곳은 아니군."

헤르메스 길드에서 선택한 전장이기에 인터넷으로 미리 조사를 해 봤다.

가르나프 평원은 넓고 시야가 탁 트여 있어서 함정을 파기가 어렵다. 드문드문 경사가 심하지 않은 언덕이 있지만, 전쟁에 결정적인 영향을 끼칠 정도는 아니었다.

"대군이 모여서 한판 붙기 좋은 장소야."

안 그래도 악명이 자자한 헤르메스 길드에서는 결전을 제의하면서까지 엉뚱한 비난을 받고 싶진 않았을 것이다.

"그렇지만 나는 정정당당하게 싸우지 않을 거야."

위드는 가르나프 평원을 보면서 생각에 잠겼다.

이번 전쟁만 승리를 거둔다면 대대손손 먹고 살 돈이 생기리라.

'건물주, 땅주인, 집주인, 투기꾼. 그 무엇이든지 될 수 있어.'

어릴 적에 막 부모님을 잃었을 때의 기분을 떠올렸다.

손가락 사이로 모든 행복이 빠져나가는 기분. 눈앞에서 세상이 흐려졌다. 버려지고 내쳐져서 찬물을 뒤집어쓴 것 같은 절망감.

'여기까지 올라왔구나.'

공장 일과 노가다를 하면서 세상의 무서움과 독함을 맛봤다.

약하고 가진 것이 없으면 끝없이 짓밟힌다. 백화점이나 커피숍 같은 곳을 지나갈 때 보이는 사람들은 다른 세계에 사는 것만 같았다.

여동생을 데리고 번화가를 지나가면 그들만이 낙오자이거나 거지처럼 느껴졌다.

시험 성적이 나쁘거나 친구와 싸우는 건 그 아픔이 며칠 지나면 줄어들 테니, 부러웠다.

'조각술을 마스터하고 힘겹게 했던 퀘스트들. 이 모든 게 어쩌면 이번 전투를 위해서였을지도 몰라.'

위드는 과거 회상을 마치자마자 전투를 이기기 위한 계획들을 수립하기 시작했다.

풀죽신교와 헤르메스 길드.

베르사 대륙의 양대 축이 맞붙는 전투였기에 변수가 다양했다.

'전투가 벌어지면 내가 제어할 수 없는 일도 많이 벌어지겠지.'

헤르메스 길드의 작전도 그렇지만, 풀죽신교가 얼마만 한 전투력을 발휘할 수 있을지도 싸워 보기 전에는 알 수 없다.

'내가 할 수 있는 일들을 한다. 조각사 마스터. 지금까지 배워 온 모든 능력이 총동원될 시간이다.'

야비하고 치사한 방법이 숱하게 머릿속을 스쳐 지나갔다.

페널티가 큰 조각품에 생명 부여나 조각 부활술도, 필요하다면 당연히 사용해야 했다.

특히 조각 부활술의 경우에는 로열 로드의 역사상 가장 위대한 업적을 이룩해 낸 특별한 존재 정도는 되살려야 하지 않겠는가.

"살아나서 대충 놀다 가면 곤란하지. 무조건 나를 돕도록 만들어야 돼."

대충 하는 아부란 얼마나 무성의한 것인가.

진정한 아부꾼이란 칭찬 한마디에도 영혼을 걸어 상대방의 10년 묵은 변비가 나아 버릴 정도의 아첨을 해야 한다.

"큰 그림을 위해서 시간 조각술도 써야 되겠군. 딱 한 번이지만 써먹을 수 있는 존재가 있지."

평범한 전쟁 예측은 헤르메스 길드에서도 당연히 하고 있을 것이다.

눈치 보기와 아부, 빌붙기.

탁월한 재능을 바탕으로 베르사 대륙의 옛 역사까지 관통하는 거대한 그림이 그려졌다.

마판!

마판 상회를 이끄는 상계의 거두인 그에게 위드의 귓속말이 들어왔다.

—북부의 모든 상단에 전하세요. 가르나프 지역으로 최대한의 보급을 집중합니다. 무기와 전투 물자는 물론이고, 먹고 마실 수 있는 식재료를 충분히 동원해 주세요. 특히 술이나 음식은 사흘 안에 도착해야 됩니다.

마판은 위드의 말이라면 의심하지 않았다.

무엇이든 금으로 만들어 버리는 마이더스의 손!

'조각사를 괜히 한 게 아냐. 길거리에 떨어진 나무토막마저 주워서 조금 만지더니 비싸게 바가지를 씌워서 팔아먹는 직업이잖아. 조각사는 위드 님의 천성이었어.'

마판은 절대적인 믿음을 가지면서도 이유가 궁금했다.

—무기나 전투 물자는 있는 대로 끌어모아 보겠습니다. 모라타에 있는 물량을 싹 쓸어서라도 어떻게든 맞춰 봐야죠. 근데

따로 식량이 필요할까요?

가르나프 평원에서의 전투까지는 2주나 남아 있는 시점이었다.

더군다나 유저들도 각자 어느 정도 식량을 가지고 있을 테니 굳이 보급의 의미가 있을까 싶었다.

-후… 이렇게 순수해서야.

마판은 그 말을 듣자마자 뭔가 크게 잘못 생각하고 있다는 판단이 들었다. 일반적인 관점으로 위드의 꿍꿍이를 이해하려고 한 것이다.

-가르나프 평원에는 지정된 날짜보다 일찍 오는 유저들도 많겠죠.

-그렇겠죠?

하르판 지역을 장악한 풀죽신교가 가르나프 평원까지 내려가는 데 필요한 시간은 이틀이었다. 검치와 사막 전사들이 가르나프 평원에 도착하는 데도 그렇게 긴 시간이 걸리진 않는다.

운명을 건 결전을 벌이기로 한 이상 제국군과도 더는 싸울 이유가 없었다. 제국군이 열어 주는 길을 따라서 북상하고 텔레포트 게이트까지 이용한다면 금방 도착할 수 있었다.

-일찍 일어나는 새부터 잡아야죠. 술과 음식이 있다면 그들의 호주머니를 털 수 있는 기회가 아닙니까.

-오오, 그것은!

마판은 그 광경이 상상되었다.

어마어마한 군중이 가르나프 평원에 모일 것이다.

북부 유저들은 당연하고, 중앙 대륙의 유저들도 이 거대한 이벤트를 놓치지 않기 위해 달려올 것이다. 그 많은 인원이 모인 곳에서 술과 음식이 제공된다면 어떻게 되겠는가.

—축제로군요!

—그렇습니다. 호주머니가 털려도 모를 정도로 흥청망청 놀고먹을 겁니다.

—역, 역시!

—사람들은 불안할 때 더 돈을 헤프게 쓰곤 하죠. 전쟁 결과가 어떻게 되든 간에, 우리는 돈을 벌어야 합니다.

—존경스럽습니다. 항상 변치 않는 모습에 진심으로 감동하고 있습니다.

—제가 보름의 유예 기간을 둔 것은 중앙 대륙의 유저들도 다 같이 즐기자는 의미입니다.

—철저히 준비하겠습니다. 북부의 모든 상단들을 동원하여 베르사 대륙 최고의 축제를 열어야겠습니다.

위드는 말하지 않았지만 이것도 전투 승리를 위한 중요한 꼼수 중의 하나였다.

로열 로드 전체를 놓고 보면 베르사 대륙의 패권 같은 걸 신경 쓰지 않는 유저들이 은근히 많았다. 누가 지배를 하더라도 크게 신경 쓰지 않고, 어차피 작은 도시 한 곳에서만 쭉

지내면 대륙의 정세는 그들과는 상관없는 일이기도 하다.

특히 전쟁에 지친 중앙 대륙 유저들에게 그러한 경향이 강하다.

평범한 유저들까지 눈이 뒤집혀서 달려오게 만들 거창한 축제!

그렇게 와서 축제를 즐긴 중앙 대륙의 유저들은 약간의 바람만 넣어도 위드의 편에 설 가능성이 대단히 높다.

'이것만 해도 전력이 수십 퍼센트는 올라가는 거겠지.'

땅! 땅! 땅!

대장장이 마스터를 하고 나서도 경쟁하듯이 검을 만들고 있던 헤르만과 파비오.

"위드와 바드레이라……."

대장장이들에게 전쟁은 피해가 없다. 누가 지배를 하더라도 최고 실력을 가진 대장장이들에게 함부로 대할 순 없을 것이기 때문이다.

그럼에도 대륙의 최강자가 결정될지도 모른다고 하니 호기심이 생겼다.

"그럼 가 볼까."

농부 미레타스.

로열 로드에는 농기계가 존재하지 않으니 황무지를 개간하고 작물을 수확할 때까지의 모든 과정은 농부들의 노가다로 이루어진다.

넓은 땅을 경작하려면 쉬는 날이란 존재하지도 않는다. 여러 종류의 곡물과 수십 종의 과일, 관상용 나무도 돌봐야 했다.

"아름답구나."

미레타스는 그의 땅에 바람이 일 때마다 출렁거리는 황금빛 벼를 보았다.

"농부는 자연에 씨앗을 뿌리고 땀을 흘리며 결실을 맺는 직업이지. 땅과 식물을 만지면서 사는 재미는 후회가 없단 말이야."

그의 이마는 노동으로 흘린 땀으로 흥건했다.

띠링!

신품종 개발!

새로운 쌀 품종을 탄생시켰습니다.
높은 영양분을 가지고 있으며, 밥을 지어서 입안에 넣으면 저절로 녹아 버리는 최고 등급의 쌀입니다.
1등급 음식 재료!

"이건 다른 농부들에게 나눠 줘야겠군."

농부는 같은 직업들끼리 큰 도움을 줄 수 있었다.

직접 개발한 품종이나 희귀한 묘목을 나눠 주면 그걸 재배하는 것만으로도 스킬 레벨이나 명성을 올릴 수 있다.

욕심을 부려서 혼자 키울 수도 있었지만, 미레타스는 그러지 않았다. 농부들이 수확량을 늘리는 것은 곧 로열 로드를 풍요롭게 만드는 것이니까.

"가르나프 평원이라……."

미레타스에게 시급 2실버에 초보 조인족 참새들을 시켜서 발송한 위드의 초대장이 도착했다.

가르나프 평원에서 멋진 전투를 구경하세요.

그동안 아르펜 왕국을 위해 힘써 주신 바에 감사드리며 관람을 위해 와삼이의 넓은 등을 제공합니다.

VIP 초대장

"당연히 나도 가 봐야지. 농부를 우습게 보던 헤르메스 길드 놈들에게 복수를 해야 하니 말이야."

미레타스는 개량한 전투용 씨앗을 배낭 가득 채웠다.

농부는 전투를 하진 못해도 간접적인 도움을 주는 건 가능하다. 식인 나무들로 구성된 숲을 조성한다거나, 마비 독초들이 들판 가득 자라나게 하는 방식을 통해서였다.

재봉사 드라고어.

그는 밀린 빨래를 하다가 초대장을 받았다.

"아쉽지만 일이 많아서 가기는 힘들겠는데."

어떻게든 재봉사 마스터 퀘스트를 하려고 했지만 산 너머 산!

품위 있는 멋진 재봉사의 손이 부르틀 정도로 빨래를 했다.

빨래 퀘스트를 하면 옷감과 친해지는 장점은 있었다. 그의 손이 닿기만 하면 찌든 때가 쏙 빠지고 옷감도 부드러워진다.

"이번 일을 끝내고 멋진 퀘스트를 해야… 설마 진짜 마스터까지 노가다만 하다가 끝나진 않을 거 아냐."

드라고어는 빨래가 얼마나 남았는지 보기 위해 고개를 들어 봤다.

"……."

조금도 줄어들지 않은 것 같은 더러운 옷의 산이 있었다.

"타, 탈출이다."

그는 가르나프 평원으로 즉시 달려가기로 결심했다.

풀죽신교의 요리사 엘크군.

그는 손끝에서 최고의 맛을 창조해 낼 수 있는 요리사였지만 풀죽을 마실 때마다 반성했다.

"담백하고… 더할 것도 뺄 것도 없다. 그저 한 끼의 허기를 때울 뿐이지만, 이조차도 없어서 먹지 못하는 사람들이 있을지니. 요리 재료를 낭비하지 말아야 할 것이다."

엘크군은 요리로 풀죽신교의 여러 죽 부대를 탄생시킨 장본인이기도 했다.

독버섯죽에서도 까다로운 몇몇 레시피들은, 다른 요리사들은 알아도 만들지 못했다. 엘크군이 만든 요리만이 제대로 된 향긋한 흙냄새가 물씬 풍기는 독버섯죽이 되었다.

"북부와 중앙 대륙의 입맛은 다르지. 중앙 대륙 유저들에게 더 많은 독버섯죽을 먹여 주기 위해서라도 당연히 가 봐야 할 일이다."

건축가 미블로스.

그가 북부에 오면서 건축양식이 확 달라졌다.

크고 세련된 건물들이 도시의 풍경을 멋들어지게 바꿨다.

모라타의 수많은 판자촌도 그의 손길에 의해서 개조되었다.

"낡은 건 추한 게 아냐. 그 형태를 바꾸면 이것도 충분히 가치가 높은 건축물이다."

판잣집들의 구조나 색을 조금씩 바꾸었다. 멀리서 보면 모라타의 집들이 한 폭의 그림처럼 여겨지는 멋진 풍경을 만들어 냈다.

훌륭한 건축가는 화가이기도 하고 조각사이기도 했기에 가능한 설계.

그가 기획 단계부터 참여한 새벽의 도시는 깔끔한 구획정리와 함께 북부의 역사를 그대로 그려 냈다.

얼음의 거리, 개척의 거리, 예술의 거리, 문화의 거리, 상업의 거리, 모험의 거리, 생산의 거리.

도시 건축에 있어서는 거주하게 될 사람들의 행복이 무척이나 중요했다.

"사람들이 이 도시에서 즐거운 꿈을 꾸며 행복하게 살아갈 수 있기를."

도시가 멋지고 아름다우면 머무르는 사람들 또한 조금이라도 더 행복할 것이다.

살아가는 사람들과 관광객들이 하루라도 더 머무르고 싶어 하는 도시.

미블로스는 새벽의 도시를 건설하다가 위드의 초대장을 받았다.

"당연히 가 볼 일이었는데… 흠흠."

아르펜 왕국과 하벤 제국의 결전이라는데 빠질 수는 없다.

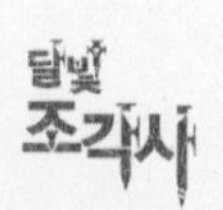

만약 하벤 제국이 이기기라도 한다면 그가 땀방울로 지은 대지의 궁전을 그들이 점령하고 사용할 게 아닌가.

미블로스는 최악의 경우에는 전부 부숴 버릴 각오까지 하고 있었다.

"초대장까지 보내 주니 체면이 좀 사는군. 아르펜 왕국에 와서는 무시를 당하지 않아서 좋아."

조각사가 국왕이라서 그런지 생산직에 대한 대우가 아주 후했다. 미블로스는 온 힘을 다해서 아르펜 왕국을 도울 작정이었다.

오베론.

로열 로드의 초창기부터 시작하여 차가운장미 길드를 창설했던 장본인.

멋진 모험을 이끌기도 했던 그는 현재 아르펜 왕국의 벤트 성 영주였다.

풀죽신교가 대거 남하하는 와중에도 성주로서 지역의 치안과 유저들 지원을 위해 남았지만, 초대장을 받았다.

"결전이 벌어진다고요? 그럼 무조건 가야죠."

그는 벤트 성의 총병력을 이끌고 남쪽으로 향했다.

오베론은 영향력을 최대한 발휘했으며, 모라타의 광장에

서 명연설도 남겼다.

"우리가 싸우는 이유가 무엇입니까. 살아가는 이유가 무엇입니까? 인생에 대해서는 아직 잘 모릅니다. 그러나 지금 검을 들지 않으면 우린 평생 부끄러워하며 살게 될 겁니다. 당당하게 걸어갑시다. 우린 풀죽신교입니다!"

파보와 가스톤.

북부의 건축가들을 이끄는 그들은 풀죽신교의 본대와 같이 움직였다.

"길을 놓아요. 여기는 앞으로 아르펜 왕국이 남쪽으로 진출하는 핵심 교역로가 될 거니까요!"

아르펜 왕국의 건설부장으로 임명되어 퀘스트를 만들 수 있는 그들!

교역로 건설

아르펜 왕국의 국가 퀘스트.
남쪽 평원까지 이어지는 길을 건설하라.
건설 작업에 동원되는 노동자들은 공헌도를 인정받을 수 있습니다.

난이도 : D
보상 : 국가 공헌도.
퀘스트 제한 : 아르펜 왕국 주민 한정.

건축가들이 지나간 자리에는 도로가 만들어진다. 그들의 헌신 덕에 풀죽신교의 본대는 빠르게 남하할 수 있었으며, 마차들이 과속으로 달릴 수 있는 수송로도 확보되었다.

"달리자, 취이익!"

오크 부대도 그 도로를 지났다. 끝도 없이…….

모험가 체이서.

"작은 실마리를 얻어서 대륙 전체를 헤매는 게 모험가의 일이죠. 발굴의 짜릿함? 1초 후에는 사라질 기분이라도, 그걸 위해서 사는 겁니다."

그는 니플하임 제국의 오래된 유물들을 꺼내서 아르펜 왕국에 가져왔다.

유물들의 효과로 경제력, 기술력, 상업이 빠르게 발달했다.

아르펜 왕국 발전의 공신 중 1명.

체이서의 이름은 북부 유저들에게 널리 알려질 정도였으며, 이번 전투에도 당연히 참석했다.

데이몬드.

대지의약탈자 길드장으로 최초로 S급 난이도 퀘스트를 받은 이.

부활의 사제로 엠비뉴 교단의 마물을 이끌고 중앙 대륙으로 침략한 전적도 있었다.

하벤 제국에 의해 토벌을 당하고 나서, 퀘스트 페널티에 의해 영원한 죽음으로 캐릭터마저 사라지고 말았다.

대지의약탈자 길드원들은 로열 로드를 다시 시작해서 레벨 100을 간신히 넘긴 상태였다. 과거의 강력함은 추억으로 남긴 채, 모라타에서 시작해서 던전을 돌며 열심히 성장 중이었다.

"여긴 천국이야."

"물가도 싸고… 제품의 품질도 높고."

"불량품이 있으면 수리나 교환을 해 준다는 게 놀랍네요. 헤르메스 길드의 상단은 그런 거 절대 없었는데."

중앙 대륙에서 살아갈 때와는 다르게 초보자인데도 살맛이 났다.

"대장, 우리도 가야 하는 거 아닙니까?"

"당연합니다. 갑시다!"

헤겔, 벨라, 르미, 나이드.

한국 대학교 가상현실학과의 학생들도 모라타에 머무르고 있었다.

"우리… 가 봐야 하는 거 아냐?"

"훗, 가 보나 마나야. 헤르메스 길드를 이길 수는 없어. 그 강대하던 흑사자 길드도 무너졌는데."

"헤겔아, 넌 왜 말을 그렇게 하냐."

"딱 보면 각이 나오는 걸 몰라? 세상에 무의미한 환상을 품고 살아선 안 되는 법이야."

"분위기 파악도 못 하고 답답하다. 그러니까 네가 친구가 없지."

"커억."

도둑 나이드가 슬그머니 자리에서 일어났다.

르미가 그 모습을 보며 눈을 반짝였다.

"어디 가?"

"가르나프 평원."

"멀잖아."

"그래도 구경 가 보고 싶어. 안 보면 평생 후회할 것 같아."

"같이 가자, 그럼."

한국 대학교의 학생들도 자리에서 일어났다.

헤겔이 끝까지 남아서 버텨 보려고 했지만, 붐비던 모라타의 거리가 어느새 한산해져 있었다. 성문에는 남쪽으로 몰려가는 마차와 황소 떼가 북적거렸다.

"에휴, 가 준다, 가 줘. 딱히 궁금해서 가는 건 아니라니까."

"우리 형님께서 헤르메스 길드와 전투를?"

물빛의 화가 페트는 아렌 성의 하수구에서 그림 낙서를 하고 있었다. 그의 낙서는 치안을 떨어뜨리고 주민들의 충성심까지 낮췄다.

"아마 그녀도 있을 테지……."

페트는 유린을 떠올렸다. 그러자 이러고 있을 수만은 없었다.

"그림 이동술로 당장 가자."

그리던 그림은 대충 완성했다.

황제 바드레이가 홍게 라면을 끓여서 사람들에게는 나눠주지 않고 혼자 먹는 그림이었다.

할마, 마르고, 레위스, 그랜.

세상에 아는 유저들이 그리 많진 않지만 이들에게 당한 이들은 치를 떨었다.

뒤치기의 4인조!

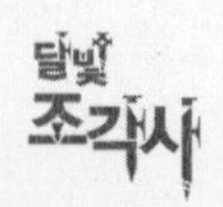

"전쟁의 신 위드 님께서 무신 바드레이와 싸우다니……."

"그분에게 당한 것조차도 영광이다."

"야, 이번에 이기면 대륙 통일 아냐?"

"전투 한 번 진다고 중앙 대륙을 다 뺏기겠냐."

"그래도 제일 큰 싸움을 이기면 대륙 정복을 한 거나 다름없긴 하지. 이거 지고 나면 헤르메스 길드가 어떻게 막겠냐."

"크흐, 베르사 대륙의 황제라니……."

"우린 그 황제가 되려는 사람을 뒤치기하려고 했던 거야."

뒤치기의 4인조들은 주로 로자임 왕국에서 활동했다.

로자임 왕국만 하더라도 동쪽의 변방이지만 그래도 대단히 넓은 영토를 자랑했다. 수많은 마을과 도시, 성이 있고, 발길이 닿지 않은 사냥터나 신비로운 퀘스트도 남아 있었다.

한 왕국의 지배자만 되어도 대단한데 베르사 대륙의 통일 황제라면 얼마나 위대한 자리인가.

"가 볼까?"

"당연히 가 봐야지."

"가는 동안 만만한 녀석도 좀 알아보자."

"그래. 뒤통수칠 수 있는 기회는 항상 살펴야지."

은링, 벤, 엘릭스.

그들은 위드가 사막에 왔을 때 만난 적이 있었다.

"대지의그림자 파티가 아니십니까. 로열 로드를 시작하기 전부터 그 명성은 자자하게 들었습니다."

"알아봐 주셔서 영광입니다."

엘릭스가 대표로 악수를 했다.

"도전장을 보내신 적도 있는데."

"큼큼, 잠시의 호기로… 그랬던 적이 있긴 합니다."

은링과 벤은 시선을 피했다.

엠비뉴 교단과 엮인 일로 인해서 약간의 흑역사가 생기고 말았다. 결국 그들이 허송세월을 하는 동안에 엠비뉴 교단을 물리친 것은 위드였으니까.

"요즘에는 팔로스 제국의 건국 퀘스트를 하고 있습니다. 사막 지역에 제국을 세우는 일이죠."

엘릭스는 여전히 경쟁심을 떨쳐 내지 못하고 자랑했다.

드넓은 사막 지역의 통합, 전사들을 키워서 국가를 세우는 일. 아르펜 왕국 건국에 비해서도 절대 가치가 낮지 않은 일이라고 생각하며 자부심을 갖고 있었다.

위드가 땅을 산 사촌처럼 환하게 웃었다.

"아, 그 퀘스트요."

"알고 계십니까? 검치분들을 통해 이야기를 들으셨으리라고……."

"저도 그 퀘스트 하고 있습니다."

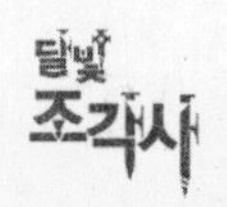

"네?"

"팔로스 제국의 건국까지는 딱 한 단계 남겨 놓고 있죠. 뭐, 남은 것도 그리 어려운 일은 아니고요."

"……."

"번거로운 일들을 다 처리해 주셔서 이다음 퀘스트에서는 도움을 많이 받겠네요."

대지의그림자 파티는 그렇게 또다시 눈 뜨고 당하고 말았다.

그들끼리 고난을 뚫고 어렵게 퀘스트를 진행해 왔더니 중간에 끼어든 경쟁자!

평범한 경쟁자라면 대지의그림자 파티를 당해 낼 수가 없겠지만, 문제는 위드라는 것이었다.

온갖 직업 스킬과 노가다 스텟, 명성, 퀘스트 경험, 전투력에 인맥까지 빵빵한 위드.

위드가 끼어든 이상 뒤로 밀려나는 건 당연한 순리였지만 어디다 하소연을 하기도 애매했다. 대지의그림자 파티가 사막까지 와서 퀘스트를 진행한 데에는 애초부터 위드의 공이 적지 않았으니까.

위드가 사막의 대제왕으로서 기반을 다져 놓지 않았다면 퀘스트가 지금 단계까지 올 수도 없었으리라.

"에효. 헤르메스 길드와 전쟁이라니, 가 보긴 해야겠죠."

"앞으로의 역사가 결정되는 순간이니 보긴 해야겠지."

"위드를 도와줘야 할까요?"

"헤르메스 길드가 잘되는 걸 볼 수는 없으니 그래야겠지. 뭔가 또 내키진 않지만……."

로빈은 아르펜 왕국에 큰 복수심을 갖고 있었다.

"내 땅을 몽땅 빼앗아 가다니… 내가 어떤 노력으로 영지를 키웠는데."

하벤 제국이 북부의 점령 지역을 빼앗기면서 헤르메스 길드에 의해 임명된 영주들은 허공에 붕 뜬 신세가 되고 말았다.

위드와의 협상을 통해 자리를 보전하려고 했지만 결과는 최악이었다.

상대를 어리숙한 청년 정도로 생각했지만 철저한 오산.

협상에 반발해 도시를 불태우고 떠난 7인은 최악의 악당이 되어 베르사 대륙에 발을 붙이지 못했다.

그대로 남은 영주들은 수천만 골드를 아낌없이 퍼부어서 성장시킨 도시에서 거둬들인 세금을 70%나 바치고 있었다.

"그래도 도시를 운영하는 맛이 있긴 하지만……."

로빈은 아직 서윤을 포기하지 못했기에 중앙 대륙으로 돌아가지 않았다.

'그녀만큼 뛰어난 지성과 미모를 겸비한 사람은 없어. 무

었보다도, 한눈에 반해서 빠져나올 수가 없다고.'

얼굴과 돈이 받쳐 주니 여자들과의 소개팅이나 접근도 많았다.

일주일에 10명 이상, 한때는 도저히 서윤과의 거리가 좁혀지지 않자 다른 여자들도 만나 봤다. 그럼에도 서윤에 대한 생각만 더욱 깊어졌다.

그녀는 외모만이 아니라 특유의 오라가 있어 다른 여자들과의 비교 자체를 거부했다.

'언제까지 그녀가 이런 놈을 만나진 않을 거야. 그래, 로열 로드… 로열 로드가 문제지.'

로빈의 생각은 조금의 근거를 가지고 엉뚱한 곳으로 향해 갔다.

'그녀도 로열 로드에 푹 빠진 거야. 이해할 수 있는 일이지. 여긴 아주 재밌으니까. 외롭게 지낸 그녀에게는… 맞아, 천국이었을 거야. 그래서 위드처럼 강하고 명성이 높은 남자와 사귀게 된 거지.'

결론도 상당히 타당한 근거를 가지고 있었다. 로열 로드 외의 그 무엇으로도 위드에게 진다고는 납득할 수가 없었기 때문이다.

'로열 로드에서 성공하자. 그러면 더 이상 그녀가 그놈에게 붙어 있을 이유가 없지.'

로빈은 이를 악물고 다스리는 도시 아스에 투자했다.

"8천만 골드. 환전해서 넣어. 다음 주에는 1억 골드 더 투자한다."

그에게도 부담이 되는 금액이지만 아끼지 않았다.

막대한 자금을 투자하여 도시 아스를 개발한다면 이걸로 능력을 증명할 수 있으리라.

서윤이 아르펜 왕국의 실질적인 행정을 전담한다는 소식을 듣자 더욱 도시 개발에 열을 올렸다.

'가까운 곳에 있어. 이 도시가 북부 최고의… 아니, 대륙 최고의 도시가 될 것이다.'

로빈은 부모님으로부터 미리 증여받은 재산을 쓰고, 부동산도 팔아서 로열 로드에 집어넣었다.

도시의 영주가 자신이다 보니 허공에 날아가는 건 아니지만 재벌의 후계자임에도 불구하고 막대한 자금이 소모되었다.

-도시 아스에 주거지를 등록하면 1,000골드 증정.

-초보자 여러분이 퀘스트를 할 때마다 상금 500골드를 드립니다.

-복지 혜택! 모든 물품 구매 시 20%의 금액을 환급해 드립니다.

-방문자 이벤트. 도시 아스에 찾아오는 모든 이들에게 여행 용품을 나눠 드립니다.

-식사를 나눠 드립니다. 오후 8시부터 10시까지 도시 아스

의 모든 식당들이 공짜!

주민들을 위해 벽돌집을 지어서 무료로 분양을 해 주기도 했다.

이용자 숫자가 3명밖에 안 되는 해적들을 위해 길드도 개설했다.

그야말로 100년대계!

100년을 내다보지 않고서야 해서는 안 될 투자들을 마구 했다.

'부족한 것보다는 넘치는 게 낫다. 모든 이들이 압도될 수 있는 그런 도시를 만들자.'

영주성도 호화로운 궁전으로 지어지고 있었다. 총 52개의 구역으로 나누어서 1구역부터 순차적으로 완성될 예정인데, 완공 후의 전체 면적은 대지의 궁전을 능가할 정도였다. 궁전의 설계는 외국의 유명 건축 사무소에 맡기기까지 했다.

그렇게 돈으로 바르고 있는 도시 아스는 북부 유저들이 들어오면서 매일 활기를 띠었다.

"여기 살기 좋네."

"응. 아르펜 왕국이잖아."

"도시가 깨끗해."

"아르펜 왕국이니까."

"위드 님 덕분에 이렇게 훌륭한 도시까지 만들어지는 거야.”

“위드 님한테 우린 정말 고마워해야지.”

눈 뜨고 당한 느낌!

울화를 참고 있던 로빈은 문득 익숙한 얼굴을 발견했다.

교역을 위해서 방문한 상인, 그중에서 서윤의 아버지인 바트를 만난 것이다.

“회장님!”

“허허, 회장 자리는 다 내려놓았네. 솔직히 말하면 뺏겼지. 그러니 편한 대로 부르게.”

“어떻게 그러겠습니까. 근데 이 도시는 무슨 일로…….”

“올리브와 맥주를 좀 가져왔지.”

바트는 타고 있는 마차와 뒤에 연달아 서 있는 짐마차를 손으로 가리켰다.

“로열 로드를 하고 계신 줄은 몰랐습니다. 상인으로 활동하고 계신 겁니까?”

“그러네. 조촐하지만 뒤늦게 재미를 만끽하고 있지.”

“여기서 이럴 게 아니라 안으로 모시겠습니다.”

로빈은 바트를 영주성으로 안내하면서 기쁨을 감추지 못했다.

‘도시에 투자한 보람이 있구나. 영주성을 이렇게 멋지게 지은 걸 보면 대단하게 여기겠지.’

바트는 고급스러운 거리와 사치의 정점에 달한 영주성을

보며 고개를 끄덕였다.

'H그룹을 이 녀석이 물려받으면… 거기도 오래는 못 가겠군. 기업을 한 번에 털어먹을 놈일세.'

그날 이후로 로빈은 바트를 극진히 모셨다.

바트가 가져오는 물건은 당연하게도 웃돈을 얹어서 매입했고, 방문 시마다 필요한 서비스는 모조리 제공했다.

"어르신을 위해 집을 짓고 있습니다."

"내 집까지?"

"예. 오실 때마다 별장이라 생각하고 편히 지내 주십시오."

상인을 위한 물품들도 전부 최고급으로 맞췄다. 경매 사이트를 밤새워 뒤져서 레벨과 스킬에 따른 장비도 가장 좋은 것들로 구했다.

"자그마한 성의입니다."

"고맙네."

로빈은 바트가 기뻐할 때마다 더없이 행복했다.

'그녀의 아버지에게 인정받고 있어. 이제 그녀만 정신을 차리면 모든 조건은 완벽해진다.'

기다림을 참는 것이 힘들긴 했지만, 그 대상이 서윤이기에 행복했다.

그러던 중 위드가 헤르메스 길드와 가르나프 평원에서 싸운다는 소식을 들었다.

'하하, 이거였어. 이번에 바드레이에게 패배한다면 그걸로

그녀도 돌아올 것이다.'

로빈은 바트에게 같이 가르나프 평원에 구경을 가자고 제의했다.

"그래, 같이 가세."

"어르신, 근데 이번 전투는 어느 쪽이 이길까요?"

묻고는 있지만 로빈은 헤르메스 길드가 이길 것이라 확신하고 있었다. 도시 아스가 다시 하벤 제국의 영역으로 넘어가게 되면 그건 또 다른 멋진 결과이리라.

바트는 당연하다는 듯이 대답했다.

"위드가 이기겠지."

"위드가… 네?"

"난 이길 거라고 보네. 그는 기적을 만들어 내는 남자니까."

"……."

로빈의 얼굴이 구겨지는 건 어쩔 수가 없었다.

'어르신이… 설마 아니겠지?'

참으려고 했지만 이번에는 진심으로 궁금한 질문이 생겼다.

'남자답게 물어보자.'

로빈은 굳은 결심을 하고 입을 열었다.

"서윤. 따님에게 어울리는 남자는 역시 저 아니겠습니까?"

"위드가 잘 어울리네."

"예?"

"진국이지. 알수록 훌륭한 청년이야."

"……."

"둘이 잘 만났어. 내 딸과 행복하게 잘 살 거야."

페일은 결전의 날 가르나프 평원으로 갈 생각이 없었다.

'위드 님이 불러 주시면 가긴 하겠지만 어디까지나 정중한 부탁을 먼저 하셔야 한단 말이지.'

세간에 퍼져 있는 소문을 그도 들은 것이다.

로열 로드의 명예의 전당에는 큰 인기를 끄는 동영상도 하나 등록되었다.

위드의 전투 노예 페일!

위드가 있던 전장마다 페일이 나서서 싸운 장면들이 동영상으로 편집되어 나왔다. 초보 시절에 같이 사냥을 다녔던 영상도 나와 있었는데, 조회 수가 무려 3억 7천만!

위드와 로열 로드의 인기 때문에 어지간한 국가의 인구를 몇 배나 넘어섰다.

-빼박 전투 노예 인증 영상.

-노예라고 부를 수도 없죠. 인간이 아니라 꿀벌 수준입니다.

-혹시 음머어어 하고 울지 않나요?

-그보다 편집한 동영상의 길이가 19시간을 넘는 게, 극혐 수준이네요.

-하루 종일 전투한 걸 3초 정도로 컷했는데도 이 정도.

-4시간 29분 43초. 달밤에 허리를 숙여서 전리품 줍는 광경이 어찌나 서글픈지…….

-위드 님이 강하다고 해도 뭔가 꼼수가 있으리라고 봤는데요, 생각을 바로잡게 되네요. 전투 노예가 저 정도면 위드 님은 도대체…….

-며칠씩 줄에 매달려서 대형 조각품 만드는 거 못 보셨어요? 토나와요…….

-북부 유저이고 풀죽 원리주의자 중 1명입니다. 남들은 우리가 고되게 산다고 하는데, 위드 님을 보면 그런 말이 쏙 들어갑니다. 노가다에 미쳤어요.

-인간이 죽어서 신이 될 수 있다면 노가다의 신은 확정입니다.

-인력 사무소 사장입니다. 페일 님, 연락 주세요. 특별 채용하겠습니다. 일당 2배 무조건 보장합니다.

-이 동영상을 보고 눈물을 흘렸습니다. 사과를 먹다가 얼마나 행복한지를 깨닫게 되었어요.

-노예의 노오오오오오력.

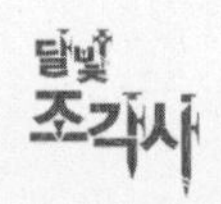

페일도 그 동영상을 보며 위드와의 관계에 대해 다시 생각하게 되었다.

'내가 이렇게 착취를 당했단 말인가? 전혀 모르고 있었는데…….'

전리품이나 경험치를 주지 않는 것만이 착취가 아니었다.

자유와 시간을 빼앗는 것도 일종의 착취!

전투 노예 페일이 자아를 깨닫게 되었다.

'가르나프 평원에 가면 죽도록 싸워야 되겠지. 아르펜 왕국을 지키기 위해서. 그런데 위드 님이 부르지도 않는데 가는 건 정말 노예나 할 짓이야.'

페일은 이제부터라도 정확히 선을 그을 생각이었다.

자신에게도 자유의지가 존재하고, 무리한 사냥 요청이나 부탁을 한다면 단호하게 거절하리라.

'나도 이제 사람답게 살 것이다!'

페일은 아버지 젠터에게 귓속말을 보냈다.

-뭐 필요한 거 없으세요?

부모님과 형제들, 사촌까지도 로열 로드에 강하게 중독이 되었다. 필요한 게 있거나 도움을 요청하는 경우도 있다 보니 가끔 먼저 귓속말을 보냈다.

-없다. 우린 신경 쓰지 마라. 넌 큰일을 해야 되잖니.

-예?

-가르나프 평원에서 멋지게 싸우는 광경 기대하고 있다. 네

엄마도 다른 여편네들에게 계 모임에서 얼마나 아들 자랑을 했는지 몰라.

–어, 어떻게요?

–내 아들이 바로 그 페일이라고!

페일은 침을 꿀꺽 삼켰다.

동네 주민들이 대부분 모여 있는 초대형 계 모임!

그곳에서 페일이 자신이라고 들키다니, 앞으로 마음 편히 마트를 가기도 틀렸다.

–아주머니들 분위기는요?

–엄청 부러워하지. 로열 로드를 하는 사람 중에 궁수 페일을 모르는 사람이 어디 있냐. 모라타와 대지의 궁전에는 네 조각상도 세워져 있는데.

그 조각상도 문제였다.

위드 옆에서 활시위를 당기는 광경이, 영락없이 전투 노예의 모습 아니던가.

–자식이 전투 노예라는데 화 안 나세요?

–말조심해라. 화는 무슨 화! 네가 위드 님의 최측근이잖냐. 옛날 같았으면 정승이지. 지금도 장관이나 대통령 비서실장이야.

–그거랑은 좀 경우가 다른 거 같은데…….

–마찬가지다. 그리고 우리 가족이 아르펜 왕국에서 얼마나 혜택을 입고 사는데… 네 형이 상인이잖냐.

–예, 그렇죠.

—광장에서 전투 노예 페일의 친형이라는 깃발을 달고 장사를 하면 사람들이 몰려들어서 10분도 안 되어 물건이 동나 버린다.

페일은 낯이 뜨거워서 들 수도 없을 정도였다.

'아아, 내 명예와 긍지가…….'

—이런 이야기까지는 안 하려고 했는데. 네 대학 등록금도 위드 님이 마련해 주신 거나 마찬가지야.

—예? 그건 또 무슨 말씀입니까?

—몇 달 전에 위드 님이 풀죽여신님과 같이 식당에 오셨잖냐.

—식당에요?

페일의 부모님들은 교직에서 은퇴하고 지금은 곰탕집을 운영하고 있었다. 지역 주민들과의 관계도 원활하고 공무원들도 자주 찾아서 그럭저럭 장사는 되는 집이었다.

—오셔서 곰탕 두 그릇 먹고 가셨는데 그 이후로 방송까지 나가서 손님들이 미어터진다. 저녁 때 번호표 150번까지 내준 거 알고 있냐?

—그런 일이…….

페일은 위드가 펼쳐 놓은 그물을 도저히 빠져나갈 수 없음을 깨달았다.

자유의지?

그런 게 무슨 필요란 말인가.

자신은 충실한 전투 노예인데.

페일은 등이 서늘해지면서 갑자기 떠오르는 게 있었다.

—아버지. 근데 위드 님한테 밥값은 받으셨습니까?

—수육까지 따로 포장해 가면서 잘 먹었다고, 맛집으로 소문내야 한다고 하시더라. 앞으로 네 인생도 걱정하지 말라고 하고.

—그래서 밥값은요?

—나는 안 받으려고 했지. 하지만 밥값은 떼먹으면 안 된다고 억지로 쥐여 주고 갔다.

페일은 부끄러움으로 얼굴이 달아올랐다.

오랫동안 위드와 함께하고서도 잠깐이지만 의심을 했었다.

'그런 분이 아니었지.'

자린고비이긴 하지만 무전취식을 하진 않는다.

남에게 함부로 대하는 것 같아도, 정작 어려운 사람들에 대한 배려는 잊지 않는 사람이 위드가 아니던가.

'작은 지출은 아끼더라도 크게 써야 할 때 망설이지 않았지.'

전 재산을 털어서 모라타에 투자하거나, 푸홀 워터파크를 설립한 것만 해도 그렇다.

페일은 위드가 돈을 제대로 쓸 줄 아는 사람이라고 생각했다.

만돌.

그는 셸지움에서 끝까지 싸우다가 죽은 유저들을 데리고 가르나프 평원으로 향했다.

"아, 괜히 싸워 가지고."

"레벨이 떨어진 건 참겠는데 스킬 숙련도 진짜……."

"난 장비까지 잃어버렸잖아."

셸지움에서 대거 사망한 유저들이 불만으로 투덜거렸다.

좋은 일을 위해 나섰지만, 그럼에도 목숨을 잃고 나니 후회가 든 것이다.

"괜히 가서 또 죽는 거 아니겠지?"

"설마… 모이는 사람이 몇 명인데. 다 싸우지도 못할걸."

"흠, 어떻게 싸울지 궁금하긴 한데… 겁나기도 한다."

"죽으면 자기만 손해지."

유저들은 잘난 척 나서 봐야 정작 챙겨 주는 사람은 아무도 없다고 불만을 품었다. 셸지움에서 사투를 벌이다가 죽었지만 남은 건 후회밖에 없었다.

그들이 가르나프 평원에 막 발을 디뎠을 때였다.

이미 이곳에는 풀죽신교의 유저들이 산더미처럼 모여 있었다. 어제까지만 해도 풀밖에 없던 한적한 평원에 상인들이 임시로 상업 지구를 형성했고, 잠을 잘 수 있게 천막촌도 세워졌다.

최소 100만 명 이상이 가르나프 평원에서 이미 먹고 놀 준비를 하고 있다.

"와, 역시 풀죽신교 규모가 대단하네."

"스케일 봐라. 확실히 놀라워."

셀지움에서 온 유저들이 조용히 자리를 잡으려고 하는데, 그들을 발견한 유저 중 일부가 외쳤다.

"우와아… 영웅들이다!"

"영웅?"

"방송 못 봤어? 셀지움에서 싸운 분들이잖아. 재방송 몇 번이나 돌려서 봤는데."

"어, 맞네!"

"박수 치자! 박수!"

짝짝짝!

가까이 있던 몇 명의 사람들이 시작한 박수. 땅에 앉아 있던 유저들도 일어나서 박수를 쳤다.

그 박수가 일파만파로 퍼져서 가르나프 평원 전체에서 일행을 박수로 환영했다.

"어서 오세요!"

"용감하신 분들. 정말 고생 많으셨습니다!"

"피곤하시죠. 식사하고 싶으신 분은 오세요. 원하시는 음식 다 만들어 드립니다. 돈요? 공짜로 다 드세요."

"고생하고 오신 분들한테 시원한 맥주 한 잔이 빠질 수 없지. 순서 상관없이 제일 먼저 드리겠습니다."

셀지움에서 죽은 유저들은 이곳에서 영웅 대접을 받았다.

"뭐, 뭐야. 이거 왜 이래."

"진짜 우릴 환영해 주는 건가?"

축 늘어진 채로 온 유저들은 당황하지 않을 수가 없었다.

사방에서 울리는 박수 소리만 하더라도 정신을 쏙 빼 놓을 정도다. 많은 유저들이 그들을 향해 서서 경례까지 하고 있는데, 이런 대우는 정말 처음이었다.

축제를 준비하던 마판은 소식을 듣고 뱃살을 출렁거리면서 뛰어왔다.

"셀지움 용사 여러분?"

"에엑, 마판 님이다."

셀지움의 유저들은 유명 인사인 마판까지 나온 걸 보며 깜짝 놀랐다.

만돌도 당황하고 있었다. 위드를 위해 싸우기는 했지만 이런 대접을 받길 기대한 건 아니었으니까.

"아… 네. 그런데요."

"모두 저녁에 약속이 있으십니까?"

"약속은 뭐……."

만돌을 비롯한 유저들은 서로를 돌아봤다.

축제를 즐기고 사람 구경이나 좀 하려고 했을 뿐, 대부분 딱히 약속이란 건 없었다. 북부에서 시작한 친구나 가족과 여기서 만나기로 한 이들도 있었지만 분위기에 압도당해서 말을 꺼내지 못했다.

마판이 기름진 볼살을 푸들거리며 말했다.

"여러분의 저녁 식사를 위해 위드 님이 멧돼지를 잡는다고 하니 같이 드시겠습니까?"

"위드 님이 직접요?"

"예. 멧돼지만이 아니라 이것저것 최고급 재료들을 준비해서 만찬을 차리실 거라고 합니다. 신선한 해산물들도 리튼 지역에서 급하게 공수되고 있고요."

"……."

말문이 막힌 셸지움의 유저들이었다.

이 광경은 가까이 있던 가르나프 평원의 유저들이 모두 보고 있을 뿐만 아니라 방송으로도 중계되었다.

"저녁 식사 후에는 금메달 증정식도 있습니다."

"금메달은 또 뭡니까?"

"아르펜 왕국의 용사분들을 위해 위드 님이 직접 조각한 금메달을 달아 드릴 겁니다. 모든 사람들이 보는 앞에서요."

셸지움 유저들의 얼굴이 붉게 달아올랐다.

쓸데없이 목숨을 잃었다고 후회하던 조금 전까지의 순간을 인생에서 영원히 지워 버리고 싶었다.

그 대신 아르펜 왕국을 위해 싸웠다는 자긍심이 마음에 가득 찼다.

"나… 집에서도 알아주는 사람이 없는데."

"크, 초등학교 이후로 처음 칭찬을 들었어."

"이런 기분이구나. 아르펜 왕국을 위해… 죽을 만하구나, 이거."

셸지움에 살던 1만여 명의 유저들은 아르펜 왕국을 위해서라면 기꺼이 다시 한 번 죽을 수 있을 것 같았다.

그들이 품은 그 감정은 입소문과 방송으로 가르나프 평원 전역에 퍼졌다.

TO BE CONTINUED